풍선을 샀어

조경란은 1969년 서울에서 태어나 서울예대 문예창작과를 졸업했다. 1996년 동아일보 신춘문예에 단편소설 「불란서 안경원」이 당선되어 작품 활동을 시작했다. 소설집 『불란서 안경원』 『나의 자줏빛 소파』 『코끼리를 찾아서』 『국자 이야기』, 중편소설 『움직임』, 장편소설 『식빵 굽는 시간』 『가족의 기원』 『우리는 만난 적이 있다』 『혀』 그리고 산문집으로 『조경란의 악어 이야기』 등이 있다. 문학동네작가상, 오늘의 젊은 예술가상, 현대문학상, 동인문학상 등을 수상했다.

조경란 소설집
풍선을 샀어

초판 1쇄 발행 2008년 7월 6일
초판 8쇄 발행 2025년 5월 29일
지은이 조경란
펴낸이 이광호
펴낸곳 ㈜문학과지성사
등록번호 제1993-000098호
주소 04034 서울 마포구 잔다리로7길 18(377-20)
전화 02) 338-7224
팩스 02) 323-4180(편집) 02) 338-7221(영업)
전자우편 moonji@moonji.com
홈페이지 www.moonji.com

ⓒ 조경란, 2008. Printed in Seoul, Korea
ISBN 978-89-320-1869-0

이 책은 한국문화예술위원회의 2008년도 문예진흥기금을 받았습니다.
이 책의 판권은 지은이와 ㈜문학과지성사에 있습니다.
양측의 서면 동의 없는 무단 전재 및 복제를 금합니다.

풍선을 샀어

조경란 소설집

문학과지성사
2008

풍선을 샀어

차례

풍선을 샀어 7
달팽이에게 53
형란의 첫번째 책 87
버지니아 울프를 만났다 121
밤이 깊었네 147
2007, 여름의 환(幻) 177
마흔에 대한 추측 203
달걀 249

해설 원의 현상학, 책의 존재론_차미령 284
작가의 말 321

풍선을 샀어

1

 어느 날 나는 한 남자가 쓰고 있는 라이방에 비친 내 모습을 보았다. 볼록 거울에 비친 것처럼 머리만 커다란, 작고 초라해 보이는 한 여자가 거기 있었다. 그 여자가 바로 나 자신이라는 사실을 알아차리는 데 얼마쯤 시간이 걸린 것 같기도 하다. 그 순간 나는 그 남자와 내가 곧 헤어지게 될 거라는 확신이 들었다. 내가 자신을 골똘히 쳐다보고 있다고 느낀 남자는 으쓱거리듯 선글라스를 고쳐 썼다. 렌즈 속 여자의 몸이 위로 쑥 딸려갔다 내려왔다. 나는 짐짓 비틀거리는 시늉을 했다. 한 가지 중요한 사실을 잊고 있었다. 그 만남엔 적어도 내 의지가 빠져 있다는 것이다. 그걸 진심이라는 말로 대신해도 좋을지 모르겠다. 나에게 변화가 필요하다는 판단을 내린 사람은 토마스였다.

서둘러 나는 다시 책상 앞으로 돌아왔다.

위대한 예술 작품은 나를 알지 못하면서도 나에게 말을 걸어온다. 나는 내가 알고 있는 가장 위대한 예술가가 니체라고 생각하고 있다. 내가 가진 인생의 수많은 질문에 대한 해답을 그에게서 찾고 있었다. 한 가지 애석한 일은 그는 이미 백 년 전에 죽은 사람이라는 것이다. 1888년 가을에 그는 2000년이 오면 사람들은 자신의 책을 읽고 많은 것을 깨달을 것이라고 말한 적이 있다. 바위산을 오르는 고독한 사상가. 사람들은 그를 이렇게 불렀다. 두꺼운 더플코트로 온몸을 친친 감은 채 황량하고 고독한 땅에서 나는 책을 읽었다. 그가 그랬던 것처럼 오전 다섯 시면 하루를 시작했고 밤이면 햄과 달걀과 검은깨가 뿌려진 빵으로 소박한 저녁을 먹었다. 그때 나는 학문의 청춘을 살고 있었으며 아름다운 소년을 좇듯이 진리를 좇고 있다고 생각했다. 춥고 고독했으나 궁핍과 환상만으로도 인생은 흘러가기 마련이었다. 물이 쏟아지듯 십 년이 순식간에 지나갔다. 그러나 이상한 것은 나는 내 삶에 대해 큰 용기가 생기지도 않았고 대담해지지도 않았다는 것이다. 한 남자의 라이방에 비친 작고 궁핍해 보이는 여자 모습이 자꾸만 떠올랐다. 나에게 변화가 필요하다면 그건 어떤 것이어야 할까.

집으로 돌아가겠다고 말하자 토마스는 나에게 충고했다. 그 충고는 매우 짧았으나 처음에는 느슨했다가 시간이 지날

수록 단단히 조여오는 매듭처럼 내 발목을 잡았다. 나는 더욱 신중하게 살 필요가 있다고 생각했다. 그리고 사실 나 자신을 보호하기 위해 너무 많은 에너지를 쓰는 데도 지쳐 있었다. 하이델베르크로 온 지 꼭 십 년 만의 일이었다. 집으로 돌아가기 전에 작은 유리병에다 마당의 흙을 담고 밀봉했다.

2

"이거는 모야?"

꼬마의 손가락은 정확히 나를 가리키고 있었다.

"이게 아니라 이 사람은 누구야? 라고 말해야 하는 거야, 쿱."

부주의하게도 올케는 웃음을 참지 못했다. 그러기는 가족들도 마찬가지긴 했지만. 십 년 동안 딱 두 번 서울에 다녀간 적이 있었다. 한 번은 엄마 환갑 때였고 또 한 번은 오빠가 결혼할 때였다. 마지막으로 다녀간 게 벌써 오 년 전이다.

"안녕, 이건 너의 고모란다."

기가 꺾인 채 나는 힘없이 대꾸했다.

집으로 돌아가는 비행기 안에서 나는 내가 가진 것들을 떠올려보았다. 아무것도 없다면 뭐든지 새로 시작할 수 있을 것이다. 기내식을 먹다 말고 쓱쓱 눈가를 문질렀다. 서른일곱이라는 나이는 등에 웬 낙타 한 마리를 짊어진 것처럼 무겁게 느껴졌다. 돌아가서 부모와 함께 늙어가는 것도 나쁘지 않을지 모른다. 형제라곤 하나 있는 오빠가 결혼하여 분가하였으니 내가 사용할 수 있는 공간은 더 많아졌을 것이다. 몽테뉴처럼 커다랗고 천장이 높은 원형의 서재를 가질 수 있을지도 몰랐다. 어제까지 없던 기대로 나는 설레기도 했다. 그 꿈이 깨진 것은 귀국 수속을 다 마치고 인천공항을 막 빠져나오자마자였다.

같이 잘 해보자.

마중 나온 오빠가 어깨를 툭 치며 말했다.

십 년 동안 일어났은 많은 변화들에 대해서 한 번도 진지하게 생각해본 적이 없던 나는 그새 정수리께가 벗어지고 있는 오빠를 멀뚱멀뚱 쳐다보았다. 조카는 한 명이 아니라 둘이었다. 이제 막 네 살이 된 이십팔 개월짜리 꼬맹이와 또 막 백일이 지난 갓난쟁이. 투병 중인 올케 어머니가 더 이상 딸의 아이들을 맡아 키워줄 수 없는 건 당연한 일이었다. 하루아침에 직장을 그만둔 오빠가 동료들과 벤처를 차릴 때 절반도 넘는 자금을 대준 사람이 안사돈이었다. 올케는 시도 때도 없이 출장을 가야 하는 외국인 제약회사에 다니고 있었다. 아기들을 키워줄 사람은 나의 아버지와 어머니밖에 없었고 그것을 당연한 일로 받아들였다. 아이들을 맡겨놓고 들락날락하던 오빠와 올케는 급기야 한 달 만에 짐을 싸 들고 아예 우리 집에 들어와 살고 있었던 것이다. 내가 돌아오기 두 달 전부터 시작된 일이라고 했다. 책장과 책상을 들어낸 내 방에는 베이비 침대와 서랍장이 놓였고 벽에는 곰돌이 푸가 그려진 벽지가 알록달록 발려 있었다.

십 년 전 내가 독일로 떠나겠다는 결심을 털어놓았을 때 엄마는 일찌감치 나에게 이런 말을 했다. 철학은 무슨 놈의 철학. 쯧쯧, 자기 발밑에 놓인 문제도 보지 못하는 게 철학자들이란 말이지. 예전에는 다용도실이었던 방의 문 손잡이를 나는 꼭 붙잡고 서 있었다.

"얼른 손 씻고 밥 먹어요."

내 등짝을 찰싹 때리고 지나가며 올케가 말했다.

변한 것은 가족 구성원뿐만이 아니었다. 이십칠 년 동안 살았던 서울을 나는 처음 도착한 여행자처럼 시내버스 노선표를 펼쳐놓고 구석구석 헤매고 다녔다. 버스카드나 휴대전화 등 새로 장만해야 할 것도 너무나 많았지만 지금은 더 이상 살 수 없는 것들 또한 많았다. 쇼윈도를 지날 때나 카페 화장실 거울 앞에서 나는 뚫어지게 나 자신을 비춰 보곤 했다. 어때, 괜찮아? 누군가 그렇게 한번 물어봐주길 바랐는지도 모른다. 가진 돈을 다 털어서 거리에서 가장 흔하게 눈에 띄었던 프랑스제 명품 가방을 하나 샀다. 아무리 새것을 몸에 걸쳐도 내 발밑에서는 물에 젖은 신발을 신었을 때처럼 언제나 찌걱찌걱 소리가 났다.

하루의 삼분의 이를 자신을 위해 갖고 있지 않은 사람은 시간의 노예나 다름없다고 니체는 말했지만 환갑이 훌쩍 넘은 부모와 네 살짜리와 백일 된 조카가 둘 있는 집 안에서 자유인으로 살기란 정말 불가능한 일이다. 아침 겸 점심을 먹고 오후 세 시쯤이면 집을 빠져나왔다. 버스를 타고 시내 구경을 하거나 또각또각 걸어다녔다. 안양에 가서 나보다 삼 년 먼저 돌아와 있는 차선배를 만나고 오기도 했다. 차선배는 결국 대학에 자리 잡는 것을 포기하고 지물포를 차렸다고 했다. 그거 뭐, 다 소용없더라고. 말은 그랬지만 그래도 섭섭한 게 남았던 모양인지 상호를 '차박사지물포'라고 지었다. 강사 자리도 쉽지 않을 거야. 배웅해주며 차선배가 말했다. 차선배를 제외하고는 만날 사람도 없었다. 걷고 또 걷는 일. 그것은 카이사르가 병과 두통을 이겨내기 위해서 사용한 방법이기도 했다. 실제로 나는 두통에 시달리기도 했으니 걷는 것보다 더 좋은 치료는 없을지도 몰랐다. 달리 할 일도 없었다. 무엇보다 가장 큰 변화는 이제는 내가 완전한 백수가 되었다는 사실이었다. 한가한 자들과 쓸모없는 자들. 나는 어느 쪽일까?

시내 전체가 하나의 커다란 크리스마스트리가 된 것처럼 화려해졌다. 어딜 가나 사람들로 붐볐고 찻집에서 자리를 차지하고 앉아 책을 읽는다는 것도 더 이상 불가능해졌다. 여전히 갈 데가 없었다. 세종문화회관과 청계천이 시작되는 입구에 거대한 빛의 터널이 보였다. '루미나리에.' 빛의 축제라는 뜻이라고 했다. 수많은 인파 속에서 떠밀리듯 걸음을 멈추었다. 주위에서 카메라 셔터를 눌러대는 소리들이 작은 폭죽처럼 연달아 터져나오고 있었다. 헛일 삼아 나는 풀쩍, 빛의 파편들 속으로 발돋움을 한번 해보았다.

 가방이 아니라 우정과 신뢰 속에서의 대화와 휴식, 지금 나에게는 그것이 필요했다. 가방을 팔아치우고 마련한 돈으로 나는 앵무새 한 마리를 샀다.

3

 어린아이의 울음소리를 오래 참아내기는 정말 어렵다. 그러나 그렇게 가까운 거리에서 아이 울음소리를 듣는 건 지금까지 한 번도 경험해보지 못한 일이었다. 달리 피할 데도 없으니 그저 조카들 울음소리를 듣고 있는 수밖에는 도리가 없었다. 그러다가 한 가지 또 새로운 사실을 발견하게 되었다. 이해심을 갖고 어린애들의 울음소리를 듣다 보면 아이 속에 들어 있는 무시무시한 심리적인 힘을 느낄 수 있었다. 울음소리는 처음에 내가 여기 있다는 걸 의미하는 것처럼 들린다. 그러나 갑자기 울음소리가 커지고 집요해지면서 그것은 곧 근원적인 분노 혹은 고통처럼 느껴진다. 걷잡을 수 없는 파괴의 욕구까지 말이다. 나한테는 시간이 너무 많다는 게 문제였다. 조카들과 함께 사는 것이 익숙해지자 곧 울음소리에도 익숙해지게 되었다. 문제가 하나 있다면 내가 그 울음소리를 결코 좋아하는 것은 아니라는 거였다. 울음소리에는 문법이란 게 없기 때문이다. 아이들은 시도 때도 없이 마구잡이로 울어댔다. 나도 이젠 눈치라는 게 생겨서 올케가 집에 있는 날에는 네 살짜리 조카아이에게 호두와 건포도를 넣고 머핀 같은 것을 만들어주기도 했다. 내 부모 집에 살고 있으면서도 오빠네 얹혀살고 있는 것 같은 느낌은 정말이지 알다가도 모를 일이다.

나는 여전히 니체의 생활신조를 나의 생활신조로 여기고 있었다. 가볍게 잠을 자고 편안하고 여유로운 자세로 걸으며 술을 마시지 않고 명예를 탐하지 않는 것, 그리고 욕심을 부리지 않으면서도 끊임없이 노력하고 비상하려고 하며 자신에게는 야박하게, 다른 삶들에게는 부드럽게. 그러나 지금 나에게는 다른 삶들이라고 할 만한 게 거의 없는 형편이었다. 친구도 없고 친구처럼 지내는 옛 애인도 없다. 스무 살이던 십칠 년 전에도 나는 혼자였고 십 년 전에도 혼자였다. 나는 지금 서른일곱 살이나 되었는데도 처음 태어날 때처럼 혼자다. 어느 때는 가족이 있어서 참 다행이란 생각이 들다가도 갑자기 엄마가 야야, 공부는 무슨 공부? 이젠 다 집어치우고 결혼이나 해버려라, 며 낯선 남자들 사진을 서너 장, 그것도 아버지 오빠 올케 다 모여 있는 자리에서 꺼내놓을 때는 정말이지

대문을 쾅 닫고 나가버리고 싶어진다. 그래도 아직 이런 자리라도 들어오는 게 어디예요? 올케는 진심으로 하는 말인 것 같다. 뭐 다른 건 볼 것도 없어, 키만 맞으면. 그게 무슨 말씀이세요 어머니? 뚱한 채로도 나는 올케와 엄마가 하는 말을 다 귀담아듣고 있다. 남자 턱이 여자 이마에 딱 닿으면 궁합이고 뭐고 더 볼 것도 없이 좋다더라, 너랑 애비처럼 말이다. 에이, 어머니도 참. 그러고 보니 내 이마가 턱에 닿는 남자는 한 번도 만나보지 못한 것 같다. 첫번째 남자는 키가 어땠는지 이젠 생각조차 나지 않고 세번째 남자는 평균 여성 신장보다 약간 더 큰 나랑 엇비슷했다. 니체는 키가 아주 작았다. 언제까지 그렇게 늙은 염소마냥 고개나 절레절레 흔들고 돌아다닐 거냐고, 응? 슬그머니 자리를 뜨는 내 등 뒤에다 대고 엄마가 소리질렀다. 아무리 위대한 사람일지라도 가족들에게까지 인정받은 사람은 드물다. 몽테뉴가 사람들 앞에서 자꾸만 방귀가 나오는 것에 대한 곤란함을 맨 처음 이야기한 상대도 바로 가족들이었다. 결혼이 아니라 내가 하고 싶은 것은 따로 있었고 가족들은 그걸 몰랐다. 안다고 해도 아무도 알아주진 않겠지만 말이다. 아무튼 지금은 머핀을 굽자. 내가 달걀과 밀가루를 섞어 반죽을 하고 있으면 조카는 내 옆에서 짐짓 들뜬 목소리로 '두 유 노우 머핀맨, 머핀맨'이라고 시작되는, 머핀이 주인공으로 나온다는 만화 주제가를 흥얼거렸다. 다 구워진 머핀을 막상 오븐에서 꺼내놓으면 더 이상은 거들

떠도 안 보면서 말이다. 머핀이 만화 주인공으로 나오다니. 세상에는 정말 내가 모르는 일들이 너무나도 많았다. 나는 머핀 속의 건포도와 호두를 찾아 한스에게 던져주곤 했다.

내가 산 앵무는 금강앵무 중 한스 마카우라는 종이다. 이유식을 뗀 생후 삼 개월짜리, 이제 딱 말을 가르치기 좋을 앵무였다. 초록색 몸통에 똘망똘망해 보이는 크고 검은 눈동자를 갖고 있었다. 더 자라면 초록색 날개 안쪽으로 붉은 털이 자랄 거라고 했다. 나는 한스라는 이름을 붙여주었다. 처음 새장을 들고 집에 들어간 날, 어린애가 있는 집에 새를 사갖고 오는 사람이 어디 있느냐며 엄마는 올케 앞에서 보란 듯이 내 팔뚝을 세게 꼬집었다. 조카가 야야야, 새다! 새다! 하고 온 집 안을 활개 치고 뛰어다니지 않았더라면 다시 한스를 팔아넘겨야 했을지도 몰랐다. 나는 조카를 무릎에 앉혀놓고 한스를 가리키며 친구라는 단어를 가르쳤다. 한스에게 말을 가르치기 시작한 사람도 내가 아니라 제 엄마 흉내를 낸 이따금 나를 아가씨! 라고 부르는, 이제 막 발화기가 시작된 조카였다. 눈치가 빤한 조카는 그것이 잘못된 호칭이라는 것을 깨닫고는 아무 때나 아가씨 밥 먹어! 아가씨 일어나! 라고 나를 소리쳐 부르곤 했다. 새를 좋아하는 조카 때문에 한스를 기를 수 있게 된 건 다행한 일이었다. 그런데 막상 나는 한스에게 어떤 말부터 가르쳐야 할지 몰라 난감한 채로 시간을 죽이고 있다가 죽기 전의 소크라테스까지 생각이 미쳤다. 아테네 시민들로부터 사형 선고를 받은 소크라테스가 배심원들 앞에서 자신을 변호할 수 있는 시간은, 크지도 않은 두 개의 항아리 중 위 항아리에서 아래 항아리로 물이 다 흐르는, 겨우 그만큼의 시간밖에 없었다. 평생 동안 많은 말을 해온 소크라테스였으나 진실을 말하는 데 주어진 시간은 너무나도 짧았던 것이다. 언어가 진실을 확인시키기도 하지만 때로는 오해와 불행으로 몰고 가기도 하는 법이다. 대화가 필요하기는 했지만 한스에게 말을 가르치고 싶은 마음은 생기지 않는다. 대신 한스에게 노래 한 곡을 불러주기로 했다. 앵무새를 키우는 것에 대해서 니체는 어떻게 생각할까? 어쨌거나 어느 날 갑자기 한스가 나에게 아가씨, 안녕! 이라고 말을 걸어올까 봐 슬금슬금 피해 다니기 시작했다.

차선배가 전화를 걸어온 것은 12월 첫째 주 수요일이다.

4

S백화점 문화센터의 첫 강의는 12월 첫째 주 금요일이었다. 교양강좌로 마련된 '철학, 쉽게 배우기' 수업을 맡기로 한 차선배의 아는 형이 교통사고를 당하는 바람에 수업을 대신할 사람을 구해야 했던 모양이다. 선배가 나에게 연락을 해준 걸 고마워해야 하는지 아니면 못 들은 척 거절해야 하는 건지

갈피가 안 잡혔다. 한 가지 분명한 것은 내키지도 않았고 기분이 좋지도 않았다는 거다. 그러나 정원사가 되는 것보다는 그 일이 더 나을 거라는 판단이 들었다.

한때 니체는 전문적인 정원사가 되고 싶어 한 적이 있었다. 시간을 보낼 수도 있고 정신적 긴장을 유발하지 않으면서도 적당한 피로를 느낄 수 있게 하는 작업으로 말이다. 나에게도 그런 일은 필요했으나 이젠 하릴없이 시내를 쏘다니는 일에도 지친 상태였다. 삼 주 만에 니체가 정원사가 되기를 포기한 이유도 허리를 굽히는 일조차 힘에 겨워서였다. 이런 사실을 알았다면 엄마는 당장 책상물림들이 뭐 다 그렇지, 라고 비난했을 것이다. 생색을 내는 듯한 차선배 목소리도 듣기 난감한 건 마찬가지였다. 순간적인 수치심을 삼키고 나서 나는 수업을 하겠다고 말했다. 담당자와 상의해 강좌 제목은 '쉽게 읽는 니체'라고 변경하였다. 첫 수업을 하기 위해 강남의 S백화점 구층에 올라가자 강의실 밖에서까지 포크 댄스를 추고 있는 쌍쌍의 남녀들이 보였다. '셰이프 바디라인 요가' '오페라 감상과 영상세계' '부동산 투자전략' '탱탱피부 메이크업' 같은 정규 강좌 목록들 속에서 이번에 새로 개설되었다는 '쉽게 읽는 니체'는 돌보지 못한 정원의 잡초처럼 정말이지 초라해 보이기 짝이 없었다. 그나마 수강생이 있다는 게 다행이었다.

두번째 수업부터 나는 더 이상 니체의 사상과 이상에 대해서 강의하지 않게 되었다. 니체와 쇼펜하우어, 니체와 바그너에 대해서 말하는 대신 니체와 코지마, 니체와 루 살로메에 대한 일화들을 들려주었다. 수업 분위기는 훨씬 좋아졌지만 여전히 벌레가 든 빨간 사과를 우적우적 씹고 있는 듯한 기분이 드는 것은 어쩔 수가 없었다. 차라리 정원사나 될 걸 그랬나? 한스는 말이 없었다. 수업은 아직 오 주나 더 남아 있었다. 그사이에 첫눈이 크게 내려 시내 곳곳에서 교통사고가 나고 농가의 비닐하우스들이 우르르 무너지기도 했다. 그날 북악스카이웨이에서는 밤 아홉 시부터 네 시간 동안이나 팔각정에 있던 이십여 명이 고립되었고, 나는 그날 거기 있었던 사람들에 대해서 생각하곤 했다. 나에게는 아무런 일도 생기지 않았다.

수강생들은 모두 백화점 일대 아파트에 사는 주부들이었다. 그들 이십 명 중에서 그가 눈에 띈 건 당연했다. 게다가 그는 젊기까지 했으니까. 첫날부터 그는 강의실 맨 뒷자리에 앉아서 대개의 다른 수강생들처럼 꾸벅꾸벅 졸다가 졸음을 깰 요량인지 가끔씩 두 손을 주걱처럼 모아 얼굴을 북북 문지르고는 했다. 수업이 끝난 후에 그 청년이 내게 다가와선 갑자기 일이 생긴 자기 엄마 대신 오늘 수업을 들으러 왔는데 앞으로도 계속 와도 되느냐고 물었다. 안 된다고 해도 계속 나와주었으면 좋겠다. 나는 글쎄, 라고 말을 끌었다. 손바닥으로 턱을 가리면서 그가 말했다. 환불도 안 된다고 엄마가 등을 떠

밀어서요, 놀면 뭐 하냐고.

  니체는 우리에게 더 나은 가능성을 제시할 수 있는 인물로 세 가지 예를 들었다. 첫째는 인간이 자연과 화해하게 했고 문명이 자연으로 회귀해야 한다고 주장한 루소적 인간이며, 둘째는 사려가 깊고 현명한 절제를 통해서 삶의 여러 가지 조건들과 갈등 없이 지내는 괴테적 인간, 그리고 셋째는 인간의 모든 질서가 비극적이며 일상적인 삶은 분열 그 자체라는 쇼펜하우어적 인물, 이렇게 세 가지로 분류했다. 처음에 그를 보았을 때 나는 그가 니체가 말한 괴테적 인물일 거라고 판단했다. 다른 수강생들과 적게는 십 년 혹은 많게는 이십 년 이상 나이 차가 나는 것은 스물일곱 살 난 그 청년에게 아무런 문제가 되지 않아 보였다. 어머니뻘 되는 수강생들에게도 언제나 친절했으며 사려 깊게 행동했고 아무런 갈등도 겪지 않는 것 같았다. 그가 수업에 참여한 후 우리 클래스는 처음으로 회식이라는 것도 했다. 무의식적인 신중함으로 나는 그를 지켜보고 있는 모양이다.

  오래전에 잊었던 박자로 쿵쿵 가슴이 뛰기 시작했다. 나는 한스에게 호두 한 알을 던져주며 물었다. 이 예외적인 느낌이 뭔지 알아?

  그는 수업에는 늘 나오기는 했지만 자다 깨다 하는 건 여전했다. 크리스마스 이브를 앞둔 금요일 수업 시간에 그가 굵은 매직펜으로 왼손 손바닥에는 감은 눈을, 오른손 손바닥에는 뜬 눈을 그려놓고 귀 높이까지 들어올린 그 양 손바닥을 내 쪽을 향해 한쪽씩 폈다 오므렸다 폈다 오므렸다 했던 날, 우리는 데이트라는 것을 했다. 그동안 주로 내가 만나왔던 사람들은 항상 책을 읽고 검정색과 회색 옷을 즐겨 입는, 대개는 엄숙하거나 딱딱해 보이는 얼굴을 갖고 있는 사람들이었다. 나 역시 그랬을지도 모른다. 첫 데이트에서 알아낸 사실은 뜻밖에도 많았다. 그중에는 흥미로운 것도 있지만 그렇지 않은 사실들도 많았다. 흥미로운 사실은 그가 전직 국가대표 핸드볼 선수였다는 것이다. 포지션이 경기의 승패를 결정지을 정도로 중요한 골키퍼였다고 했다. 그 대목에서 그는 약간 으쓱거리듯 말했다. 이상하게 남자들이 으쓱거리는 모습은 대개 다 비슷한 것 같다. 하지만 아쉽게도 나는 공을 사용해서 하는 스포츠에 대해서는 아무것도 알지 못했고 핸드볼에 관해서는 말할 것도 없었다. 기껏 한 소리가 그래서 그런지 참으로 위풍당당한 손을 가졌네, 였을 뿐이다. 올림픽 출전권을 놓고 벌인 국가 대회에서 상대편 선수가 던진 공에 맞아 기절하는 바람에 경기에 졌고 그것이 자신의 책임이라고 생각한 그는 선수 생활을 그만두고 말았다. 내가 아는 것은 거기까지였지만 결국 그것 때문에 그는 자신의 삶의 일부가 훼손되었다고 믿고 있는 눈치였다. 문제는 다른 데 있다는 것을 그는 아직 모르고 있었다.

나는 그가 괴테적 인물이라는 판단을 수정하지 않을 수 없었다. 다른 사람과 친밀해지려고 애쓰는 사람은 대체로 자신이 상대방의 신뢰를 얻고 있는지에 대해서 확신하지 못하기 때문인 경우가 많다. 신뢰를 확신하는 사람은 친밀함에 큰 가치를 두지 않는 법이다. 니체의 말처럼 아무도 기분 상하게 하지 않고 아무에게도 폐를 끼치려고 하지 않는 것은 타고난 기질일 뿐만 아니라 두려움이 많다는 표시일지도 몰랐다. 나는 그가 염세적인 쇼펜하우어적 인물이라고 잠정적으로 수정했다. 첫 데이트에서는 서로에게 아무런 문제도 없어 보였다. 문제는 너무 빨리, 그러니까 우리의 두번째 데이트에서 일어났다.

5

누구나 한 가지 일에서는 탁월한 법이라지만 나는 역시 가르치는 일에는 소질이 없는 모양이다. 냉장고 문을 여는 것을 본 조카가 치즈를 가리키며 '저거는 모야?'라고 물었다. 나는 조카에게 치즈를 내밀곤 '이건 치즈라고 하는 거야'라고 가르쳤다. 조카는 또 내게 '치즈가 모야?' 했다. 치즈가 뭘까? 갑자기 탁자의 다리가 왜 네 개일까? 라는 질문을 받은 것처럼 난처해졌다. 왜냐하면 조카에게 우유로 응고와 발효의 과정을 거쳐 만든 게 치즈라고 설명해도 이해하지 못할 테니까.

나는 조카에게 다정하게 말했다. '이건 니 친구야.' 그러자 '으응, 내 친구'라며 조카가 만족한 웃음을 지었다. 친구, 라는 단어는 조카에게 사물을 이해하는 마법과도 같은 열쇠였다. 레고로 만들어진 코끼리나 기린도 친구고 신발이며 바나나도 친구고 하다못해 팬티도 친구였다. 엉덩이에 만화 캐릭터가 그려진 팬티에다 오줌을 싸면 엄마는 또 호빵맨한테 오줌 쌌잖아, 얼른 미안하다고 해, 했다. 그러면 조카는 오줌으로 흠뻑 젖은 팬티에다 조그만 입술을 바싹 대고 '미안해, 미안해'라고 말하고는 했다. 그러니까 나는 그저 별생각 없이 치즈를 친구라고 조카에게 말했던 거다. 조카가 당황한 것은 내가 그 치즈를 반으로 찢어서 입에 넣어주려고 할 때부터였다. 갑자기 아리까리하다는 표정을 짓더니 으앙, 울음을 터뜨리기 시작한 것도. '친구가 찌여졌어!' 조카가 온 집 안이 울리도록 소리쳤다. 각 방마다 문들이 열리고 부모와 올케와 그리고 오빠까지 이번엔 또 무슨 일이야? 하는 얼굴로 제각각 나타났다. 왜 이럴 때는 꼭 올케가 집에 있는 날인지 모르겠다. 나는 반으로 찢은 치즈를 양손에 든 채 식탁 의자에 고개를 푹 수그리고 앉아 있었다. '친구가 찌여졌어, 아빠, 친구가 찌여졌어.' 조카는 손가락으로 내가 손에 들고 있는 치즈를 가리키며 뽀르르 제 아빠 품으로 달려가 안겼다. '하여간 둘이 수준이 똑같다니깐.' 오빠가 혀를 찼다. '아휴, 아가씨는 왜 아무거나 친구라고 가르쳐요, 가르치길.' 올케가 또 내 등

짝을 세게 쳤다. 나는 피곤한 것 같다. 올케는 내가 어쩌다 장을 봐오면 아휴 고등어는 눈이 말똥말똥한 걸 사와야 하는데, 아휴 고사리는 가늘고 꼬불꼬불 말린 걸 사와야 하는데, 라고 신문만 한번 읽으면 다 아는 소리들을 했다. 그 등 뒤에다 대고 엄마는 저도 제대로 살 줄 모르면서 말만 저렇게 한다니까, 은근슬쩍 내 편을 들곤 했다. 나는 종종 내가 아무런 쓸모가 없는 사람인 것처럼 느껴질 때가 있다. 그게 가족들하고 있을 때만 그런 건지 아니면 집에 있을 때 그런 건지 잘 분간이 안 가지만. 그래도 나는 공부라는 걸 십 년 동안이나 했는데 말이다.

조카는 한스가 들어 있는 새장을 발로 한 번 힘껏 걷어차고는 의기양양한 얼굴로 나를 빤히 쳐다봤다. 제 딴에는 한스가 내 친구라고 생각은 하는 모양이다. 오빠가 조카를 안고 방으로 들어가버리자 거실은 다시 고요해졌다. 나는 찢어진 치즈를 입에 넣고 우물거렸다. 올케 말처럼 궁연히 친구라는 말을 한 것 같다. 내 가슴속에 아무도 꺾을 수 없는 나뭇가지 하나를 세게 흔들어댄 것처럼 많은 것들이 한꺼번에 스쳐 지나갔다. 나는 슬쩍 한스를 곁눈질하며 다시 한 번 피곤해, 라고 중얼거려보았다. 토마스는 이렇게 묻곤 했다. 그럼 좀 낫니? 뭘? 우울한 걸 피곤하다고 하면 말이야. 그런 토마스에게 편지를 쓰게 만든 사람이 J라는 것이 나는 이상하다.

그 전직 국가대표 핸드볼 골키퍼였던 청년, 길쭉길쭉한 손발을 가진 J는 책도 읽지 않고 결혼식장에 갈 때도 검은색 옷은 입을 것 같지 않다. 이제 겨우 스물일곱 살이다. 그런데도 나는 그에게 하고 싶은 말들이 자꾸 생각났다. 그래도 될까? 뭐야, 인마. 왜 너는 통 한마디도 안 하는 거야! 나는 조카처럼 한스에게 화풀이를 해댔다.

우리는 영화를 보러 갔다.

12월 마지막 날이었다. 성큼성큼 앞서서 걸어가는 J 뒤를 따라가면서 생각해보니 대개 두번째 데이트에서는 영화를 보러 갔던 것 같기도 하다. 십 년 동안 서울을 떠나서 살지 않았더라면, 한 해 마지막 날 사람들이 끼리끼리 주로 무엇을 하는지 알았더라면, 극장에 가자는 생각은 애초부터 하지 않았을 것이다. J 또한 수년 동안 운동을 하느라 12월 마지막 날 영화를 본 것은 그날이 처음이었다고 했다. 좌석은 거의 매진이었고 그가 원했던 '통로 쪽 중간 자리'는 구할 수 없었다. 표를 사면서 통로 쪽 중간 자리라고 딱 부러지게 말하는 남자는 처음이었다.

화장실에 다녀오는 사이에 벌써 극장 안은 불이 꺼져 캄캄했다. 순간적으로 나는 그의 옷소매를 붙잡았다. 가운데 우리 자리만 빼고 양쪽으로 사람들이 빽빽하게 들어앉아 있었다. 그가 크게 숨을 한 번 몰아쉬는 소리가 들렸다. 간신히 자리에 앉고 나자 등이 땀에 젖은 걸 느꼈고 그의 이마 또한 땀으로 번들거리는 것을 보았다. 영화가 막 시작될 때 그가 내 귀에 대고 속삭였다. '저 사실 이렇게 사람 많은 데 오면 좀 힘들어해요, 선생님.' 농담인 줄 알았다. '글쎄, 사람들이 많긴 많네.' 나는 신통치 않게 대꾸했다. '손을 좀 잡아주시면 괜찮을 것 같기도 해요'라고 그가 풀이 죽어 말했을 땐 '그러니까 너 정말 선수 같구나,' 실없는 소리까지 했다. 딱딱하게 입을 다물고 있는 그의 턱을 바라보았다. 손을 잡아달라는 사람치고는 터무니없이 진지한 얼굴을 하고 있었다. 팔걸이를 신중하게 더듬다가 그는 내 손을 거머쥐었다. 어딘가 악어를 연상케 하는 그 울퉁불퉁한 손을 뿌리치려다 말고 가만히 있었다. 그건 손을 잡는 게 아니라 뭔가를 꾹 참기 위해 붙들고 있는 자세처럼 느껴졌기 때문이다. 네 명의 형제들 중 막내 여자아이가 옷장을 통해 '나니아'라는 세계를 발견하면서 시작되는 영화였다. 이제 곧 나니아를 차지하기 위한 마녀와 사자와의 전투신이 시작되려는 참이었다. 아까부터 줄곧 내 손을 잡고 있던 J의 숨소리가 점점 더 거칠어지는 것을 느꼈다. '괜찮니?' ……아니라는 대답도 못 했다. 그는 최대한 자세를 낮추고 그리고 애써 서둘지 않으려는 역력한 자세로 결국 자리를 뜨고 말았다. 그러나 나는, 그가 고통을 참는 사자처럼 큰 소리로 숨을 들이마시고 내쉬는 소리, 신음 소리를 참기 위해서 이를 갈아붙이는 소리를, 다 듣고 있었다. 그를 따라 나가지 않고 그대로 자리에 앉아 있었다. 전투가 시작되었다. 창과 화살이 쏟아지고 불기둥이 치솟았다. 마녀와 사자와 네 아이들이 서로 쫓고 쫓겼다. 무언가 지킬 게 있다면 저렇게 싸움이라도 해볼 수 있을까. 언젠가 수업 시간에 꾸벅꾸벅 졸고 있던 J가 갑자기 악을 쓰듯 커다란 비명 소리를 지르며 잠에서 깨어났던 일이 떠올랐다. 그때 J가 뭐라고 소리쳤었지? 겁에 질려 벌어진 큰 눈, 나는 그걸 보고 있었던 것 같다. 자리에서 일어났다. 그는 사람들이 붐비는 곳을 두려워할 뿐만 아니라 자신을 안전하게 지켜줄 사람 없이는 아마 밖으로 나가지 못할 테니까.

그는 극장 출입구 앞 빈 의자에 거의 눕듯 상체를 기대고 있었다. 손발을 벌벌 떨면서 가슴을 움켜쥐곤 후후, 후후훅 숨을 가쁘게 몰아쉬고 있었다. 이상하다. 나는 오래전부터 그 모습을 지켜보았던 것 같다. 십 분만 참아. 속으로 말했다. 한때는 시속 백십 킬로미터로 날아오는 공을 막아냈던, 지금은 공황장애로 자꾸만 제 가슴을 쥐어뜯고 있는 그의 커다란 손을 내 손으로 움켜잡았다. 고통을 참아내는 그에게 내가 해줄 수 있는 일은 많지 않았다. 손이 더 단단하게 맞물리도록 나는 손가락을 구부려서 그의 손바닥 안쪽을 맞잡았다. 산악인들이 서로를 구조할 때, 한 사람이 다른 한 사람을 끌어 올릴 때 잡는 것처럼. '……이젠 다 나은 줄 알았어요.' 통증이 지나가자 그는 말했다. 미안해요 선생님, 이라고도 했다. 나는 안도했다. 그가 죽어버릴 것만 같아요, 라고 말하지는 않아서. 나는 맞잡은 손을 놓지 않았다. 이 자연스럽고 필요한 욕망 때문에 어쩐지 약간은 울어야 할 것 같은 기분이다.

토마스에게 편지를 썼다. 짧게 쓰고 싶었다. J에 관해 썼다. 그러자 편지가 길어졌다. 봉투에 토마스라는 이름을 힘주어 또박또박 적어넣었다.

6

"영화 줄거리 이야기해줄까? 끝까지 다 못 봤잖아."
올케가 나를 서너 살짜리 아이 다루듯 하는 게 싫으면서도 J를 만나면 내 어투는 꼭 그렇게 변한다.
"책으로 봤어요, 선생님."
"너도 책 같은 거 읽니?"
"만화로 읽는 나니아 연대기요."
"우리 조카도 만화를 좋아해."
머핀맨 이야기를 하려다가 말았다.
"아이들한테 말이야, 지적인 능력이 있다고 생각하니?"
"저 말씀하시는 거예요?"
나이가 무슨 죄가 되나요? 하는 얼굴로 그가 나를 봤다.
"아니, 있잖아, 아이들은 공포를 주는 어떤 대상들이 존재한다고 철저하게 믿는 거 같아서 말야."

"선생님은 뭐 두려워하는 거 없어요?"

J가 나를 바라봤다. 어쩔 수가 없다.

"반도 넘게 건넜으니 이젠 괜찮아. 괜찮다고 나는 생각해버려."

"선생님 그거 알아요? 세상에 얼마나 많은 공포들이 존재하는데요. 새에 대한 공포도 있구요, 두꺼비에 대한 공포도 있구요, 어떤 사람은 숫자 8에 대한 공포를 갖고 있구요, 여성 생식기에 대한 공포를 갖고 있는 사람도 있구요, 종이에 대한 공포를 갖고 있는 사람들도 많아요. 정말로 많은 종류의 공포들이 있다구요. 그거에 비하면 난 정말 아무것도 아닌 거라구요."

치료를 오래 받았다고 했으니 J가 하는 말은 틀리지 않을 것이다. 지난가을에 외삼촌이 살고 있는 라오스까지, 여섯 시간 동안 비행기를 안전하게 타고 온 후로 다 극복했다고 생각했고, 그 후로 더는 치료를 받지 않아도 좋다는 진단을 받았다고 했다. 공황장애가 있는 사람에게는 비행기만큼 두려운 밀폐 공간도 없다. 그러나 나는 J에게서 뭔가 다른 이야기가 나오기를 기다리고 있는 것 같다. 그게 뭘까.

"너 불안한 거랑 공포를 느끼는 거랑 어떻게 다른 줄도 아니?"

"물어보지 말고 그냥 말해주면 좋잖아요."

"불안을 느낄 때는 확실치는 않지만 어떤 위험이 곧 닥쳐올 거라는 생각에 압도당해서 긴장될 때야. 그리고 공포는 두려운 대상이 뚜렷하기 때문에 피할 수가 있는 거고. 그 대상이 사라지면 더 이상 공포는 지속되지 않는 거야. 그러니까 무엇을 피해야 할지조차 모르는 불안과는 구분이 되는 거지."

"선생님, 니체에 관해서만 잘 아시는 줄 알았는데 그게 아니네요?"

"……"

말을 그대로 옮기는 거라면 앵무새도 이만큼은 할 수 있을 것이다. J가 눈치 채지 않기를 바라면서 나는 씁쓸하게 웃었다. J는 내가 기다리는 말은 하지 않았다.

"영화에 나오는 그 옷장 말야, 사람들은 현실과 환상 세계를 잇는 그런 무인도 같은 걸 하나쯤은 다 갖고 있는 것 같아. 너도 그런 게 있니?"

"그런 걸 갖고 있는 게 좋은 걸까요?"

"그건 꼭 꽃길 때만 나타나는 건 아니야."

"그 노래 다시 한 번 불러줄 수 있어요?"

"무슨 노래?"

"그날 극장에서 나와서 걸어갈 때, 왜 선생님이 불러주신 노래 있잖아요."

그땐, J가 웃는 것이 보고 싶었다.

"정말 듣고 싶니?"

"네."

술 마시면 하기 싫은 것 중에 하나가 내일 아침에 대해 생각하는 거고 하고 싶은 것 중 하나가 노래다. 흥얼흥얼 나는 노래를 불렀다. '기분이 어때? 기분이 어때? 집 없이 사는 것이, 알아주는 사람 없이, 구르는 돌처럼 사는 것이? 기분이 어때?'

"좋아요, 밥 딜런."

"미안해. 아는 노래가 이것밖에 없어서."

"선생님은 원래 그렇게 툭하면 울어요?"

"너도 얼굴 또 빨개졌어."

"저 좀 그만 쳐다보세요, 선생님."

"있잖아, 또 뭐가 와서 너를 때리면 아, 내가 한 골 막았구나 하면서 기뻐할 수 있을 거야. 언젠가는 말이야."

"어떤 골키퍼가 최곤지 아세요?"

"그거, 퀴즈니?"

"움직이지 않고 골을 막는 골키퍼가 최고예요. 그만큼 위치 선정을 잘했다는 거니까요."

"어, 거기에도 철학이 있구나."

"내 걱정 너무 하지 마세요, 선생님. 저, 핸드볼 때문에 그러는 거 아니에요."

"……만약에 말야, 그 두려움이 사라진다면 가장 하고 싶은 일이 뭐니?"

"선생님은요?"

"뭐, 국수 같은 거 한 그릇 먹으러 갈까? 젓가락질 다시 가르쳐줄게."

"저기, 있잖아요 선생님."

"응?"

"시간이 걸리더라도, 좀 기다려줄 수 있어요?"

"……?"

그리고 J는 죽은 아버지에 대해 이야기했다.

토마스에게 답장이 왔다. 나는 지금 내가 가진 것들 중에서 가장 소중한 것을 떠올려보았다. 한스를 팔기로 했다. 조류원을 나오는데 갑자기 '밥 먹어! 밥 먹어!' 한스가 꽥 소리쳤다. 그것은 한스가 내게 들려준 첫번째 언어였다. 한스의 말투는 어떤 문장이든 단숨에 말해버리고 마는 조카와 닮아 있었다. 한스가 없어진 걸 알면 그 애는 뭐라고 할까. 친구가 날아가버렸다고 할까! 한스를 팔고 생긴 돈으로 나는 풍선을 샀다.

7

나는 이것을 하거나 저것을 할 수도 있었고 이 사람과 살거나 저 사람과 살 수도 있었다. 그러나 나는 니체를 공부하는 삶을 택했고 지금까지 혼자다. 이것은 전적으로 나의 선택이다. 그 선택에 대해서 잘 설명할 수는 없지만 자, 그럼 이렇게 말하는 건 어떨까. 내가 아는 어떤 사람은 아주 어렸을 적부터 모든 사물들에 대해서 끊임없는 질문을 품고 있었다. 그 모든 질문들은 돌고 돌아 마침내 그를 사로잡는 대상인 금속으로 귀착되었다. 왜 빛이 나는 걸까? 왜 부드러운 걸까? 왜 차가운 걸까? 왜 딱딱한 걸까? 그는 결국 화학자가 되었고, 정교한 이백이십 개의 튜닝팬에 몰두했던 사람은 피아노 조율사가 되었다. 내가 가진 끊임없는 질문은 모두 인간에 관한 것으로 귀착되었다. 사고를 하는 것이 곧 삶의 커다란 문제라고 생각하는 사람들은 결코 니체와의 관계를 끊을 수가 없다. 나는 그를 통해서 나를 사로잡고 있는 문제들을 풀어나가고 싶었다. 처음에 니체는 나에게 하나의 커다란, 다가가면 곧 열릴 문처럼 희망적으로 다가왔다. 수(數)야말로 만물을 지배한다고 믿었던 버트런드 러셀처럼 말이다. 결국 나는 화학자도 조율사도 되지 못한, 빈털터리에다 직장도 없고 드라마를 볼 때는 웃을 때도 아닌 데서 웃는다고 가족에게 등짝이나 얻어맞기 일쑤인 고독한 싱글이 되었지만.

  J를 만난 후 수많은 철학자들 중에서 내가 니체를 선택한 그 오래전의 이유를 다시 상기하게 되었다. 그것은 많은 철학자들 중에서 오직 니체만이, 인생의 완성을 추구하는 사람이라면 누구나 생의 모든 어려움을 기꺼이 받아들여야만 한다는 것을 깨달은 철학자였기 때문이다. 나에게는 직면한 여러

가지 어려움이 있었고 더러는 극복한 것도 그러지 못한 것도 있다. 철학의 힘이 아니더라도 이제 나는 나의 불완전성을 인정하고 또 그것과 화해하고 싶다. 정말로 지키고 싶은 게 생겼으니까. 그러자면 화살을 밖으로 향할 것이 아니라 내면으로 돌려야 한다.

J는 다시 치료를 받기 시작했다. 1월 23일, 아버지가 자살한 날을 불과 삼 주 앞두고였다. 자살했을 때 J의 아버지는 이십팔 세였고 그때 겨우 세 살이었던 J는 곧 이십팔 세가 된다. 그를 처음 봤을 때 큰 키와 덩치에도 불구하고 섬약하게 보인다는 생각이 들었던 것은 아버지의 죽음 이후 오직 어머니나 누나들 같은 여성들의 보호 속에서, 오랫동안 남자의 손길을 고통스러울 정도로 그리워하며 성장한 탓일지도 몰랐다. 훌륭한 아버지가 없다면 대부분의 남자들은 그런 아버지를 자신에게서 만들어내야 한다는 강박에 사로잡히기 쉽다. 아버지의 삶을 궁리하는 태도도 그에겐 없지만 그는 아버지처럼 죽기를 시도한 적이 한 번 있었다고 털어놓았다. 나를 만나기 얼마 전의 일이라고 했다. 죽은 아버지의 나이가 된다는 것, 그것이 지금 그에게는 가장 큰 두려움의 원인이라는 걸 짐작하게 되었다. 병은 시간과 함께 진행된다는, 병에 대한 히포크라테스의 견해는 일리가 있는 것 같다. 모든 병에는 발단이라는 게 있고 그것은 점차 심각해져서 위기라든가 절정 같은 것을 맞게 된다. 마치 소설처럼 말이다. 그 다음에는 다

행스러운 결말 혹은 치명적인 결말에 이른다고 그는 말했다. 이렇게 해서 히포크라테스는 '병력'이라는 개념을 의학에 도입하게 된 것이다. J가 두려워하는 것은 곧 죽은 아버지의 나이가 된다는 게 아니라 어쩌면 그 병력이 아닐까.

J와 함께 지하철을 타는 것도 극장에 가는 것도 그리고 엘리베이터를 타는 것도 쉽지는 않았고 그럴 때마다 그는 슬쩍슬쩍 내 눈치를 살폈다. 그가 기분이 좋아 보이는 날이면 나는 토마스가 내게 들려준 쇼스타코비치의 비밀 같은 것을 이야기해주고는 했다. 뛰어난 음악가인 쇼스타코비치의 왼쪽 뇌 끝부분에는 탄환 부스러기로 보이는 금속 파편이 박혀 있었다. 그러나 통증에도 불구하고 쇼스타코비치는 그것을 제거하는 것을 몹시 꺼려했다. 파편이 거기 있기 때문에 왼쪽으로 머리를 기울일 때면 그때마다 새로운 선율이 머릿속에 가득 차올랐고, 그는 그것을 오선지에 옮겨 수많은 명곡들을 작곡하곤 했던 것이다. 뢴트겐 검사 결과 실제로 쇼스타코비치가 머리를 움직이면 동시에 파편이 따라 움직여서 측두엽에 있는 음악 영역을 압박한다는 사실이 밝혀지기도 했다. 다행인지 아닌지 모르겠지만 그는 이런 이야기들을 재미있어하지도 않았고 또 쇼스타코비치가 누구인지도 몰랐다. 두려워하지 마, 라는 말을 어떻게 해야 좋을지 알 수가 없어 나는 줄곧 얼굴을 찌푸리고 다녔다. 그리고 불안이나 두려움 같은 것이 혹시 지금의 나를, 너의 삶을 지탱하고 있는 것은 아닐까

하는 말도. 그래서 J, 나는 너가 순조롭게 회복되길 바라지 않는다. 두려움이 다 사라지고 나면 그건 진짜 너의 삶이 아닐 수도 있으니까. 그래도 때로 우리는 건강한 삶을 위해서 무엇이 필요한가에 관해 에피쿠로스처럼 진지하게 생각해볼 필요가 있었다.

그의 치료 과정은 순조로워 보이지도 쉬워 보이지도 않았다. 치료를 위해 그가 해야 하는 번거로운 의무들 중에서 우선 일일기록지라는 것을 작성해야 했다. 예를 들어 담당 의사가 그에게 '운전하면서 시내 한 바퀴 돌기'라는 숙제를 내주면 그것을 행하는 시간과, 누구와 함께 했는지, 그리고 그것을 하기 전의 예상 불안점수 같은 것을 기록하는 것이다. 그리고 만일 불안한 상태가 찾아오면 그것에서 벗어날 방법 같은 것 또한 말이다. 첫 과제였던 '운전하면서 시내 한 바퀴 돌기'를 할 때 그는 예고도 없이 우리 집 골목까지 차를 몰고 와 이제 막 잠에서 깨어나 렌즈를 낄 시간도 없어 두꺼운 뿔테 안경을 쓰고 양말도 짝짝이로 신은 나를 옆자리에 태웠다. 오후 한시였다. 시간이 지나자 그는 가슴이 두근거리고 뒷목이 뻣뻣해지는 증상을 보이며 숨을 거칠게 몰아쉬었다. 제대로 차선을 지키는 것조차 불가능해 보였다. 나는 집게손가락으로 머리카락만 빙빙 돌리고 있었다. 다른 한 손은 주머니 속에 든 풍선을 만지작거리면서. 정체 중인 도산대로를 지날 때쯤 그는 몇 분 후면 무시무시한 레미콘 한 대가 자신의 차를 들이 받아버릴 것 같은 기분이 든다고 털어놓았다. 핸들을 잡고 있는 손이 이미 흥건하게 젖어 있다는 걸 나는 안다. 저기 말야, 만약 공포가 오면 그걸 예상하고 받아들이는 거야. 그리고 그것을 인식하면서, 기다리면서 내버려두는 거야. 그리고 현재 네가 할 수 있는 일에 집중하는 거야. 그 다음엔 공포와 함께하면서 공포를 견뎌낸 성과를 인정하고 그 기회를 네가 불안을 견딜 수 있다는 걸 연습할 기회로 삼는 거야. 그리고 또다시 공포가 올 수 있다는 것을 예상하고 그걸 받아들이는 거야. 나는 내가 알고 있는, 공황을 극복할 수 있는 방법들에 대해서 재빨리 쏟아놓았다. 한때는 내가 공포를 이별로 바꿔 생각했던 그 문장들을. 쓸쓸히 웃으며 나는 농담처럼 덧붙였다. 모든 배움에는 굴곡이 있는 거다, 너, 라고. ……아니다. 다만 나는 화가 난 사람처럼 입을 꾹 다물고 있었는지도 모른다. 위로를 하는 방법을 몰랐으니까. 난처하거나 어려운 일이 생기면 버릇처럼 이럴 때 니체라면 어떻게 할까? 생각하고는 한다. 위로라든가 호의를 베푸는 법이라든가 하는 것들은 역시 젊었을 때부터 배워야 한다. 나는 이런 감각을 훈련할 수 있는 기회가 거의 없었다는 것을 깨달았다. 그를 위로하기 위해서 내가 만들어낼 수 있는 가장 따뜻한 미소를 띠고 그를 바라봤다. 선생님은 원래 그렇게 툭하면 울어요? 라고 그가 핀잔을 주지 않아서 다행이다. 나중에 읽어본 거지만 '만일 불안한 상태가 찾아올 때 그것에서 벗어나는 방법은'이라는 난에 그는 큼직큼직한 글씨로 '친구가 대신 운전한다'라고 써놓고 있었다.

그날 헤어지기 전에 자동차 안에서 J에게 나는 이런 이야기를 들려주었다. J, 너는 실수할 권리가 있고 도움을 청할 권리가 있고 분노를 느낄 권리가 있고 울 권리가 있고 놀랄 권리가 있고 마음이 변할 권리가 있고 다른 사람의 권리를 침해하지 않는 한 J, 너 자신을 즐겁게 할 어떤 일이라도 할 수 있는 권리가 있고 타인을 미워할 권리가 있어. 마지막으로 나는 말했다. 그리고 J, 너는 운전을 할 권리가 있어.

그가 그 대화에 흥미를 보였다는 것이 나로서는 정말 다행한 일이었다. 나는 내가 알고 있는 많은 것들을 때로는 니체에게서가 아니라 토마스에게 배운 것 같기도 하다. 양치식물을 키우고 일요일 오전 열한 시면 카페 루이제에서 브런치를 사먹고 죽은 엄마가 남겨준 모피코트를 입고 다니는 내 친구 토마스. 친구들은 그가 죽은 엄마의 모피코트를 몸에 걸치고 돌아다니는 사실을 이해하지 못했다. 우리가 가까워진 건 나는 그의 외투를, 그리고 토마스는 내가 가진 두려움을 이해했기 때문일 것이다.

어느 날 토마스는 내게 이렇게 말했다. 풍선을 사라. 그것은 나의 친구이자 주치의였던, 훗날 베를린의 샤리테 병원 신경정신과 닥터가 된 토마스가 내게 내린 치료 방법 중 하나였다. 불안이 다가오는 것을 느낄 때마다, 호흡이 거칠어질 때마다 나는 숨을 깊고 빠르게 쉬면서 후, 후, 흡흡흡, 풍선을 불며 호흡을 조절했다. 호흡이 거칠어지기 시작해도 쉽게 공황 발작을 일으키지 않도록 과호흡 상태에 익숙하게 만들기 위한 일종의 호흡 훈련법이었다. 초록과 회색이 섞인 우울한 눈동자로 토마스는 그런 나를 물끄러미 지켜보곤 했다. 그것이 지금껏 내가 본, 나를 바라보는 가장 안타깝고 슬픈 눈이기도 했다. 나는 수천 개의 풍선을 불었다.

8

 소한 추위로 겨울은 절정을 이루는 듯했다. 모든 것이 꽁꽁 얼어붙어버린 듯 날은 더디게 흘러갔다. J보다는 다른 사람들과 더 자주 만나 시간을 보냈다. 다른 사람이라고 해봤자 내 수업을 듣는 수강생들이 전부였지만 그들과 차를 마시고 이야기를 듣는 것이 즐거울 때도 있었다. 누군가는 나를 두고 아직 세상 물정을 잘 모르는 것 같다고, 좋은 뜻으로 하는 말이니 새겨듣지는 말라며 웃었다. 강의실에서도 강의실 밖에서도 나는 선생으로 보이지는 않는 모양이었다. 그러거나 말거나 매주 금요일을 기다렸다. 수업이 끝나면 부랴부랴 강의실을 빠져나오기 일쑤였다. 너무 힘든 일이 있으면 때로 함께 있는 것이 좋지 않을 때가 있다는 걸 그가 이해할 수 있을지는 모르겠지만 말이다. 그것은 슬픔을 같이 나누는 일하고는 다른 종류의 일이다. 안양 '차박사지물포'에 가 서너 시간씩 무연히 눌러앉아 있기도 했다. 선배가 잠깐 자리를 비울 때 손님이 오면 쓰레기봉투 같은 것을 팔기도 했다. 열두 시간 동안 책 읽고 사색을 하고 산책하는 것이 아니라 열두 시간씩 J에 관해 생각하느라 머리가 터질 지경이었다.

텅 빈 새장을 보면 한스가 생각났다. 그러나 깊은 새벽녘, 이따금 한스가 내 방으로 날아와 매끄러운 깃털 속에 갸우뚱 부리를 묻은 채 잠든 나를 지켜보고 있다는 걸 안다. 그러면 나는 끙, 돌아누우며 잠꼬대를 가장한 채 괜찮니? 말을 걸곤 하는 것이다. 말을 더 가르치지 못한 게 후회스럽기도 하다. 아침이면 베개 위로 초록색 깃털이 하나씩 떨어져 있기도 하지만 그런 말은 아직 J에게도 하지 못했다. 그를 만날 때마다 주머니 속에 잔뜩 풍선을 넣어 갖고 다닌다는 말도.

J가 내게 되물었던 질문들, 불안이 해소되고 나면 가장 먼저 무엇을 할 것인지에 대해 생각했다. 그것은 나 자신에게 한 질문이며 가장 근본적인, 또한 내게 위안을 줄 수 있는 그런 질문일지도 몰랐다. 그 생각을 하려면 우선 나의 권리에 대해 생각하지 않을 수 없었다. J가 기다려달라고 말한 게 정확히 무엇인지 잘 모르겠다. 그는 뾰족한 펜을 꺼내더니 능숙한 솜씨로 내 노트 뒤에다 쓱쓱 물고기 한 마리를 그려 보여준 적이 있다. '이게 무지개송어라는 거예요, 선생님.' 아, 나

는 고개를 끄덕거렸다. '언젠가 이걸 보러 가요.' 그를 올려다 봤다. 내 꿈은 이거예요, 라고 말하고 있는 듯 확신과 불안정함이 뒤섞인 모호한 스물일곱의 얼굴을. 지금 내가 기다리고 있는 첫번째 것은 그의 아버지가 죽은 날이며 그것은 J가 건너가야 하는 첫번째 다리이기도 했다. 지금도 그는 두 팔로 얼굴을 막으며 안 돼! 라고 소리치는 꿈을 꾼다. 시속 백십 킬로미터의 속도로 날아오는 공. 그 아버지의 죽음을 그는 두 팔로 막아내야 했다. 괜찮아 J, 이미 절반쯤 건너온 거야. 꿈속에서 나는 중얼거리고 있었다. 두렵기는, 나 역시 마찬가지였다.

내일은 지하철 2호선을 타러 가자고 J는 말했다. 2호선을 타고 한 바퀴 순환하여 일일기록지를 작성하는 것이 새 과제라고 하였다. 나는 그가 '만일 불안한 상태가 찾아올 때 그것에서 벗어나는 방법은'이라는 칸에 이번에는 뭐라고 쓸지 궁금하다.

9

하이델베르크를 떠나기 전에 배로 부친 책이 넉 달 만에 도착했다. 두 달이 지나도록 오지 않아 체념하고 있던 참이다.

몸 어딘가 부러져나간 것 같은 통증이 한동안 따라다녔다. 신탁처럼 여겨졌던 아홉 박스의 책들이 거실 바닥에 쌓여 있는 것을 보자 차라리 그 책들이 오기를 기다렸던 순간이 더 절실하고 그리웠다는 것을 알게 되었다. 예전에 나를 집어삼킬 듯 가득 찼던 열정과 몰입으로 그 책들을 다시 펼치지 못할 것 같은 나 자신에 대해 겁을 집어먹고 있는지도 몰랐다. 거실 바닥을 거의 다 차지하고 있는 무거운 책들은 나를 종용하고 채근하고 있었다. 그것은 내게 자명한 두 가지 사실을 일깨워주었다. 벌써 넉 달이라는 시간이 지나가버렸다는 것, 그리고 지금은 내가 하이델베르크가 아니라 여기 있다는 것. 책은 더 많은 것을 말하고 싶어 했다.

집으로 돌아올 때 유리병에 담아왔던 흙을 마당에 훌훌 뿌렸다. 여행을 너무 자주 떠나면 집에 돌아와서도 방문을 걸어 잠그고 잠을 자게 된다. 이제 나는 더 이상 방문을 걸어 잠그고 자지 않게 되었다. 나용노실은 비슷지만 책을 읽거나 사색을 하는 데 큰 어려움은 없다. 오랫동안 내가 살아야 할 곳은 여기인지도 몰랐다.

마지막 강의 시간에 나는 니체가 수를레이 바위에서 깨달았던 영원회귀 사상에 대해서 이야기했다. 그때 니체가 흘렸던 눈물의 의미에 대해서도. 니체가 남긴 잠언들을 소개해주는 것으로 칠 주간의 강의를 마쳤다. 수강생들과 함께 백화점 식당에서 만두를 먹고 차를 한 잔씩 마셨다. 사람들은 마지막 시간에 오지 않은 J에 대해 잠시 이야기했다. J의 모친과 알고 지낸다는 한 수강생은 J가 지금 라오스에 있다고 했고 또 다른 수강생은 오늘 수업 시간 전에 J가 백화점 일 층에서 넥타이를 고르고 있는 것을 보았다고도 했다. 우스갯소리를 잘하던 J, 우리 중에서 가장 젊었던 J, 라며 깔깔거리다가 사람들은 곧 화제를 돌렸다. J에게서는 연락이 없었다. 말을 안 해도 알 수 있는 게 있지만 말을 하지 않으면 도저히 알 수 없는 것들이 있다. 지금은 어느 쪽일까? J 생각이 날 때마다 무지개송어를 떠올리곤 했다.

1월 23일은 1월 22일을 맞는 것과는 약간 다른 기분이었지만 시간은 정확하게 흘러갔다. 오후 세 시에는 잘못 걸려온 전화가 한 통 왔고 오후 다섯 시가 지나자 어둡고 짙은 녹색으로 어둠이 몰려들기 시작했다. 나는 식탁의자에 앉아서 창문 쪽을 바라보고 있었다. 어둠이 눈에 익자 희끗희끗 눈송이가 날리기 시작하는 것이 보였다. 고양이 울음소리가 들렸고 골목으로 음식 배달을 나온 오토바이들이 지나다녔다. 여느 때와 다름없는 평범한 일요일 저녁이었다. 나는 천천히 일어나서 가쓰오부시로 국물을 만들고 버섯과 대파와 쑥갓과 양파를 찬물에 씻어 물기를 뺐다. 국물이 끓기 시작하자 전골냄비를 식탁 한가운데로 옮겨놓았다. 아이들이 잠든 틈에 안방에서 민화투를 치고 있는 아버지 엄마 오빠 올케를 큰 소리로 불렀다. 식탁 앞으로 가족들이 모였다. 오늘

풍선을 샀어 45

저녁에는 전골이 아니라 수제비가 먹고 싶었다는 둥 전골을 할 거면 고기 좀 넉넉하게 준비하지 그랬냐는 둥 어디 소주 같은 건 없냐는 둥 제각각 한마디씩 하면서 가족들이 순가락을 들기 시작했다. 수저가 식탁 유리 위에 딱딱 부딪히는 소리, 후루룩 국물을 떠먹는 소리, 유리잔에 물 따르는 소리들이 소란스럽게 이어졌다. ……나는 깊은 숨을 쉬었다. 지금 어디선가 J도 저녁밥을 먹고 있을 거라는 확신이 들었다. 그것은 바람이 아니라 믿음 같은 거였다. 더 이상 J를 기다리지 않기로 했다.

2월이 시작되었다. 종로에 있는 학원에 나가서 일주일에 세 번씩 초급 독일어를 가르치게 되었다. 그 일을 소개해준 사람도 역시 차선배였다. '선배가 하지 왜?' 선배는 지물포 일이 적성에 딱 맞는 것 같다며 고개를 저었다. 지물포 일이 적성에 딱 맞는 사람은 어떤 사람일까. 나는 선배에게 처음으로 밥과 차를 샀다, 그사이에 조카가 거실에서 넘어지면서 탁자 모서리에 머리를 부딪히는 사고가 있었고 친할머니 제사가 있기도 했다. 제사를 지내던 날 아버지가 제사상 위에 촛불을 켜자 다친 머리에 보호용 흰 그물망을 뒤집어써서 꼭 과일상자 속의 배처럼 보이는 조카가 와, 생일이다! 소릴 지르며 '해피버쓰데이투유, 해피버쓰데이투유' 하고 손뼉을 치면서 노래를 부르기 시작했다. 아버지는 웃지도 울지도 못하는 얼굴로 '어이구 이놈아!' 하면서 이 방 저 방 통통통통 뛰어다니며 노래를 불러대는 조카를 붙잡느라 얼굴이 벌게졌다. 나는 술잔을 돌리고 있는 오빠 등 뒤에 서 있었다. 어렸을 적부터 어쩐지 오빠와는 팔짱을 낀다거나 손을 잡는다거나 하는 신체적인 접촉이 전혀 없었던 것 같다. 젊었을 적에는 서로 다른 사람을 쳐다보느라 그랬고 십 년 만에 돌아와보니 그러기에는 너무 나이가 든 것 같다. 모르는 척 오빠의 팔짱을 한번 껴보았다. 오빠는 아버지처럼 늙어가고 있었고 모르긴 몰라도 나는 엄마처럼 나이가 들어가고 있을 것이다. 이렇게 제사를 지내고 1월이 가고 2월이 오는 사이에 말이다. 그러나 가만히 서 있기만 하는데도 3월이 가고 4월이 간다면 그건 좀 서글플 것 같다. 팔꿈치 안쪽이 서서히 따뜻해졌다. 오빠에게는 J에 관해 이야기할 수 있을지도 모른다는 생각이 들었다. 오빠가 나를 돌아보더니 씩 웃었다. '너 이런다고 내가 방을 비워줄 것 같으냐?' 어림도 없다는 표정이었다.

그날 밤 한스가 나를 깨웠다. 한 가지 소식을 전해주었다.

10

니체에게 철학이란 얼음으로 뒤덮인 고산에서 자발적으로 사는 것이었듯 나에게 있어서 삶이란 것 또한 바로 그랬다. 벗어난 두려움도 있고 그렇지 못한 것도 있지만 나는 늘 여기 머물고 싶어 했고 그것은 나의 선택이었다. 나는 질문했다. 그러나 그의 정원으로 들어간다는 것은 불가능한 일이라는 것을 이제 나는 안다. 나는 진리도 찾지 못했고 도약도 하지 못했다. 니체의 말처럼 어떤 강물도 자기 자신에 의해서만은 크고 풍부해지지 않을 것이다. 많은 지류를 받아들이며 끊임없이 계속 흘러가는 것, 그것이 강 하나를 만들 것이다. 모든 정신의 위대함이란 질문에 대한 해답을 들려주는 것이 아니라 방향을 제시해주는 사실이라는 것을 깨닫고 있었다. 그렇다면 나에게 내 삶의 방향을 제시해준 위대한 예술가는 바로 니체인 셈이다. 견뎌야 하는 삶, 가꾸어야 하는 삶, 돌봐야 하는 삶, 조화를 이루는 삶에 대해 나는 생각하기 시작했다. 니체는 우리 삶에서 일어나는 불행한 일들, 곤경 같은 것들을 나쁘고 제거해야 되는 것으로만 생각하지 않았다. 뿌리를 돌보듯 자신의 불행과 어려움을 돌봐야 한다고 말했다. 그것이 정원사의 경험을 통해서 니체가 남긴 철학이었다.

이성의 명령에 귀 기울여라. 니체가 나에게 말했다.

내가 가진 권리들에 대해서 생각했다. 나에게는 아프다고 말할 권리가 있고 책을 읽을 권리가 있고 타인의 권리를 침해하지 않는 한 그에게 의지할 권리가 있고 진실을 말할 권리가 있고 잠을 잘 권리가 있다. 나에게는 토마스의 위로와 충고에 저항할 권리가 있고 더 이상 미안해하지 않아도 될 권리가 있고 J를 생각해도 될 권리가 있다. 나는 더 많은 생각을 하지 않으면 안 되었다. 그리고 마침내 내가 J에게 쏘았으나 되돌려 받은 화살 같은 질문에 대해 골똘히 생각하기 시작했다. 두려움이 사라지고 나면,

"책을 한 권 쓰고 싶어."
나는 J에게 말했다.
"그럴 줄 알았어요."
J는 시원시원하게 대답했다.
"뭘?"
"기다리고 있을 줄 알았다구요."
"그동안, 어땠니?"
"백에서부터 거꾸로 삼씩 뺐어요. 구십칠, 구십사, 구십일……, 어려운 일이 생길 때마다 그렇게 했어요. 난 벌써 지하철을 세 번이나 혼자 탔다구요, 선생님."
"백에서부터 삼씩 빼면서?"
"네, 그거 정말 좋은 방법이에요. 선생님도 책 읽다 머리 아프면 그렇게 해보세요."
"그것도 좋지만 저, 우리, 풍선 한번 불어볼까?"
"저 사람들처럼 연이나 날린다면 모를까, 에이 창피하게 웬 풍선을요."
"후—흡, 자, 너도 한번 빵빵하게 불어봐, 흡흡흡—후."
"후—흡, 이렇게요?"

"한 남자가 한 여자를 후—훕."

"그거, 후훕, 해피 엔딩이에요? 후후—훕."

"사랑 흡흡, 했대."

"풍선 부는 거, 후훕, 되게 오랜만이에요, 후—훕훕."

"높은 데를 아주 무서워하는 후—훕, 후후후, 남자였는데 사랑에 빠져 있는 동안, 후후후후—훕, 아주 훌륭하게 암벽 등반을 후훕, 했다는 거야."

"누가요? 훕훕."

"후후훕, 내 친구가, 훕."

노란 풍선과 파란 풍선이 하늘로 날아오르는 것을 J와 나는 바라보고 서 있었다. 바람이 분다. 암벽 등반에 성공하던 날의 토마스는 온몸이 코코넛브라운 색깔로 빛나고 있었다. 내가 하이델베르크를 떠나기 전에 그는 나에게 이렇게 충고했다. 너의 장점은 외부 세계의 영향을 받지 않는다는 데 있다. 학문을 하겠다면 그것은 아주 큰 장점으로 작용할 거야. 그런데 너는 바로 그것 때문에 고립적으로 살아갈 운명에 놓이게 될 거야, 영원히.

내가 살았던 작은 마을과 학교가 오랫동안 내 세계의 전부였다. 그 너머 멀리 떨어진 세계는 두려운 미지의 세계였다. 지금 나는 한쪽 발을 잡아매고 있던 매듭이 스르르 풀리듯, 저 노란 풍선과 파란 풍선처럼 내 영혼이 한 뼘쯤 위로 쑥 들리는 것을 느낀다. 너는 아니, 토마스? 매듭에는 신비한 두

가지 힘이 있어. 그 힘은 어떤 사람에게는 영원히 흉한 것일 수도 있어. 그러나 어떤 사람에게는 길한 것일 수도 있어. 마치 고대인들의 결승문자처럼 말이야. 내가 이렇게 말한다면 토마스는 이해할 수 있을까. 토마스가 좋아하는 비트겐슈타인은 인간에게 희망의 몸짓은 없다고 말했다. 화난 사람처럼 행동하는 것은 쉽다. 기쁜 사람처럼 행동하는 것도 쉽고 슬픔에 빠진 사람처럼 행동하는 것도 쉽다. 그런데 희망? 이것은 어렵다고 그는 단언했다. 만약 토마스가 풍선을 불어 날리고 있는 지금의 J를 봤다면 그걸 뭐라고 표현했을까. 그리고 또 그 옆에 서 있는 나를 보았더라면.

"선생님 또 울어요?"

울퉁불퉁한 손으로 J가 내 뺨을 쓸었다.

"그렇게 건들거리지 말고 똑바로 한번 서봐."

두 손으로 J의 팔뚝을 붙잡고 마주 섰다. J가 약간 긴장하는 것 같다. 수를레이 바위에서 니체가 울었을 때 그것은 단지 발견의 기쁨이 아니라 그 이론의 실존적인 작용에 대한 확신의 울음이었다. 확신의 탄성이었다. 만약 내가 고립적으로 살아갈 운명이라면 바로 그것 때문에 나에게는 독자성이 있을 것이다. 그런 것은 내부에서만 만들어지는 것일 테니까. 풍선은 자꾸자꾸 먼 하늘로 날아가고 있었다. 두려움을 극복하는 길은 뒤돌아보는 것이 아니라 앞으로 나아가는 거다 J. 그것은 변화를 뜻하는 것일지도 몰라. 스스로 깨닫지 못했던 삶의 특별한 의지가 있다면 그건 아마 풍선처럼 둥글고 부풀어 있을 것 같다. 내 이마가 그의 턱에 닿도록, 나는 살짝 발뒤꿈치를 들어 올린다.

달팽이에게

한 사람이면서도 두 사람인 처녀가 있었다. 한 여자의 몸속에 각각 두 개의 다른 인격과 사고를 가진 사람들이 살았던 것이다. 그 육체의 주인공은 자신의 몸속에 마치 아벨과 카인이 뒤섞인 것처럼, 자신이 진정 누구인지 끊임없이 질문하지 않으면 안 되는 그런 혼란스럽고도 고통스러운 삶을 살았다. 아니 다른 사람 이야기를 할 것이 아니라, 솔직히 나는 이따금 내 안에 또 한 사람이 살고 있다는 느낌을 버릴 수가 없다. 안개가 차오르듯 정신이 문득 몽롱해지면서 시간이나 주위 환경에 대한 의식이 서서히 단절되는 것을 느낀다. 내 몸을 빠져나온 영혼이 물끄러미 나를 쳐다보고 있는 것도 느낄 수 있다. 그것은 일종의 최면 상태와도 비슷한 것으로 의식은 있되 주변으로부터 차단되는, 책이나 영화에 맹렬하게 몰두하여 주위를 완전히 잊고 있을 때와 비슷한 느낌이다. 그런데 책을 읽을 때나 영화를 볼 때와 다른 점이 있다면 그때는 내 육체가 죽어버린 듯한 두려움이 동반된다는 점이다. 나는 나 자신에 대해 집중하지 않을 수 없었다. 내가 누구인지 정말로 알고 싶었던 것이다. 내 육체 속에 있는 내가 나인지 아니면 그 육체를 낯설게 바라보고 있는 그 낯선 시선이 바로 나인지.

인간은 원래 하나가 아니라 둘이라는 말은 인간이란 결국 부조리하고 제멋대로인 우스꽝스러운 인격들의 집합체라는 것이 아닐까. 신장 백칠십사 센티미터에 왼쪽 귓불 아래 크고 검은 사마귀가 하나 있는, 과도한 긴장과 고독으로 순종하는 데 익숙해진 표정의 나는 그러나 때로는 거침없이 상대를 항상 빤히 쳐다보는 눈을 가진, 여러 명의 인간들로 구성되어 있는 사람이며 상황에 따라 또 다른 인간들, 인격들에게 시시각각 자리를 내주고는 한다. 그렇다면 그 속에 어떤 것이 진짜 내 모습일까. 그 모든 것이 나일까? 아니면 아무것도 아닐까?

처음에, 내가 누구인지 말해준 사람은 미연씨였다.

미연씨는 내가 가장 좋아하는 나무는 소나무라고 말했다. 그것은 사실이었다. 그리고 미연씨는 말했다. 내가 가장 좋아하는 계절은 가을이고 좋아하는 생선은 고등어이고 좋아하는 산은 설악산이며 좋아하는 색깔은 검정색이라고. 가장 좋아하는 계절이 언제인지, 좋아하는 색깔이 무엇인지 한 번도 심각하게 생각해본 적은 없지만 듣고 보니 그 말도 모두 사실인 것 같았다.

그게 당신이란 사람이야.

미연씨는 재미있어 죽겠다는 듯 깔깔거렸다. 미연씨가 말한 나라는 사람, 즉 내가 좋아하는 것들은 한국갤럽에서 분야별로 선호도를 조사한 결과라고 했다. 그건 사실 내가 누구인지에 관한 것이라기보다는 내가 가진 취향에 가까운 것이었다. 그러나 나는 반박하고 싶지 않았다. 평범한 사람. 미연씨의 그 말은 나를 안심시켰다. 이따금 내 안에 다른 한 사람이 더 끼어들고 있다는 느낌 또한 어쩌면 나뿐만 아니라 평범한 다른 사람들도 느끼는 하나의 자연스러운 현상일 뿐일지도 몰랐으니까. 미연씨로 말할 것 같으면 나와는 약간 다른 사람이다. 가장 좋아하는 음식은 불고기이며 색깔은 분홍색을 좋아하고 계절은 겨울을 좋아한다. 우리는 서로 다른 취향을 갖고 있었지만 그건 큰 문제가 되지는 않았다. 그러나 가장 좋아하는 꽃이나 계절이나 음식 같은 질문 말고 나는 미연씨가 나에게 다른 것을 물어봐주었으면 좋겠다고 생각한 적이 있다. 가령 혼자 있을 때 주로 하는 생각 같은 것. 만약 미연씨가 나에게 그런 것을 물어왔다고 해도 어쩌면 사실대로 대답하지 못했을지도 모른다.

그 다음에, 내가 누구인지 말해준 사람은 하지와 요지 고모였다.

세 살이나 네 살쯤 되었을까. 고모부는 아직 글을 읽을 줄 모르는 내 팔뚝에다 대고 한참을 뭐라고 썼다. 간지러움을 참으면서 나는 할아버지가 밀쳐둔 장부 속에서 펜을 꺼내 고모부가 내 팔뚝에다 글씨 쓰는 것을 지켜보았다. 그때의 기억이 이렇듯 생생한 것은 아마 그것이 내가 세상에 태어나 처음 본 글씨였기 때문인지도 모르겠다. 글씨를 다 쓴 고모부는 길게 하품을 한 번 하더니 나의 큰고모인 하지 고모 손을 잡고 우물을 빙 돌아 대문 밖으로 사라져버렸다. 뭐라고 쓴 것인지 내게 가르쳐주지도 않고서 말이다. 저녁 무렵, 장독대 뒤에서는 단수수 이파리가 부스스 소리를 내고 있었고 석류는 선명한 붉은빛으로 물들고 있었다. 나는 내 팔뚝에 새겨진 길고 구불구불한 글씨를 한참 쳐다보았다. 처음에는 단순하게 보였던 그것이 의외로 꽤 복잡한 구조를 가졌다는 것을 알게 되었다.

고모부가 쓴 그 문장이 '의심하라, 그리고 움츠러들지 마라'라고 가르쳐준 사람은 우리의 요지 고모였다. 고모부가 그때 무슨 생각으로 글씨도 읽을 줄 모르는 내 팔뚝에다 대고 그런 이해하기 어려운 문장을 썼는지 문득문득 궁금할 때가 있었다. 그러나 그걸 물어보고자 했을 때는 고모부는 이미 죽고 난 후였다. 그 문장은 가슴팍에 새긴 문신처럼 오랫동안 각인되었다. 어렸을 적에 나는 뜻하지 않은 일이나 기쁜 일, 슬픈 일, 혹은 감당하기 어려운 일이 생길 때마다 의심하라, 그리고 움츠러들지 마라, 자신에게 되뇌고는 했다. 그럴 때마다 그게 큰 힘이 되었던 것도 사실이다. 그러나 열한 살에 아버지의 죽음을 목격하고 난 후, 그리고 성년이 되어서 차츰 나는 예전과는 다른 사람이 되었고 그 문장 또한 아마도 고모부의 의도와는 전혀 다를 것이 분명한 데다 적절히 이용했다. 고모부에게는 미안한 일이지만, 그래서 나는 죽음을 생각해도 이젠 전혀 움츠러들지 않는 사람이 되었던 것이다.

하지 고모, 요지 고모와 함께 살기 시작한 건 칠 년 전부터이다. 이번이 마지막이라는 심정으로 그동안 고모들이 지키고 있던 고향의 집과 선산을 모두 팔아치워 목돈을 마련했다. 약속이나 한 것처럼 모두 자식을 낳지 못한 고모들이 당장 오갈 데가 없어졌다. 가벼운 보따리 하나씩을 들고 환갑이 넘은 고모들이 서울로 올라왔다. 막 볼링장을 개업하던 무렵이었다.

미연씨는 처음에 내가 부모도 아니고 죽은 아버지의 여동생, 그것도 두 명이나 되는 고모들과 함께 살고 있다는 사실을 받아들이기 힘들어했다. 나는 미연씨를 이해했다. 만약 그때 미연씨와 내가 함께 살 수 있는 형편이었다면 우리는 그렇게 했을지도 모른다. 혼자 있을 때, 나는 나 자신이 가장 불안정하고 위험한 상태로 변한다는 것을 잘 알고 있었다. 때로 그 위험은 평상시에는 불가능하다고 생각되는 일까지 서슴없이 저지를 수 있는 상상하기 힘든 큰 용기, 극단적인 힘을 불러일으키곤 하였다.

내 안에 두 사람이 살고 있다고 치자. 한 사람은, 이를테면 죽음이란 것은 위로와 위안과 변할 수 없는 신뢰감을 품은 채 지금껏 한 번도 경험해보지 못한 신비한 왕국을 향해 나아가는 여정이라고 말한다면 다른 한 사람은 죽음이란 이 세상에서 인간이 경험할 수 있는 가장 추하고 더러운 것이라고 반박했다. 그러므로 죽음이란 것은 외지고 격리된 장소에서 치러져야 마땅한 것이라고 주장하는 것이었다. 이런 식이다. 그래서 나는 죽음에 관해 생각하고 있는 진짜 내 모습을 알지 못했다. 고모들에게 내가 꼭 필요했는지 그건 잘 모르겠지만 나에게는 고모들이 필요했고 시간이 더 흐른 후에 고모들은 나에게 그동안 내가 알지 못했던 것들을 깨닫게 해주었다. 그 이야기를, 이제 나는 미연씨에게 해줄 수 있을 것 같다.

하지 고모가 사온 연둣빛 싱싱한 유기농 상추 뒷면에 달팽이 한 마리가 딱 달라붙어 있었다. 상추를 들고 부채처럼 흔들어봐도 떨어지지 않았다. 분주하게 더듬이를 움직이고 있는 그것을 난감한 눈으로 바라보다가 두어 장의 상추 이파리와 함께 검은 비닐봉지 속에 그대로 넣고는 냉장실 한구석으로 밀쳐두었다. 그게 지난 5월 초순의 일이다.

*

 하지 고모와 요지 고모는 볼링장 청소를 도맡아 했다. 아무리 말려봐야 소용없는 일이었다. 예순 살이 넘었지만 고모들은 믿기지 않을 만큼 정정했고 나는 그들에게도 아직 할 일이 필요하다는 것을 인정하지 않을 수 없었다. 그러나 볼링장에서 걸레를 든 고모들을 보게 되는 건 나로서는 무척 곤혹스러운 일이기도 했다. 그 시간도 길게 가지는 못했다. 이제 하지 고모는 하루의 대부분을 주먹을 꼭 움켜쥔 채 잠을 자고 요지 고모는 하지 고모 곁을 떠나지 않게 되었다. 다른 사람들이 두려워하는 게 있다면 어떤 것일까, 궁금할 때가 있다. 나는 가파른 계단과 나를 빤히 쳐다보는 누군가의 눈과 톱니바퀴를 두려워한다. 그리고 여기서 또다시 실패라는 걸 할까 봐 두렵다. 그런 것들보다 내가 더 두려워하는 게 있다면 그건 바로 알츠하이머다. 그건 정말로 죽음보다 더 두렵다. 왜냐하면 그것은 소리 없이 천천히 진행되지만 끊임없이 계속되기 때문이다.

 큰고모인 하지 고모가 알츠하이머에 걸린 것은 우리가 함께 살기 시작한 지 삼 년이 채 못 되어서다. 태어날 때부터 한 몸이었던 것처럼 요지 고모가 큰고모 곁을 한시도 떠나지 않게 된 것도. 죽음이란 것은 결코 계획할 수 없다는 것을, 언제나 우리의 예상을 뒤엎으며 찾아온다는 것을 잘 알지만 그래도 만약 선택이라는 걸 할 수 있다면 나는 짧고 순간적이면서도 고통스럽지 않은 죽음을 맞고 싶다는 생각을 하지 고모를 보면서 하곤 했다. 죽음으로 가는 길은 여러 가지가 있었다. 너무나 일찍 포기하는 사람, 자신이 앓고 있는 질환이 어떤 것인가 정확히 안 후 오랫동안 투병하는 사람, 체념하듯 오직 죽는 순간만을 기다리는 사람, 맞서 싸워야 한다는 것을 잘 알고 있는 사람. 처음에 하지 고모는 그중에 너무나 일찍 포기하는 사람에 속했다. 하지 고모는 자신이 걸린 질병이 암이 아니라 치매라는 것을 알았던 것이다. 암이 무서운 건 아마도 암의 특징인 그 전이 능력 때문일 것이다. 그러나 우리 세 사람 모두는 암보다 더 무서운 게 바로 알츠하이머라는 사실을 순식간에 깨달아버렸다. 그런 하지 고모가 자신의 병에 맞서 싸우기로 결심한 것은 전적으로 요지 고모의 힘이라고 나는 생각한다. 동생인 요지 고모가 하지 고모를 간병하고 있는 것을 볼 때면 나는 묘한 기분에 빠지곤 한다.

아무래도 요지 고모 이야기를 좀 해야 할 것 같다.

사실 고모들의 이름부터 좀 수상쩍은 데가 있긴 했다. 큰고모야 하지에 태어나서 '박하지'라는 이름을 갖게 되었다는 것은 이상하지 않지만 작은고모 이름이 '요지(枝)'라는 데는 여러 가지 억측이 있었다. 그래도 그중 가장 그럴듯한 건 고모가 어렸을 적엔 요지처럼 똑 부러지고 똑똑해서 그런 이름을 갖게 되었다는 것이다. 그것도 그대로 믿을 만한 소리는 아니었으나 작은고모 이름이 '박요지'인 것은 확실했다. 별명이 아니라 본명 말이다. 근동에 소문이 날 만큼 똑똑하고 야무졌던 요지 고모가 열 살이 되던 해에 열병을 앓았다. 그때 고모에게 부자탕이라는 한약을 먹였는데 그 한약재 속에 독성이 든 재료가 섞인 모양이었다. 한 달 후 요지 고모는 자리를 털고 일어났지만 이미 예전의 명민하던 그 아이가 아니었다. 한쪽 뇌를 훼손당한 사람처럼 요지 고모는 입을 헤벌린 채 실실 웃으면서 방문을 밀치고 나왔다고 한다.

내가 기억하는 아버지는 요지 고모 때문에 늘 마음을 놓지 못하는 모습이며 또 한 가지는 머리를 밑으로 해서 가라앉아 떠오른, 익사체의 모습이다.

요지 고모는 일찍부터 밤마실을 다니기 시작했고 결국 중학교도 졸업하지 못했다. 요지 고모가 열아홉 살 때 아버지는 이웃 동네에서 사진관을 하던 남자에게 고모를 중매시켰다. 사진관 남자를 만나러 가던 날, 그때 P읍에 몇 대밖에 없던 택시를 대절해서 아버지는 한밤중에 찾아갔다. 아버지는 나를 택시에서 내리지 못하게 했다. 아버지와 택시기사가 트렁크에서 가마니를 꺼내는 것을 보았다. 까무룩 잠들었다 깨보니 택시는 다시 우리가 살고 있는 할아버지 집으로 향하고 있었고 아버지는 골똘한 표정으로 창밖을 내다보고 있었다. 아버지가 애쓴 보람도 없이 요지 고모는 결혼한 지 딱 하루 만에 소박을 맞고는 우리 집으로 돌아왔다. 소박맞은 이유는 요지 고모가 처녀가 아니라는 것이었다. 가마니 속에 가득 쟁여 넣은 지폐도 소용없게 돼버린 셈이었다. 아버지는 이웃동네에서 농사를 짓던 청년에게 고모를 중매시켰다. 이번에도 역시 가마니를 실어 날랐다. 다행히 그들은 고모부가 세상을 떠날 때까지 함께 살았다. 어렸을 적에 내가 그 고모부를 무척이나 따랐던 기억이 난다. 그러나 고모부는 돌아가실 때까지 하는 일마다 실패했고 아버지가 그 뒤를 봐주는 것도 한계가 있었다. 결국 고모부는 우리 집으로 들어와 농사를 거들게 되었다. 나는 아버지가 작은고모부를 두고 인품이 훌륭한 사람이라고 말하는 것을 자주 듣곤 했다. 그것은 아마도 모자라는 요지 고모를 데리고 살아주는 고모부에 대한 고마움의 표현이 아니었던가 생각한다. 고모부가 죽고 난 후 요지 고모는 일 년간 혼자 살았다. 그러다가 세 살 아래인 둘째 고모부를 만나서 함께 선산을 지키다가 그때 막 혼자가 된 하지 고모와 함께 살기 위해서 그와 헤어져버렸다. 그 후 하지 고모와 요지 고모 둘이 서울로 올라온 것이다. 이것이 내가 아는 요지 고모 이야기이다. 어렸을 적에 나를 가장 자주 업어준 사람도 요지 고모였다. 반면에 하지 고모 이야기는 별로 할 것이 없다. 하지 고모는 이웃 C읍에서 가장 큰 예식장을 하던 집안의 큰아들과 열일곱에 결혼하여 별다른 고생 없이 한평생을 살았다. 훗날 알츠하이머에 걸린 것만 제외하면 말이다.

담당 의사는 그 병에 맞설 수 있는 유일한 진리가 있다면 그것은 인간이 가진 사랑이 그 병을 이기고도 남을 만큼 강하다는 사실을 깨닫게 되는 것일지도 모른다고 엄숙하게 말한 적이 있었다. 한자리에서 같은 말을 들었는데 나는 그 말을 일찍 포기하라는 말로 들었고 요지 고모는 그 병에 맞서 싸워 이길 수 있는 것은 인간이 가진 사랑뿐이라는 말로 이해한 것 같았다. 나는 주름지고 늙었으나 반짝이는 눈동자를 가진 요지 고모 얼굴을 물끄러미 바라보았다. 예전에 한때 요지 고모가 명민했었다는 게 사실일지도 모른다는 생각이 스쳐 지나갔다. 그 부끄러움 속에서 나는 또 한 가지 불확실한 기대감에 빠져 있었다.

미연씨를 만났을 때는 이미 하지 고모 상태가 심각해진 상황이었다. 나는 고모들을 떠날 수 없었고 미연씨는 남편과 두 딸과 헤어지겠다고 했으나 나는 원치 않았다. 한때 내 목숨보다 더 사랑했던 사람인데 말이다. 미연씨를 사랑한 만큼 한 번도 보지 못한 그녀의, 이 세상에서 가장 좋아하는 사람이 언제나 엄마라고 대답한다는 두 딸들을, 그리고 미연씨 마음이 다른 데 가 있다는 것을 뻔히 알면서도 여전히 미연씨를 사랑한다는 그녀의 남편에게 또한 나는 친밀감을 느꼈다. 어느 땐 우리 모두가 한가족인 것처럼 느껴질 때도 있었다. 미연씨와 내가 심야 통화하던 걸 들킨 며칠 후에, 나는 술 한 잔도 못 마시는 미연씨 남편이 술에 곯아떨어진 채로 대문 앞에서 쓰러져 있었다는 이야기를 들은 적이 있다. 그 이야기 때문에 내가 미연씨와 헤어지겠다는 결심을 한 걸 그녀는 아마 모를 것이다.

헤어지자는 말을 하던 날, 나는 미연씨에게 내가 유년 시절을 보냈던 집에 관한 이야기를 들려주었다. 마당과 외양간과 우물과 곳간과 채마밭과 석류나무 앵두나무 대추나무 그리고 장독대와 단수수가 있던 뒤꼍을 냅킨에다 평면도를 그려 미연씨에게 보여주었다. 그리고 툇마루를 선으로 두 번 세게 그었다. 그 바람에 얇은 냅킨이 그 자리만 쭉 찢어져버렸다. 여기, 이 툇마루에 어느 날 다듬이가 놓여 있었어요. 마루 끝에는 병아리들이 들어 있는 커다란 채반 같은 게 있었구요. 엉금엉금 기기 시작할 때라고 하니까 아마 한 살이 조금 못 되었을 때일 거예요. 툇마루를 엉금엉금 기어서는 다듬이를 집어 들곤 또 병아리 채반이 있는 데까지 갔대요. 다듬이로 병아리를 툭툭 내리쳤나 봐요. 뭘 알고 그랬을 리는 없을 거예요. 그때 내가 죽인 병아리들이 삼십 마리도 넘었대요. 나중에 요지 고모가 해준 얘기예요. 미연씨, 그때 내가 병아리들을 너무 많이 죽인 벌을 지금 받고 있는 것 같아요. 우린 같이 살 수가 없잖아요. 미연씨는 콧물을 훌쩍거리며 고개를 주억거렸다. 그러나 서로 극도의 무력감에서 벗어나고 싶은 심정으로 일 년 만에 허겁지겁 우리는 다시 만나게 되었다. 이게 옳은 일인지 옳지 않은 일인지 여전히 나는 잘 모르겠다. 한 가지 분명한 것은 지금은 미연씨가 없으면 나는 더욱 자주 환경으로부터 차단되는 것을, 육체가 죽어버린 듯한 아픔을 느끼고는 하는 것이다. 그것은 아마 미연씨도 마찬가지가 아닐까.

냉장고에서 무심코 검은 비닐봉지를 꺼내 풀어봤을 때 상추는 온데간데없고 처음 발견했을 때보다 0.5센티미터쯤이나 더 길어진 듯한 달팽이 한 마리가 긴 더듬이를 신중하게 느릿느릿 움직이고 있는 것을 발견했다. 게다가 달팽이 똥이라고는 믿기지 않을 만큼 많은 배설물이 봉지 안에 가득했다. 연두색 똥이었다.

미연씨가 일러준 대로 커다란 유리그릇에 모래를 깔고 축축해질 만큼 물을 뿌린 후에 달팽이를 내려놓았다. 그 안에 얇게 썬 당근과 무 이파리를 놓아준 사람은 요지 고모였다. 먼 옛날에 달팽이의 조상들은 바다 속에서 살았다는구나. 그 중에서 용감한 몇몇 녀석이 강으로 땅으로 올라와서 지금 같은 달팽이가 되었지. 바다 속에서 살았던 옛 기억 때문에 달팽이들은 지금도 비 오는 날을 좋아한단다. ······나는 요지 고모 얼굴을 물끄러미 바라보았다. 어쩐지 요지 고모라면 이

대로 천천히 죽음으로 미끄러져 들어가고 있는 하지 고모를 구해낼 수도 있을 것만 같았다. 나는 한때 바다를 건넌 적이 있다는, 껍데기에 가늘고 짙은 고동색 띠를 두른 달팽이를 가까이 들여다보았다. 낮은 원추형의 똬리형 껍데기 속에 든 그것은 꼭 수천만 분의 일로 축소시킨 고생대의 암모나이트처럼 보이기도 했다. 그러고 보니 큰고모부가 내 팔뚝에 새긴 글씨처럼 의외로 꽤 복잡한 구조를 가진 놈이었다.

*

비가 오는 밤이면 다리 많은 벌레들이 벽을 타고 빠르게 돌아다녔다. 요지 고모 말대로 달팽이들이 비를 좋아하는 건 사실인 것 같았다. 평소에는 수분이 증발하는 것을 막기 위해 입구를 점액으로 단단히 막을 치고 주로 껍데기 안에만 있는 달팽이가 비 오는 날이면 기지개를 켜듯 밖으로 머리를 쑥 내밀고는 제 몸을 이리저리 끌고 다녔다. 그러곤 입 안에 나 있는 작고 깔쭉깔쭉한 이빨로 비스킷을 갉아 먹곤 했다. 비 오는 밤에 나는 잠에서 깨어난 적이 있다. 유리그릇 가장자리에 턱 하니 몸을 붙이고 앉은 달팽이가 긴 더듬이 끝을 이쪽으로 향하고 있었다. ……누군가 나를 빤히 쳐다보는 눈. 그 긴 더듬이 끝에 눈이 달려 있다는 걸 안다. 숨이 차오르는 것을 느꼈다. 그러나 나는 곧 안심했다. 그 눈은 기껏해야 밝은지 어두운지 정도밖엔 분간할 수 없을 테니까. 까짓, 달팽이 한 마리. 나는 의기양양하게 중얼거렸다. 아직 본격적으로 장마가 시작된 것도 아닌데 불규칙적으로 비가 자주 내렸다. 비가 내리는 밤이면 달팽이가 깨어 있는 것을 종종 볼 수 있었다. 나 역시 비 내리는 밤에 깨어 있기 때문이다. 그런 밤의 달팽이는 마치 나는 밤이 좋아, 밤은 내 몸을 숨겨주고 비는 내 몸을 적셔주니까, 라고 나에게 말하고 있는 것 같았다. 나도 달팽이에게 말했다. 나도 밤이 좋다. 비 오는 밤은 더 좋다. 밤은 내 몸을 숨겨주고 비는 내 몸을 적셔주니까.

　나는 예전보다 일찍 귀가하기 시작했다. 하루 종일 하지 고모를 돌보느라 지친 요지 고모를 대신해 세탁을 하기도 하고 달팽이 똥을 치우기도 했다. 달팽이는 당근을 주면 오렌지색 똥을, 오이나 상추를 주면 연두색 똥을 그리고 가지를 주면 어김없이 흰색 똥을 누었다. 천천히, 그러나 꾸준하게 움직이는 달팽이는 이따금 유리그릇을 벗어나 예기치 못한 장소에서 발견되는 경우도 있었다. 유리그릇 안에 달팽이가 보이지 않으면 까치발로 집 안을 뒤지고는 했다. 저녁을 먹고 나면 하지 고모는 또다시 잠을 자거나 멍한 얼굴로 텔레비전을 보았고 요지 고모는 하지 고모 곁에서 골무를 만들었다. 나는 개밥을 주러 나간다는 핑계를 대고 슬쩍 마당으로 빠져나온 미연씨와 짧게 통화하곤 했다. 슬그머니 밤이 와 고모들이 잠든 것을 확인하고 마지막으로 현관문을 잠글 때면 문득 고요해지는 것을 느꼈다. 내 방으로 들어가기 전에 잠든 고모들 얼굴을 한 번 더 들여다본다. 하지 고모가 요지 고모 팔을 베고 잠들어 있기도 하고 어느 땐 서로 등을 돌린 채 잠들어 있기도 하다. 문고리를 잡고 우두커니 서 있는 나는 어쩐지 그들 사이에서 유일하게 태어난 자식 같은 느낌이 든다. 한 백 년쯤, 우리는 그렇게 함께 살아온 것 같다. 방문을 닫다가 말고 나는 힘없이 흐, 하고 웃는다. 정말 저 고모들이 나를 낳은 건 아닐까. 자웅동체인 달팽이들처럼 말이다.

병을 앓고 있는 사람은 하지 고모였지만 가장 불행해진 사람은 하지 고모가 아니라 그 고모를 간병하는 요지 고모였다. 나는 가족이기는 했으나 고통을 느낄 만큼 하지 고모와 오랜 시간을 보내지는 않았으니까. 그런데도 불구하고 나는 환자에 대한 미움이 놀라울 정도로 커지는 것을 느꼈다. 그 병을 극복하는 방법은 결국 죽음을 기다리는 것뿐이었다. 나는 요지 고모도 그럴 거라고 생각했다. 병원에서 나눠준 책자를 통해 치매의 원 뜻이 '말씨나 행동이 민첩하지 못하고 생각하는 것이 어딘지 모르게 덜 됨'이라는 걸 알게 되었을 때 쓸쓸하게 웃지 않을 수 없었다. 그 말이 사실이라면 어렸을 적부터 요지 고모는 그러니까 일종의 치매에 걸린 셈이었던 것이다. 그런, 한평생 남들에게 덜떨어졌다는 소리를 듣고 산 요지 고모는 그런데 나와는 전혀 다른 태도를 보였다. 그것은 태도라기보다는 일종의 신념 같은 것이었다. 회복할 수 있다는 확고부동한 믿음 말이다. 그 요지부동 앞에서 나는 쩔쩔매고 있었다.

마침내 하지 고모가 밥 먹는 방법마저 잊어버렸다. 이젠 같이 앉아서 울고 웃고 화내는 것 말고 요지 고모와 나는 다른 방법을 찾아야 했다. 하지 고모 체중이 급격히 떨어졌다. 요지 고모는 밥을 씹고 물을 삼키는 방법을 완전히 잊어버린 하지 고모에게 입을 벌려 억지로 삼키게 했다. 튜브를 통해 영양 공급을 해준 것도 잠깐뿐이었다. 이미 뇌 기능을 상실한 하지 고모는 그런데도 귀신같이 거기가 병원이라는 것을 알고는 잠시도 견디지 못했다. 병원을 아무리 집이라고 우겨도 하지 고모는 속지 않았던 것이다. 의사의 충고에도 불구하고 우리는 하지 고모를 집으로 데리고 오지 않을 수 없었다. 얼마 안 가 요지 고모 체중이 눈에 띄게 불어나기 시작했다. 그건 정말로 이해할 수 없는 일이었다. 대체 두 고모들 사이에서 무슨 일이 일어나고 있는 것인지, 요지 고모에게 핑계를 대고 나는 사흘 동안 집에 있어보기로 했다. 하지 고모가 잠이 든 때를 제외하고 요지 고모는 하지 고모 앞에서 지치지도 않고 밥을 먹고 물을 마시고 과일을 먹었다. 시늉만 하는 게 아니라 정말로 씹어 삼켰다. 하지 고모는 초점을 잃은 눈으로 그런 요지 고모를 시큰둥하게 쳐다보았다. 요지 고모는 자, 이렇게 먹는 거요, 라고 하지 고모 앞에서 시범을 보이고 있었던 것이다. 그렇게 먹는 밥이 살이 되기도 한다는 게 나로서는 참을 수 없을 만큼 화가 났다. 고모들 앞에서 왕왕 밥상을 부숴버렸다.

요지 고모의 노력에도 불구하고 하지 고모는 밥 먹는 방법을 기억해내지 못했다. 나는 하지 고모의 죽음이 방문 앞까지 다가왔다는 걸 느꼈다. 그리고 그 사실을 요지 고모도 알아차려주기를 기다렸다. 어느 늦은 저녁에 나는 벨을 누르지 않고 열쇠로 문을 따고 들어갔다. 베란다에 요지 고모가 등을 돌린 채 서 있었다. 거기서 뭐 하시는 거예요? 그때 요지 고모가 몸을 틀어 뒤를 돌아다봤다. 베란다 아래로 축 늘어뜨린 손에는 크고 무거워 보이는 수박 한 덩어리가 들려 있었다. …… 고모? 순간적으로 의식이 흐릿해지는 것을 느꼈다. 날카로운 톱니바퀴에 낀 사람의 절규 같은 것이 들려오는 것만 같았다. 오층에서, 요지 고모는 수박을 들어 올렸다가 있는 힘껏 아래를 향해 내동댕이쳤다. 나는 고개를 푹 떨구었다. 곧 하지 고모의 죽음을 목도하게 될, 정신적인 고립감에 휩싸인 그 야성적인 존재를, 두려움에서 벗어나기 위해 안간힘 쓰고 있는 요지 고모 얼굴을 차마 볼 수가 없었다. 그리고 나는 깨달았다. 나처럼 이미 오래전부터 요지 고모도 하지 고모의 죽음을 예감하고 있었다는 사실을 말이다.

분간도 할 수 없게 뭉그러진 수박의 형체 속에서 나는 나선형으로 바싹 둘둘 말려 군데군데 잘려 나간 흔적이 있는 하지 고모의 뇌질을 얼핏 보았다. 파괴된 뇌의 그 빈 공간에는 수

박의 과육처럼 연하고 붉은 혈청이 물이 새듯 서서히 빠져나가고 있을 것이다. 이상한 기대감이 나를 채우기 시작했다. 어쩌면 이젠 아버지의 죽음이 아니라 고모들의 죽음이 나를 형성하는 데 크게 작용할지도 몰랐다. 고모들의 죽음을 통해서 나는 생을 등지게 될 때의 그 무거운 수천 가지 짐들 중에서 아마 가장 큰 것일지도 모를 회한 한 가지로만 불쑥 떠오른 익사체의 형태가 아니라 그것과는 다른 것을 보게 될지도 몰랐다.

그날 밤, 표면이 매끄러운 데를 좋아하는 달팽이가 올라탄 곳은 하필이면 수저통 속에 세워놓은 칼이었다. 나는 달팽이가 그 작고 연한 몸을 움직여 칼날을 타고 넘는 것을 보았다. 매끄러운 곳을 지나갈 때와는 달리 달팽이는 그 어느 때보다 많은 양의 점액을 힘겹게 분비하고 있었다.

나는 미연씨에게, 달팽이가 지나간 자리엔 뭐가 남는지 아느냐고 물었다.

우리는 다시 만났지만 예전과는 달라졌다는 것을 깨닫는다. 그건 미연씨와 나의 사랑이 변해서도 아니고 우리가 서로 다른 생각을 하고 있어서도 아니다. 우리는 다가올 태풍과 여름 휴가와 미연씨가 새로 사 거실에 걸었다는 고흐의 복제 그림과 볼링장 주변에 새로 생긴 식당에 관해서 이야기했다. 미연씨와 나는 다만 서로가 가진 고통에 대해서는 일절 말을 하지 않는다. 그 고통들 때문에 한 번 헤어진 적이 있는 우리로서는 당연한 것인지도 몰랐다. 일 년 만에 다시 만났을 때 가장 놀란 건 그때나 지금이나 달라진 상황이 서로 아무것도 없다는 사실이었다. 우리는 가끔 만난다. 처음에 나는 그것이 미연씨와 나의 완벽한 연애라고 생각했다. 그런데 달팽이에 관한 이야기를 나누고 있는 지금 미연씨와 내가 왜 이토록 낯설게만 느껴지는 것일까. 나는 미연씨에게 대답을 재촉했다. 이 상실감은 어디에서부터 온 것일까, 끊임없이 천천히 의심하기 시작하면서.

이제는 팔아버리고 없는 P읍의 집에 내려가겠다고 하지 고모가 고집을 세우는 통에 하는 수 없이 하지 고모를 부축해 아파트 앞으로 나갔다. 조심히 댕겨와요. 현관을 나가는 하지 고모에게 요지 고모가 인사를 했다. 하지 고모가 그 집을 잊지 못하는 것처럼 나 역시 그 집을 영원히 잊지 못할지도 모른다. 고모들과 내가, 아버지와 내가 툇마루에 앉아서 단물만 씹고 퉤퉤 뱉어낸 단수수들이 하얗게 널려 있던 마당을, 마당 앞의 상추와 배추와 땅콩을 심었던 삼각형 모양의 채마밭을 껴안듯 품고 있던 그 집을, 그리고 그 집에 드나들던, 지금은 다 사라지고 없는 사람들을 말이다. 그렇지 않아요, 큰고모? 나는 아파트 화단 앞에 쭈그려 앉아 해를 바라보고 있는 하지 고모를 향해 동의를 구했다.

하지 고모는 요지 고모 앞에 둥글게 오므린 한 손을 수줍게 내밀었다. 그러고는 줄곧 주먹으로 살짝 감싸 쥐고 있던, 아파트 화단의 옥잠화 이파리 위에서 찾아낸 달팽이 한 마리를 요지 고모 손바닥에 올려놓았다. 겁을 먹고 웅크린, 황색을 띤 달팽이가 요지 고모 손바닥 안에서 꿈틀, 하고 움직이는 것을 하지 고모와 요지 고모, 그리고 내가 고개를 쑥 내민 채 들여다보고 있었다. 그것은 결국 하지 고모가 요지 고모에게 준 마지막 선물이 되고 말 것이었지만.

*

  장마가 시작되었다. 사람들은 더 이상 볼링을 치러 오지 않았다. 나는 주로 집에 있는 날이 많아졌다. 이제 두 마리가 된 달팽이들은 때를 만난 듯 활개치고 습한 집 안을 느리게 활보했다. 하지 고모가 요지 고모에게 찾아다 준 새 달팽이는 유독 종이를 좋아해서 습기를 빨아들인 신문지를 하루 종일 갉아 먹곤 했다. '거대한 물'이라는 뜻의 이과수 폭포를 한반도 상공 바로 위에서 쏟아 붓는 것처럼 장맛비는 연일 무섭게 쏟아졌다. 온몸을 감싸는 고무 옷을 찾아 입고 나는 가끔 장을 보러 가기도 했다. 집 안에 비상식량을 쌓아놓고 하지 고모와 요지 고모, 그리고 나는 하루 종일 잠을 잤다. 치유할 수 없는 상처를 입은 사람들처럼 우리 세 사람은 좀처럼 자리에서 일어나지 못했다. 나는 내 안의 다른 한 사람이 내는 목소리를 떨쳐내고자 안간힘을 쓰고 있었다. 그가 이끄는 대로, 충동에 결국 굴복하게 될까 봐 두려웠다. 그러나 종종 등 뒤에서 들려오는 고모들의 목소리가 나의 의식을 명료하게 일깨우곤 하였다.

하지 고모가 아프기 전의 일이다. 낮잠을 자다 막 일어나려고 하는 참이었는데 등 뒤에서 내 이야기를 하고 있는 고모들 목소리가 들렸다. 갑자기 일어나는 게 난처해져서 나는 그대로 잠이 든 척했다. 하지 고모와 요지 고모는 내가 태어난 날, 신생아인 나와 처음으로 눈이 마주치던 순간에 대해 이야기하고 있었다. 호기심과 기대로 뒤섞인 눈동자들이 나를 뚫어지게 쳐다보는 것을 느꼈다. 고모들은 이해하기 힘들겠지만, 그 선명한 부딪힘을 나는 기억할 수 있다. 그 눈빛에는 누군가 처음 내 이름을 지어주고 불러주기 시작했을 때의 모든 축복이 담겨 있었다. 그 눈빛은 그 후 고모들이 나에게 준 수많은 것들 중에서 가장 첫번째 것이기도 했다. 그런데 이상한 일이었다. 나에 관한 이야기를 하고 있는 고모들의 목소리가 마치 지금은 죽고 없는 나를 기억해내는 목소리처럼 느껴졌던 것이다. 호흡이 불규칙적으로 새어 나와 애를 먹고 있었지만 나는 여전히 자리에서 일어날 수가 없었다. 고모들은 옆에 내가 있는데도 거기 내가 존재하지 않는 것처럼 나를 추억하고 있었다. 적어도 그 순간만큼은 나는 그들과 함께 있지 않았던 것이다. 혹시 지금 내가 정말로 죽은 것은 아닐까. 막

연한 두려움 같은 게 나를 꽉 채웠다. 아버지의 죽음 이후 나는 사람은 어떻게 죽는가, 심각하게 몰두한 적이 있다. 그 후 내가 원했던 것처럼 잠을 자다가 불현듯 죽게 되는 경우를 나는 상상하고 있었던 것이다. 고모들의 이야기를 계속 듣고 있을 수가 없었다. 죽어서야 비로소 의미가 된 사람들의 이야기가 떠올랐기 때문이다. 조급해진 채로 나는 허공에 발길질하는 시늉을 하며 자리에서 벌떡 일어났다. 고모들이 입을 꾹 다물고 나를 돌아봤다.

잠든 척하고 누워 고모들의 목소리를 듣고 있던 그때에 나는 내가 조금 달라지고 있다는 사실을 깨달았다. 지금껏 알아보지 못한 또 다른 사람이 내 안에 있었다. 잠자듯 그저 죽고 싶어 하는 사람이 아니라 생에 대한 끈을 놓지 않고 있는 사람. 그가 바로 나이기도 하다는 것을 훗날 나는 하지 고모의 죽음을 통해 다시 한 번 확인할 수 있었다. 예전에는 한 번도 서본 적이 없는 자리에 선 것 같은 느낌이었다.

그날 요지 고모는 하지 고모가 누워 있는 방에 한사코 들어가지 않으려고 애썼다. 젖은 수건으로 하지 고모 몸을 닦아주고 억지로 입을 벌려 물을 넘기게 하고 옷을 갈아입히는 일 등 늘 요지 고모가 해왔던 일들을 내가 다 하지 않을 수 없었다. 그날 요지 고모는 실패를 인정하기 싫어서 회복이 불가능해진 환자를 돌아보지 않으려고 애쓰는 무기력한 의사처럼 보이기도 했다. 그러나 요지 고모 눈은 하지 고모를 위해 마지막으로 더 봉사할 무엇이 없을까 두리번거리고 있었고 그 검은 눈은 하루 종일 젖어 있었다. 두두두두, 총을 쏴대는 소리처럼 빗줄기가 거세졌다. 밤이 찾아오기를 우리는 기다렸다.
  비 오는 날이다. 그리고 밤이다.
  달팽이들이 가장 좋아하는 시간이었다. 땅이나 나무가 젖어 있어 아무리 먼 데라도 달팽이들이 쉽게 갈 수 있는 시간이었다. 하지 고모 숨이 위태롭게 끊어졌다 이어지고 있었다. 이제 요지 고모는 하지 고모 곁을 지키고 있었고 내가 방을 나가야 할 차례였다. 하지 고모를 위해 내가 할 수 있는 일은 더 이상 없어 보였다. 방을 나오기 전에 하지 고모를 한 번 더 봤다. 하나도 변한 게 없는데 서서히 윤곽이 희미해지는 것. 나는 죽음에 가까이 다가가고 있는 사람의 모습이란 게 있다면 아마도 내가 본 바로 그것이라고 생각한다. 가장자리부터 차츰 하지 고모는 희미해지고 있었다.
  고동색 띠를 두른 달팽이가 발의 앞부분을 들어 황색 달팽이의 입과 더듬이를 천천히 문지르기 시작하는 것을 나는 거실에 우두커니 앉아서 지켜보았다. 이제 곧 나를 부르는 요지 고모 목소리가 들릴 것이다. 아버지가 죽을 때 나는 너무나 어렸다. 내가 뭘 해야 할지를 몰랐다. 이십 년이 더 지난 지금도 마찬가지다. 삼십여 분이 넘도록 달팽이들은 상대의 입과 더듬이를 문지르고 있었다. 자극받은 암수한몸인 두 달팽이들의 음경이 밖으로 쑥 돌출되었다. 그 작은 몸에 그토록 큰 음경을 갖고 있을 거라고는 생각지도 못할 만큼 대단해 보였다. 안방에서 무슨 소리가 들리는 것 같았다. 나는 달팽이에게서 눈을 떼지 못했다. 힘겨운 사투를 벌이듯 달팽이들은 서로의 몸을 꼬며 천천히 일어났다. 덜컥, 뭔가 무너지는 소리가 들렸다. ……나는 여기에 있지만, 사랑하는 사람에 둘러싸인 채 평화롭게 눈을 감고 있는 하지 고모 얼굴을 본다. 지금 방 안에는 요지 고모와 하지 고모 사이의, 죽어가는 자와 남아 있는 자 사이의 긴밀한 신뢰감으로 가득 차 있을 것이다. 달팽이들이 큰더듬이 옆의 생식구멍으로 길고 빛나는 음경을 갖다 댔다. 아름다운 죽음, 올바른 죽음, 이라고 나는 중얼거린다. 서로의 몸에 달팽이들이 화살을 쏜다. 안녕히 가시오, 성! 나는 먼 데서 들려오는 요지 고모의 목소리를 들었다. 달팽이들은 꼼짝도 않은 채로 몸을 밀착시키고 있었다. 어처구니없게 웃음이 터져 나올 것만 같았다. 아직 하지 고모의 영혼이 육체를 다 떠나지는 않았을 것이다. 그러나 나는 알았다. 지금 이 시간이 내가 지금껏 한 번도 경험해보지 못한 매우 영적인 순간, 신성한 시간이라는 것을.

 나는 안방으로 들어갔다. 요지 고모가 곁을 지키고 있는 하지 고모의 모습은 느긋해 보이기까지 했다. 그 모습은 생을 등지게 될 때 그 무거운 짐들 중에서 가장 큰 것이 바로 회한인 것만은 아니라고 말해주는 것 같았다. 그것은 내가 처음

본 평화로운 죽음이었고 또한 하지 고모가 나에게 준 가장 큰 선물이 될 것이다.

순하게 감긴 하지 고모 눈을 바라보았다. 그 눈 끝에 애처롭게 매달려 있는 속눈썹들, 그것은 강렬한 태양과 세찬 모래바람으로부터 눈을 보호해주기 위해 달린 두 겹의 낙타 눈썹처럼 보였다. 요지 고모와 내가 아주 오랫동안 그 안에서 보호받고 있었던 건 아닌가 모르겠다. 요지 고모는 여전히 하지 고모의 맨발 하나를 손으로 꽉 움켜쥔 채로 앉아 있었다. 나는 요지 고모가 붙잡고 있지 않은 하지 고모의 거뭇한 왼발을 서둘러 감싸 쥐었다. 쟁반만 한 발바닥과 벌어진 발가락 덕분에 모래 속에서도 푹푹 빠지는 일 없이 사막을 누빌 수 있었던 그 큼직한 발바닥을 말이다. 하지 고모가 낙타라면 고모는 이제 더 넓고 탁 트인 초원으로 가 닿을 수 있을 것이다. 길지는 않지만 튼튼한 다리로 천천히, 우리에게서 멀어지고 있는 하지 고모를 요지 고모와 나는, 때로 소리보다 더 음악적인 깊고 고요한 침묵 속에서 지켜보고 있었다.

*

옛날 어느 늦은 밤에, 한 스승이 제자들에게 언제 밤이 끝나고 아침이 시작되는지 알 수 있느냐고 물어보았다. 멀리 있는 동물이 개인지 양인지 구분할 수 있으면 밤이 끝난 것이라고 제자가 대답했다. 그러나 스승은 고개를 저었다. 다른 제자가 빛줄기가 나뭇잎을 비출 때 어느 것이 올리브 나뭇잎이고 어느 것이 무화과 나뭇잎인지 구분할 수 있으면 밤이 끝난 거라고 대답했다. 스승은 고개를 저었다. 제자들의 얼굴을 잠시 응시한 뒤 스승은 이렇게 말했다. 다른 사람의 눈을 들여다볼 때 형제나 자매가 보이면 아침이 밝았음을 알 수 있을 것이다. 만일 형제나 자매가 보이지 않으면 언제나 밤인 것이다, 항상 어둠 속에 있는 것이다, 라고 말이다.

7월의 요지 고모를 나는 영원히 잊을 수 없을 것 같다.

이따금 내가 뒤를 돌아보는 것은 정직하지 못한 일을 할 때이거나 나 자신의 가치에 어긋나는 일을 할 때이다. 나뿐만이 아니라 누구든 뒤를 돌아볼 때는 그 비슷한 경우일 거라고 생각했다. 요지 고모의 경우에는 좀 다른 데가 있었다. 하지 고모가 죽고 난 후 요지 고모는 딱 사흘 동안 집을 비웠다. 집을 나가면서 요지 고모는 행선지를 밝히지 않았고 나 역시 그런 것을 물어보지는 않았다. 사흘 동안 나는 빈집을 지켰다. 생수가 떨어져도 집 밖으로 한 걸음도 나가지 않았다. 미연씨가 두 번 집 근처로 나를 찾아온 적이 있었다. 나는 망설이다가 미연씨를 그대로 돌려보냈다. 왜냐하면 이제는 미연씨도 우리가 더 이상 서로의 미래에 관한 이야기는 하지 않고 있다는 사실을 알고 있었기 때문이다. 아무래도 그걸 사랑이라고 말하기는 힘들 것 같다. 더는 무슨 말을 해야 좋을지 나는 알지 못했다.

요지 고모가 돌아왔다. 나는 고모가 친지들이 살고 있는 P읍에 다녀왔다는 것을, 우리가 함께 살던 옛집에도 다녀왔다는 것을 확신했다. 그 후 요지 고모는 대청소를 하기 시작했다. 그것도 모자라 도배를 새로 하고 장판도 깔고 싱크대도 새것으로 바꾸었다. 손님이 와요? 나는 고모에게 물어보았다. 요지 고모가 하도 부산하게 움직이는 통에 나는 저러다가 고모가 예전처럼 나를 커다란 고무통에 집어넣고 불알까지 샅샅이 씻겨주겠다고 나서면 어쩌나 염려가 될 지경이었다. 한번은 유리그릇 가장자리에 딱 달라붙어 있던 달팽이 한 마리가 부엌 바닥으로 떨어져 껍질이 깨진 적이 있었다. 어쩐 일인지 산란도 하지 못하는 달팽이였다. 곧 좋지 않은 일이 일어날 것만 같은 예감 때문에 신경이 곤두섰다. 요지 고모는 살을 파고든 달팽이의 깨진 껍질을 가위로 말끔하게 다듬어주었다. 며칠 후 껍질이 새로 돋아나기 시작하는 것을 발견하고는 무척이나 기뻐하던 요지 고모 모습도 잊을 수가 없을 것 같다. 요지 고모는 전에 없던 활기로 가득 차 보였다. 그 무엇도 위로가 될 수 없는 커다란 슬픔 때문에 밤마다 나는 눈을 부릅뜨고 있어야 했다. 집 안에서 가장 어둡고 습기가 많은 곳에다 유리그릇을 놓아두고 모래와 흙을 새로 바꿔주었다. 주변 여건이 좋지 않으면 달팽이들은 산란 한번 하지 못한 채 이 여름을 지날 것이다.

아직 못다 한 것이 남았는지 반듯하게 누워 잠을 청하던 요지 고모가 나를 불렀다. 고모는 내 한쪽 손을 끌어 잡았다. 나는 요지 고모 역시 사랑하는 사람들 속에 둘러싸인 채 평화롭게 짧은 시간을 보낸 뒤 눈을 감고 싶어 한다는 사실을 알아차렸다. 나의 아버지보다 훨씬 더 오래 산 친할아버지가 어느 날 툇마루에 걸터앉아 단수수를 잘근잘근 씹고 있던 나에게 사람은 죽을 때 집과 과수원을 남겨놓고 죽어야 한다는 말을 한 적이 있다. 그 말의 의미를 알 수 없던 때였다. 친할아버지는 실제로 우리들에게 큰 집과 과수원을 남겨놓고 돌아가셨다. 그 속에서 고모들과 나는 성장했던 것이다. 내 손을 붙잡고 있는 요지 고모의 젖은 손바닥은 따뜻했다. 그 손바닥 안에 나는 고모들이 내게 주고 가는 집과 과수원이 들어 있다는 것을 느끼고 있었다. 끝으로 요지 고모는 외치듯 내 이름을 크게 한 번 부르곤 눈을 감았다. 하지 고모가 세상을 떠난 지 꼭 한 달 만이었다. 입술을 요지 고모 귀에 가까이 대고 나는 작별 인사 대신 고맙다는 말을 했다. 그것은 진심이었다. 타인의 죽음이었지만 거기서 나는 희망이 있는, 존엄성이 존재하는 죽음을 보았던 것이다. 그리고 나는 이해하게 되었다. 죽음에는 수만 개의 다른 출구가 있다는 사실을. 이제는 아버지의 죽음이 아니라 고모들의 죽음이 나의 일부를 형성할 것이다. 고모들이 내 생의 타인들이었다고 말할 수는 없을 것 같다. 이제 나는 밤과 낮을 명확히 구분할 수 있게 되었으니까.

8월이 시작되는 첫날 아침에 달팽이 두 마리가 발로 천천히 구덩이를 파고 있는 것을 보았다. 신기한 듯 유리그릇 앞에 붙어 앉아 있다가 출근했다. 저녁이 되어 돌아와보니 달팽이들은 구덩이 속에서 자신들의 정자가 수정되기를 기다리는지 무려 열두 시간 정도나 꼼짝도 않고 앉아 있는 것처럼 보였다. 나도 덩달아 뜬눈으로 밤을 새웠다. 이윽고 머리 오른편 가운데쯤, 생식기가 있는 바로 그 구멍에서 동그랗고 새하얀 알들이 쏟아져 나오기 시작했다. 쉬었다가 다시 알을 낳고 다시 쉬었다가 안간힘 쓰며 달팽이들은 알 낳기를 반복했다. 그러고는 또 느릿느릿 움직여 구덩이를 메우기 시작했다. 흙을 파고 알을 낳고 다시 구덩이를 메우는 데 무려 이틀이나 걸린 셈이다. 세상에서 정말 가장 느린 놈들이다.

턱에 팔을 괴고 앉아서 나는 유리그릇 안의 단층으로 보이는 달팽이 알들을 쳐다보았다. 꼭 달걀을 축소해놓은 것과 비슷한 모양이었다. 아마 한 이십여 일쯤 지나면 얇은 껍데기를 뒤집어쓴 새끼 달팽이들이 오글오글 떼 지어 기어 나오기 시작할 것이다. 살아 있었다면, 하지 고모와 요지 고모와 나란히 앉아 그걸 지켜보았을 텐데. 그들이 죽고 난 후에야 나는 하지 고모와 요지 고모가 고통을 껴안고서도 이 세상에서 서로 유일하게 의지했던 존재였다는 것을 알게 되었다. 모든 것이 파국으로 치달을 때까지 아니, 필연적인 종지부를 향해 치닫던 그 순간까지도 말이다. 미연씨에게 들려줄 말이 생각났다. 나는 미연씨의 거실 벽에 걸려 있는 그림에 대해 이야기하게 될 것 같다. 고흐의 불안과 고통 없이 그 그림이 진정 아름다울 수는 없을 거라고. 그러면 미연씨는 내 말을 알아듣고는 또 콧물을 훌쩍거리겠지. 차마 나는 그 모습은 지켜보지 못할 것 같다. 하지 고모가 숨을 거두기 얼마 전에 나는 내가 누구인지도 기억하지 못하는 고모에게 예전에 큰고모부가 내 팔뚝에 새긴 글씨에 관해 혼잣말하듯 이야기했다. 요지 고모가 한사코 하지 고모 방에 들어가지 않으려고 애쓰던 그날 말이다. 그런데 내 말을 알아들은 것인지 문득 하지 고모가 큰고모부가 옛날에 비행기 조종 훈련사였다는 말을 했다. 그건 나도 알고 있는 사실이라 새삼스러울 게 없었다. 내 팔뚝에 글씨를 쓴 큰고모부는 비행기를 모는 사람이 되고 싶어 했다. 그 꿈을 이루지는 못했지만 말이다. 이상한 양반이네. 하지 고모는 씩 웃었다. 왜요, 고모? 나는 흰 수건으로 하지 고모 손바닥을 닦아주며 물어보았다. 그건 비행 안전 수칙 아니냐, 기본자세 말이다. 그런데 그걸 왜 니 팔뚝에 썼을까. ……의심하라, 그리고 움츠러들지 마라. ……웃을 수도 울 수도 없어서 나는 연방 고개만 끄덕거리고 있었다.

투명했던 달팽이 알들은 석회질 때문인지 시간이 지날수록

불투명하게 변해갔다. 곧 부화가 시작될 것이다. 나는 아직도 내가 누구인지 알지 못한다. 이따금 안개가 차오르듯 정신이 문득 몽롱해지는 것도 여전하다. 내 안에 나 아닌 다른 사람들이 살고 있다는 느낌 또한 변한 게 없다. 그러나 나는 죽음에 관해 생각하는 진짜의 내 모습이 어떤 것인지, 그것만은 알게 되었다. 달팽이들은 대부분 알에서 깨어난 바로 그 장소에서 평생 크게 벗어나지 않는다. 그러나 나는 어떤 달팽이들은 꼬물꼬물 기어 먼 바다를 건너가기도 한다는 것을 알고 있다. 희고 둥근 달팽이 알, 그것은 지금 내 눈에 고인 이 눈물을 닮은 것 같다. 고모들이 내 손바닥 안에 쥐여주고 간 것, 나는 기적적인 생을 받아 쥔 사람이다. 그러니까 나는, 고작 지름이 삼 밀리미터도 안 되는 달팽이 알 앞에서 비죽비죽 눈물이나 훔치고 있는 그런 한 사람인 것이다.

형란의 첫번째 책

오르배라는 커다란 섬이 하나 있었어요. 그 섬에는 지리학자들이 살았는데 그 사람들은 지도를 만든다는 것만으로도 이 세상의 모든 이치를 이해할 수 있을 거라고 믿었어요. 그래서 어떤 지리학자는 평생 동안 자신의 뜰에 사는 개미들의 세계만 갖고도 오백 장이 넘는 지도를 만들었고 어떤 지리학자는 구름의 변화에 관한 지도를, 또 다른 지리학자들은 나무나 생물의 생태, 혹은 전설이나 신화 같은 것도 지도에 담고 싶어 했대요. 또 어떤 학자들은 지도를 그리기 위해서 아주 오랫동안 떠돌아다니지 않으면 안 되었어요. 그들은 산과 강, 호수와 숲, 땅과 하늘 그리고 바다 속에 존재하는 모든 것들에게 하나씩 이름을 붙여주고 불렀어요. 그 목소리가 너무나 아름다워서 그 땅의 잠자던 모든 생명들이 하나 둘씩 깨어나기 시작했다는군요.*

오르배 섬은 이제 사라지고 없어요. 거기 가고 싶어도 우린 이제 갈 수가 없게 된 거죠. 그러나 그 지리학자들이 시도한 몇 장의 지도는 아직 남아 있어요. 이따금 나는 오르배 섬에 가는 꿈을 꾸어요. 크고 작은 수천 장의 지도들이 마치 흰 빨래처럼 널려 있는 그 섬에 말이에요. 내가 이 도시에 막 도착했을 때 내 손에 들린 것, 내가 무슨 밧줄처럼 꽉 움켜쥐고 있었던 것도 바로 이 지도 한 장이었답니다, 쓰야키 씨. 대도시에서 태어났고 한평생을 거기서 살았고 남은 날들도 그럴 거라고 생각하는 나와 같은 대부분의 사람들이 낯선 곳에 도착했을 때 가장 먼저 눈으로 찾게 되는 건 어쩌면 커다랗고 낯익은 광고판일지도 몰라요. 나는 주로 광고판을 보고 어디서 무엇을 먹어야 할지 어디서 머물러야 할지 그리고 무엇을 사야 할지를 순간적으로 결정하곤 했어요. 이 도시는 가도 가도 끝없는 옥수수밭뿐이었어요. 나를 유혹하는 것이라고는 아무것도 존재하지 않는 도시처럼 느껴졌어요. 호텔로 가는 택시 안에서 나는 최초의 두려움을 느꼈어요. 손에 움켜쥐고 있던 지도를 펼쳐서 이불처럼 온몸에 둘둘 감고 싶었어요. 낯선 언어로 쓰여진 그 지도는 정말 신비해 보였어요. 아는 사

---

* 프랑수아 플라스의 『아마조네스의 나라에서 북소리 사막까지』(솔, 2004) 참조.

람 하나 없는 이곳에서 지금부터 내가 믿고 의지할 수 있는 유일한 것이었으니까요.

……쓰야키 씨 걸음은 너무나 빨라서 따라잡을 수가 없어요. 언제나처럼 엉덩이를 뒤로 쑥 내민 채 앞뒤로 크게 팔을 흔들며 안짱걸음으로 재빨리 걸어가고 있군요. 맨 처음에 나도 여기 왔을 때는 쓰야키 씨처럼 그렇게 걷곤 했어요. 언제나 등을 펴고 조금 빠르게. 뒤쫓아가는 걸 단념하고 나는 다시 카페로 돌아와 창가에 앉았어요. 쓰야키 씨 모습은 이제 여기서 더는 보이지 않는군요. 쓰야키 씨가 지금 그쪽으로 걸어가고 있다는 건 오가닉 슈퍼마켓으로 사과나 쌀을 사러 간다는 것이고 또 하나는 도서관 근무 시간이 끝났다는 것을 의미하겠지요.

이 창가 자리에 앉아서 우리 함께 차를 마신 적이 있었어요. 버스를 타고 가던 쓰야키 씨가 창가에 앉아 있는 나를 발견하고는 경쾌하게 뛰어내려 함께 중국식당에 가거나 마트에 가서 접시나 포인세티아 화분을 산 적도 있어요. 이곳에 머무는 동안 구두 두 켤레를 버리고 새로 사야 할 정도로 내내 걸어다니곤 했는데도 나는 언제나 여기 이 자리에 앉아 있었던 것 같은 기분이 드는군요. 이렇게 창가에 한 시간만 앉아 있어도 지나가는 사람들 중 내가 아는 사람, 적어도 여섯 명쯤은 발견할 수 있어요. 지금 쓰야키 씨를 본 것처럼 말이에요. 그들은 대개 이 다운타운 상점에서 근무하는 사람들이죠. 슈퍼마켓에서 일하는 앨런, 브래드 가든에서 파트타임으로 일하는 줄리, 우체국에서 근무하는 아흐메드 등등 이름표를 달고 있던 사람들요. 그중에는 갈색 머리카락을 어깨 밑으로 치렁치렁하게 기르고 다녔던 홈리스도 있었어요. 어쩌면 다른 사람의 눈에는 나 또한 이 도시의 일부가 되어 있는지도 모르겠어요. ……뒤도 안 돌아보고 가네요, 쓰야키 씨. 언제나처럼 내가 여기 앉아 있는 것도 모른 채.

쓰야키 씨, 나는 오늘 작별 인사를 하려고 합니다.

남편은 내게 이렇게 말했어요. 우리는 행성처럼 같은 평면에 있고 또 같은 방향으로 회전하는 거야, 라고 말이에요. 무겁고 오래된 종을 친 것처럼 그 목소리는 둥둥둥 내 귓가에 울려 퍼졌어요. 눈물이 쏟아질 것만 같았어요. 나는 그게 사랑에 관한 거라고 이해했거든요. 그러나 남편은 바로 그다음 날 감쪽같이 사라져버렸어요.

나는 행성처럼 빠르게, 빛의 속도로 여기에 달려오고 싶었어요. 그러나 비좁고 건조한 비행기 안에서 열다섯 시간도 넘게 마른침을 삼키고 있어야 했어요. 나는 남편을 찾아야 했어요. 그러나 걱정할 건 없었어요. 나한테는 이 도시의 지도가 있었고 이제 그걸로 남편을 찾는 것은 시간문제라고 생각했거든요. 택시기사는 나를 M호텔로 데려다주었어요. 이 도시에 있는 유일한 호텔이라면서요. 나는 트렁크를 팽개치듯 던져두고는 곧장 로비로 내려갔어요. 소파에 앉아서 처음으로 지도를 펼쳐보았어요. 도서관의 위치를 알고 싶었으니까요. 몇 겹으로 차곡차곡 접혀 있던 지도를 펼쳐본 순간 당황하지 않을 수 없었어요. 내가 쥐고 있던 것은 이 도시의 축척 지도가 아니라 '푸드&레스토랑' 지도였어요. 이방인들을 위한 레스토랑 가이드 같은 거였죠. 하! 나는 실소했어요. 그땐 긴장이 풀려 있었던 거예요. 그 지도만으로도 당장 남편을 찾아낼 수 있을 것 같았어요. 호텔 정문 앞에서부터 갈라진 다섯 개의 길 중에서 세번째 길을 선택해 허리를 곧게 펴고 조금 빠르게 걷기 시작했어요. 다운타운을 지나면 그 길 끝에는 곧장 이 도시에서 가장 크고 긴 강이 있다는 걸 나중에 알게 되었어요. 남편은 이 도시에 가을에나 오게 되어 있었어요. 만약 그의 여권이 그대로 있었다면 나는 여기 오지 않았을지도 모릅니다.

강으로 내려가는 길 언덕에 붉은 벽돌로 지어진, 외관 자체가 둥글고 휘어지고 기우뚱하게 왼쪽으로 늘어진 커다란 건축물 하나가 보였어요. 곡선의 수많은 면 때문인지 단지 건물이라고 말하기에는 부적절하기도 했으며 그 안에 사각형의 공간이라고는 도무지 존재할 것 같지 않은 그런 건물이었어요. 그러나 나는 그만 입을 벌리고 말았어요. 내가 그 도서관을 이해하는 데는 그 후로 더 많은 시간이 필요했지만 아무튼 그때 그 붉은색 벽돌 건물은 다소 수용적이면서도 장엄한, 그리고 유혹적인 동시에 어떤 힘센 도구처럼 보였어요. 게다가, 여기가 바로 당신이 창조성을 발휘할 수 있는 유일한 입구입니다, 그 건물은 마치 그렇게 말하고 있는 것 같았거든요. 나는 성큼성큼 건물 쪽으로 걸어 들어가지 않을 수 없었어요. 저녁놀 속에서 의식을 일깨우듯 더 짙고 선연한 붉은빛으로 빛나고 있던 벽돌 건물은 창조성,이라고 다시 한 번 말했어요. 나는 그 속을 꿰뚫고 들어갈 작정이었어요. 힘껏 문을 잡아당겼어요.

*

 남편을 찾기 위해서 나는 남편이 어떤 사람이었는지 기억해내지 않으면 안 되었어요. 나는 지금부터 내가 남편이라고 생각했어요. 이럴 때 그 사람이라면 어떻게 했을까, 어디서부터 무엇을 시작했을까. 나는 우체국에 갔어요. 거기서 벤이라는 우체국장을 만났어요. 그다음에 이발소에 가서 크리스라는 노인과 이야기를 나누었어요. 남편은 초등학교 교사를 만났을지도 모르고 다운타운을 순회하는 버스 운전기사나 은행의 수위를 만나 시시한 잡담을 나누었을지도 몰라요. 그게 자신이 강연할 낯선 도시에 도착했을 때 맨 처음 그가 하는 일이었으니까요. 하지만 나는 그가 거기에 다녀갔다는 아무런 단서를 찾을 수 없었어요. 그리고 나에게는 이 세상에 존재하는 특별한 단 한 사람인 내 남편이 그토록 아무 특징이 없는 사람이었다는 사실을 깨닫게 된 거예요. 이 도시에 키가 백칠십오 센티미터쯤 되는 어깨가 구부정한 사십 대 초반의 안경 쓴 동양인들은 셀 수도 없이 많았거든요. 내가 맨 마지막에 간 곳이 바로 도서관이었어요. 그래요, 쓰야키 씨. 그날 나는 그 문을 힘껏 잡아당기고서도 안으로 들어가지 못했죠. 문을 연 순간 깨달아버린 거예요. 거길 들어간다는 것은 나에겐 상당한 용기가 필요한 일이라는 것을요. 남편이 거기 없을지도 모른다는 상상이 나를 두렵게 만들었거든요. 거긴 맨 마지막 장소가 되어야 했어요. 상점에 물건을 사러 갈 일이 있거나 혹은 강가로 산책을 나갈 때도 애써 도서관 쪽은 쳐다보지 않으려고 했어요. 그러나 새의 목처럼 완만하고 부드러운 곡선과 절제된 선들로 이루어진 건축물, 어느새 내 눈에는 그것이 탄생하기 이전의 초보적이고 기초적인 언어의 한 형태로 보이기 시작했어요. 나는 줄곧 도서관 생각을 하고 있었던 거예요. 그러는 사이에 이 도시의 상점들을 한 번씩은 다 다녀보았고 한꺼번에 여러 명의 친구들까지 생기게 되었어요. 그러나 해가 질 무렵이면 나는 늘 혼자 이 창가에 앉아 지나다니는 사람들을 유심히 바라보곤 했어요. 의기소침한 날에는 공원에 나가 웃통을 다 벗은 채 춤추고 있는 히피들을 구경하기도 했어요. 내가 다시 도서관을 찾아간 것은 그 후 보름이 더 지난 9월 첫째 주 토요일 아침이었어요.

강가에 다녀온 날이었어요. 나는 풀숲에서 화려한 은빛으로 빛나는 커다란 구렁이 허물을 발견했어요. 수면 위에서 부드럽게 흔들리고 있던 카누 위에다 구렁이 허물을 씌웠어요. 카누에 깃든 구렁이의 정령이 무성한 갈대 사이를 안전하게 다닐 수 있도록 도와줄 테니까요. 자, 이제 가자! 카누 위에 올라타서 나는 모험을 떠나는 바이칼 사람들처럼 호기롭게 외쳤어요. 나는 꿈에 의지하는 사람은 아니지만 그 꿈이 나에게 다시 도서관에 가서 남편을 찾을 수 있는 용기를 준 것은 사실이랍니다.

쓰야키 씨, 당신은 위풍당당한 책들 속에서 고개 숙인 채 앉아 있었어요. 그 도서관의 사서는 아마 그때 쓰야키 씨뿐인 것 같았어요. 나는 안내 데스크를 지나 왼쪽으로 휘어진 계단을 통해 이층으로 올라가보았어요. 주말인데도 꽤 많은 사람들이 책을 읽거나 글을 쓰고 있었어요. 그중에는 아주 먼 곳에서 온, 내 남편 같은 사람들도 있을지 몰라요. 집중해서 책을 읽고 있는 사람들, 그들은 독서를 통해서 고독을 지탱하려는 사람들처럼 집요해 보였고 그리고 정말 고독해 보였어요. 그러나 남편은 고독을 두려워하지 않았어요. 그는 언어를 다루는 사람이니까요. 만약 남편을 찾게 된다면 나는 그에게 아무런 비난의 말도 하지 않을 작정이었어요. 글 쓰는 사람의 가장 큰 고통은 자신감의 상실이라는 걸 알고 있으니까요. 나에게는 남편을 위로해야 할 의무가 있어요. 글쓰기란 바로 자신의 최고를 향해서 쓰는 행위가 아닌가요. 도서관은 오층까지 이어지고 있었어요. 이 수많은 사람들 속에 남편이 있을 거라는 확신 때문이었을까요. 아니 그건 친근감 같은 것이었는지도 몰라요. 도서관은 정말 근사했어요. 오층에서 일층으로 내려오는 그 짧은 순간에 나는 깨달았던 거예요. 도서관이라는 데는 단순히 책이 쌓여 있는 장소가 아니라 인간의 공간이라는 것을요. 책을 읽고 싶다는 의지들이 모여서 이루어진 공간 말이에요. 천천히 다시 오층에서부터 걸어 내려와 나는 곧장 쓰야키 씨한테 갔어요.

무엇을 도와드릴까요?

쓰야키 씨는 읽던 책에서 시선을 떼고 나를 향해 미소 지었어요.

부탁합니다, 내 남편을 좀 찾아주세요.

……!

내 남편은 동양인입니다. 그는 이곳에 자주 올 거예요. 내 남편은 글을 쓰는 사람입니다.

나는 더듬거리며, 그러나 쓰야키 씨가 알아들을 수 있도록 또박또박 말했어요. 그때 나는 쓰야키 씨를 보고 있지 않았어요. 난처한 기색이 역력한 그 표정은 내가 말을 하는 것, 남편을 떠올리는 것을 방해했거든요. 그건 매우 복잡한 생각이었으므로 나는 눈앞에 있는 대상을 잠시 차단해야 했어요. 글을 쓸 때, 때로 남편이 그러하듯 말이에요. 나중에 쓰야키 씨는 그때 내가 꿈을 꾸고 있는 사람처럼 보였다고 했지만 사실 나는 점점 더 깊숙이 남편에 대한 생각에 빠져들고 있었던 거예요. 남편이 쓴 책 한 권을 쓰야키 씨한테 내밀었어요. 남편이 쓴 책, 나는 그 책들을 빙하라고 부르곤 했어요. 희고 깨끗하고 투명한, 동시에 거대하면서도 연약한 빙하. 마침내 무슨 말인지 알아들었다는 듯이 쓰야키 씨는 말했어요.

이 도시에 사는 대부분의 사람들은 책을 읽고 글을 쓰는 사람들입니다. 당신 남편처럼 말이에요.

남편에게 비난이라도 하듯 나는 쓰야키 씨한테 쏘아붙였죠.

도대체 읽고 쓰는 게 뭔지 모르겠어요.

나는 돌아섰어요. 뒤에서 쓰야키 씨 목소리가 들렸어요.

원하신다면, 도서관 카드를 만들어드릴 수 있어요.

나는 걸음을 멈추었어요. 그리고 다시 쓰야키 씨한테 되돌아가서 이렇게 말했어요.

이것 봐요, 혹시 당신 부엌을 좀 빌릴 수 있을까요?

내가 머물고 있는 M호텔에는 나를 제외하고도 몇 명의 장기투숙자들이 있었어요. 투숙한 지 이 주쯤 지났을 때 호텔 매니저 사인이 든 종이 한 장이 방문 밑으로 들어온 적이 있어요. 상수도 공사 때문에 저녁 일곱 시부터 단수가 될 거라고 씌어 있었어요. 그날 저녁 빈 생수병을 들고 호텔 커피숍

이 있는 일층으로 내려갔을 때 로비에서 웬 뚱뚱하고 키가 큰 백인 여자와 키가 그녀의 어깨 높이도 안 돼 보이는 까만 모자를 쓴 남자가 서로 삿대질하며 언성을 높이고 있었어요. 대체 몇 번이나 말해야 알겠어요. 여기 물은 식수가 아니라니까요. 세상에 못 먹을 물이 있다는 게 말이나 됩니까? 지하에 슈퍼마켓이 있잖아요, 물값은 일 달러도 안 된다고요. 나는 지금 그 일 달러도 없는 사람이야. 그런 말들이 빳빳한 나뭇가지로 서로 후려치듯 들려왔어요. 구경꾼들이 모이기 시작하자 싸움은 시시하게 끝났어요. 너희 같은 인간들 때문에 우리 호텔이 엉망이 되는 거야. 키 큰 여자가 끝으로 그 말을 내뱉고는 곧바로 휙 돌아서서 가버렸거든요. 그 여자의 이름이 퍼트리샤라는 건 그 뒤에 알게 되었어요. 호텔 매니저라고 했어요. 이 호텔의 다른 장기투숙자들을 만나 이야기를 나누게 된 것은 바로 그날이 처음이었어요. 인도네시아에서 온 어말과 오만에서 온 아심, 칠레에서 온 쿠트, 볼리비아에서 온 조반나, 그리고 나는 각자 물통 하나씩을 든 채 로비에 있는 소파에 앉았어요. 모두들 매니저와 싸움을 한 쿠트를 위로해 주고 있었어요. 그들끼리는 전부터 꽤 친분이 있는 것 같아 보였어요. 그러다가 쿠트의 방으로 우르르 몰려들 가게 되었어요. 각자 먹을 것을 들고 말이에요. 방을 뒤져보았지만 먹을 만한 것은 전혀 보이질 않았어요. 나는 중국식당에 갈 때마다 얻어온, 한 번도 뜯어본 적 없는 서너 개의 포춘 쿠키와 집을 떠날 때 챙겨온 쌍화탕 한 병을 들고 갔어요. 누군가는 보드카 한 병을 가져오고 또 누군가는 먹다 남은 딱딱한 바게트를, 샌드위치와 사탕 따위를 가져오긴 했지만 다섯 사람이 저녁 식사로 먹기에는 턱없이 빈약하고 초라한 음식이었어요. 그날 나는 그 네 사람 중에서 인도네시아에서 온 머리카락이 하얗게 센 어말이라는 청년과 주로 이야기를 나누었어요. 술을 즐길 줄 모르는 사람은 우리 두 사람밖에 없었거든요.

너의 나라는 어떤 곳이니?

나는 어말에게 물어보았어요.

긴팔원숭이들이 다 사라졌어. 야자나무도 사라졌어. 땅에는 울타리가 생겼지. 게다가 비는 아무 때나 내려.

어말은 한숨을 푹 내쉬었어요. 보드카를 마시고 있던 조반나가 쥐어짜는 듯한 목소리로 말했어요.

지금 그런 게 다 무슨 소용이야. 지금 우리 꼴을 봐. 어떻게 이런 걸 저녁 식사라고 할 수 있겠어. 아, 정말 허기지지 않니? 내가 지금 정말로 원하는 건 부엌이라고, 부엌.

조반나의 말이 끝나자마자 모두 침울해지고 말았어요. 그랬어요, 우리에게는 부엌이 없었거든요. 여기서는 쌀을 안칠 수도 없고 만두를 빚을 수도 없었어요. 그때 나는 호텔에 고작 이 주 정도 머물고 있을 때였지만 볼리비아에서 가져온 옷과 장신구를 다 팔아치우기 전까지는 집으로 돌아갈 수 없다는 조반나는 벌써 두 달이 넘도록 투숙하는 중이었어요. 우리들 중 부엌에서 만든 따뜻한 음식, 그걸 꿈꾸지 않는 사람은 아무도 없었어요, 쓰야키 씨. 내가 맨 처음 가졌던 이 도시의 지도는 식당을 소개한 지도였잖아요. 나는 하루에 두 번, 점심과 저녁에 그 지도에 표시되어 있는 식당들을 순례하기 시작했어요. 패스트푸드점을 제외하고 나면 이 다운타운에는 두 개의 중국식당과 세 개의 타이 음식점과 다섯 개의 지중해풍 식당, 그리고 일본식당 한 개가 있어요. 그 식당들에서도 남편을 발견할 수 없기는 마찬가지였어요. 지도상에 나타난 걸 보면 이 도시에는 약 백오십 개의 식당이 있어요. 나는 내가 한 번 갔던 식당은 표시를 해두었어요. 그러다가 한 가지 이상한 점을 발견하게 되었어요. 지도에 나와 있지 않은 식당이 있었던 거예요. 한 군데는 다운타운에서 제퍼슨 가로 향하는 길 초입에 있는 아랍식당이고 다른 하나는 그랜드 가에 있는 그리스식 식당이었어요. 처음에 나는 단순히 지도를 만든 사람의 실수라고 생각했어요. 아무리 상세한 지도라고 해도 지도에는 그리는 사람의 주관적인 판단이 개입되게 마련이잖아요. 그래서 의도나 목적에 따라서 생략이 가능하기도 하고 때에 따라서는 과장도 필요한 거겠지요. 이 식당 안내 지도는 누군가 틀림없이 실수를 한 걸 거예요. 하지만 내가 녹색 계단이 있는 매디슨 가 57번지의 더럽고 오래된 건물을 발견했을 때, 그때는 더 이상 실수라고만은 생각할 수 없게 되어버렸죠. 하지만 그건 시간이 더 지난 후의 일이었어요. 사람들은 왜 지도를 의심하지 않는 걸까요. 아무래도 여긴 뭔가 이상한 데가 있는 것 같아요. 그런 의심은 결국 내가 이 도시에 더 머물러 있어도 좋을 구실을 마련해준 셈이 되었어요.

이거 네가 가져온 거 맞지? 하나 열어보지 그러니?

다시 태어난다면 호랑이로 태어나 밀림을 누비고 싶다는 거리의 악사 쿠트가 문득 나에게 포춘 쿠키 하나를 건넸어요. 그러고 보니 그때까지 나는 아무것도 먹지 않았어요. 쿠키를 반으로 쪼개 둘둘 말려 있는 종이를 끄집어냈어요.

뭐라고 써 있는데?

아심이 심드렁하게 물었어요. 나는 그 쪽지를 소리 내서 읽고는 얼른 쿠키를 와작, 깨물어 먹기 시작했어요. 그 말은 사실일지도 몰랐고 어쩌면 이 도시에서 뭔가 내가 할 수 있는 뜻밖의 일이 생길지도 몰랐어요. 그 쪽지에는 이렇게 씌어 있었어요, 쓰야키 씨.

용기를 필요로 하는 일이 생길 것이다.

*

다리가 짧고 뭉툭한 양의 모양을 닮은 이 도시의 지도는 내가 사는 나라의 한 위성도시처럼 생겼어요. 그 도시에는 여기보다 두 배쯤 많은 사람들이 살고 식수원으로 사용되는 댐이 하나 있고 국민관광단지가 조성되어 있어요. 도시에도 기능이라는 게 있다면 아마 그 도시는 수도의 과밀한 인구를 분산시키기 위해서 만들어졌을 거예요. 오십 년 전만 해도 이 세상에 존재하지 않았던 도시였어요. 우리가 알지 못하는 사이에 어떤 도시는 새로 생겨나고 어떤 도시는 바다 속으로 사라지고 있어요. 대륙은 이동하고 있어요. 남편은 이 지도 바깥에 있을지도 몰라요. 나는 이것보다 더 큰 지도를 원하게 되었어요. 서점에 가서 세계전도를 한 장 샀어요. 지도 위에 나침반을 놓고는 북쪽을 향하게 했어요. 그때 나는 두 가지 사실을 깨달았어요, 쓰야키 씨. 내가 사는 나라가 세계의 중심이 아니라는 것, 그리고 더 큰 지도를 보고 있지만 그것은 결국 남편으로부터 점점 더 멀어지고 있다는 것 말이에요. 나는 소스라치게 놀라 그 큰 지도를 손수건만 하게 착착 접어 서랍 속에 밀어넣고 말았어요. 나는 우리나라의 한 위성도시를 닮은 이 도시의 지도, 특히 상세하게 표시되어 있는 다운타운의 지도에 다시 몰입하기 시작했어요.

계절이 바뀌고 있었고 남편의 모습은 이 소도시 어느 곳에서도 발견할 수가 없었어요. 나는 점점 더 초조해지고 있었어요. ……쓰야키 씨, 그때 만약 쓰야키 씨가 그 행사를 나에게 알려주지 않았다면 나는 아마 끝내 남편을 찾아낼 수 없었을지도 몰라요. 10월 22일 금요일이었어요. 아침부터 흐리고 비가 왔어요. 어깨에 담이 결리고 종아리에 쥐가 났지만 아침 일찍 일어났어요. 도서관의 가장 큰 연중행사인 북 세일에는 이 도시의 거의 모든 사람들이 몰려온다고 했어요. 그래서 아침 일찍부터 서두르지 않으면 안 된다고 쓰야키 씨가 신신당부했잖아요. 내가 도서관에 도착한 건 행사가 시작된 지 삼십여 분이 지나서였어요. 나는 서두르지 않았어요. 남편은 아마 행사가 끝날 때까지 그 오래된 수만 권 수천 권의 책들 사이를 서성거리며 그것들을 만져보고 넘겨보고 킁킁 냄새를 맡고 있을 테니까요. 도서관은 로비부터 책을 사러 온 사람들로 발 디딜 틈도 없이 북적거리고 있었어요. 나는 행사가 열리고 있는 삼층으로 올라가지 않고 박스째 책을 사갖고 나가는 사람들, 사러 들어오는 사람들, 그리고 팔각형의 테이블과 의자들, 검은 서가들이 한눈에 보이는 이층 중앙홀에 우뚝 서 있었어요. 그 순간, 이 도시에 온 후 처음으로 나는 평온해지는 것을 느꼈어요. 쓰야키 씨, 그것은 아마 책의 위력이 아니었을까요? 지금껏 한 번도 맡아보지 못한 향기로운 냄새가 실내를 가득 메우고 있는 것 같았어요. 아주 오래전에 우리나라에서는 책을 만들러 갈 때면 깨끗한 푸른색 옷을 입은 소년 두 명이 앞장을 서고 악사 네 명이 음악을 연주하며 뒤따르고, 그 뒤를 한 사람은 향수를 뿌리고 또 한 사람은 꽃을 뿌리며 따라갔어요. 그중에 글씨를 쓰게 될 사람이 가장 앞장을 섰구요. 나는 깊은 숨을 쉬었어요. 탄성이 터질 것 같았어요. 여기 이 많은 책들 중에서 단 한 권도 같은 책은 없을 거예요. 삼층으로 올라가는 계단 창문을 통해서 비가 그치고 두꺼운 구름 사이로 햇빛이 사선으로 떨어지고 있는 것을 보았어요. 이대로라면 점심에는 남편과 함께 타이 레스토랑에 가서 튀긴 국수와 야채를 먹고 저녁에는 강으로 뻗은 길을 따라 산책을 할 수도 있을 거예요.

그날 저녁, 나는 호텔 친구들과 함께 다운타운에 있는 인도 식당에 있었어요. 나를 비롯해 아심과 쿠트, 어말, 그리고 세상에서 가장 무서운 게 바로 침묵이라고 생각하는 조반나조차 입을 꾹 다물고 각자 맥주를 마시고 있었어요. 우리 옆 테이블의 청년들이 소리를 치며 싸우고들 있었어요. 여름 내내 공원에서 상의를 벗고 휘파람을 불며 위협적이며 까맣고 큰 개들을 데리고 놀던 그 히피 청년들이었어요. 나는 두렵지 않다고 생각했어요. 그들의 언어를 알아들을 수가 없었으니까요. 한 청년이 접시를 들고 벽을 향해 집어던졌을 때조차 말이에요. 누군가는 손끝으로 테이블을 툭툭 조심스럽게 두드리기도 했지만 그 소린 청년들의 언성에 맥없이 파묻히고 말 뿐이었어요. 나는 쿠트를 흘긋 쳐다보았어요. 너는 호랑이가 아니었니?

마침내 히피들이 밖으로 나가버렸어요. 식당 밖에서 그들을 기다리던 세 마리의 검고 큰 개들이 컹컹 짖으며 펄쩍펄쩍 뛰어오르고 있었어요.

아아, 살았다.

조반나의 말이 끝나자마자 우리는 일제히 메뉴판을 펼쳐들었어요.

성난 젊은 애들은 정말 무서워.

기어들어가는 목소리로 쿠트가 말했어요. 우리는 세 종류의 커리와 빵을 주문했어요.

난?

하고, 아심이 한 이름을 불렀어요. 언제나처럼 나는 제대로 알아듣지 못했어요. 이 도시에서는 누가 내 이름을 불러도 매번 듣지 못했어요. 사람들은 '형'이라는 발음을 하지 못해서 나를 '헝'이나 '엉'으로 불렀어요. 그래서 나는 그냥 '란ran'으로 불러달라고 말했어요. 그러나 그 이름도 언제나 '난lan'으로 불리곤 했어요. 쓰야키 씨. 이 도시에서는 그 누구도 나를 '형란'이라고 부르지 않았어요. 쓰야키 씨만 제외하고는 말이에요.

네 이름은 그럼 빵이란 뜻이니?

아심은 다시 나에게 물었어요.

그게 무슨 말이니?

그는 메뉴판을 가리켰어요. 조반나는 킥킥거리고 있었구요. 나는 다시 메뉴판을 쳐다보았어요. 난이라는 인도식 빵 이름이 'lan'이라고 씌어 있었어요. 언젠가 한번 활자로 인쇄된 적 있었던 내 이름이 떠올랐어요. 남편의 책 속에서였을 거예요. 내 것이 아닌 양 생경했지만 그때 그 이름에서는 고

유한 인격을 가진, 곧 책을 박차고 나올 것 같은 생명력이 느껴졌었어요.

……아니.

나는 완강하게 고개를 저었어요.

아니, 내 이름은 꽃〔蘭〕이라는 뜻이야.

커리가 나오고 빵이 나왔어요. 쿠트와 아심과 조반나가 두 손으로 얇은 빵을 찢는 것을 보았어요. 그런데 쓰야키 씨, 남편은 아직도 나를 꽃이라고 기억하고 있을까요.

참, 너 오늘 도서관에 간다고 하지 않았니? 남편을 찾았니?

물렁물렁한 푸딩에 포크를 찔러 넣으면서 조반나가 나에게 물었어요. 그 포크가 내 이마를 푹 찔러대는 것 같았어요.

아무리 많은 사람들 속에서라도 남편은 단박에 내 눈에 들어올 줄 알았어요. 나는 책을 고르고 있는 사람들 속을 비집고 돌아다녔어요. 그들의 얼굴을 일일이 다 확인했어요. 남편은 나를 조롱하고 있는 것 같았어요. 그게 아니라면 어디선가 숨어 나를 미행하고 있거나요. 영원히 내 눈에 띄지 않기 위해서는 그 방법밖에 없을 테니까요. 일격을 가하듯 순간적으로 나는 휙 뒤돌아봤어요. 두꺼운 낙타색 스웨터에 검은 코르덴 바지를 입은 한 남자가 끈으로 묶은 박스 두 상자를 양손에 든 채 삼층 계단을 막 내려가고 있었어요. 나는 행사장 문을 밀치고 후다닥 밖으로 나갔어요. 내가 일층으로 내려갔을 때 그는 바퀴가 달린 밀차에 책이 든 박스를 올려놓았어요.

나는 도서관 유리문 안으로 몸을 숨긴 채 그를 지켜보았어요. 그는 밀차를 끌고 도서관 건물 뒤로 돌아갔어요. 그 길은 매디슨 가로 이어지는 지름길이었어요. 그는 아주 천천히 걸었어요. 그가 걸을 때마다 달칵달칵, 밀차와 보도블록의 마찰음 소리가 규칙적으로 들렸어요. 누군가 뒤에서 자신을 따라온다고는 전혀 짐작하지 못하는 걸음걸이였어요. 아니면 아무래도 상관없다는 듯한. 이따금 그는 하늘을 올려다보며 손가락으로 뭔가 그리는 시늉을 하기도 했어요. 걷는 게 아니라 그는 어떤 한 생각에 빠져 있었던 거예요. 그를 방해하고 싶지 않았어요. 적절한 시간이 올 때까지 기다릴 요량이었어요. 나는 그가 마침표를 찍듯 문을 닫고 들어간 건물을 올려다보았어요. 낡고 초라한 삼층짜리 건물이었어요. 삼층으로 올라가는 녹색 계단은 금방이라도 부서져버릴 것만 같았어요. 매디슨 가 57번지. 나는 주머니 속에서 꾸깃꾸깃해진 지도를 꺼내 보았어요. 내가 저녁마다 산책 나가던 길의 중간쯤 되는 지점이었어요. 눈을 감고도 지나다닐 수 있는 길이었다구요. 지도를 들여다보고 또 들여다보았어요. 그러나 지도에는 나타나 있지 않은 집이었어요. 나는 그의 이름을 부를 수도 뒤따라 들어갈 수도 없었어요. 남편은 이 도시에서 아주 지워져 있는 사람이었으니까요.

그 계획에 나도 끼워주지 않을래?

나는 조반나를 똑바로 쳐다보며 말했어요.

무슨 소리야?

쿠트와 아심이 동시에 되물어왔어요. 어말은 고개를 푹 떨구었어요. 나는 커리를 듬뿍 묻힌 빵을 입속으로 밀어넣고 이렇게 말했어요.

둘러댈 생각 하지 마. 퍼트리샤를 습격하기로 했다는 걸 알고 있어.

*

남편을 찾고 나자 내가 할 수 있는 선택은 이제 딱 두 가지뿐이었어요. 남편을 미행하거나 떠나거나. 결국 나는 그 두 가지를 다 하게 된 셈이지만 말이에요. 이틀 동안 쉬지 않고 비가 내렸어요. 검은 박쥐우산을 쓴 채 매디슨 가 57번지 앞에서 그를 기다렸어요. 그는 하루에 한 번, 해가 질 무렵 계단을 내려왔어요. 브래드 가든의 창가 자리에 앉아 수프를 먹거나 바게트를 사곤 했어요. 서점에 가서 책을 고르고 공원이나 강가로 산책을 나가기도 했어요. 나는 잠깐 혼란스러웠어요. 그는 마치 나의 항적을 뒤따르는 사람 같았거든요. 문득문득 나는 뒤를 돌아보기도 했어요. 내가 그를 뒤쫓고 있는 게 아니라 그가 나를 뒤쫓고 있는 게 아닐까. 비가 그치고 나자 갑자기 가을이 시작되었고 나는 강물에 휩쓸리는 빈 병처럼 이리저리 떠돌아다녔어요. 남편의 이름을 크게 소리쳐 부르고 싶은 충동에 굴복하게 될까 봐 말이에요. 남편을 불러 세우지 않은 건 희박한 공기 속에서 하는 오체투지처럼 나에게는 절박하고 간절한 행위이기도 했어요. 남편의 의지를 내 의지로 돌려세우고 싶지 않았거든요. 나는 우리 사이에서 벌어질 마지막 사건을 상상하고 있었어요. 이를 딱딱 부딪치며 상점에 가서 두꺼운 외투와 바지를 샀어요. 겹겹이 껴입은 옷 속에 금을 품고 다니듯 어깨를 잔뜩 웅크린 채 그 가을을 지나고 있었어요. 이따금 나는 걸음을 멈추고 하늘을 쳐다보고는 했어요. 그 위로 새가 날고 길게 뻗은 나뭇가지와 내가 길을 잃을 적이면 언제나 표적 삼아 향하곤 했던 올드 캐피털 몰의 첨탑이 보였어요. 때로 제트기가 지나간 하늘에는 하얗고 긴 사선이 그어져 있거나 ㅅ자나 길게 늘여 쓴 S자처럼 보이는 선명한 흔적들이 남아 있기도 했어요. 그것은 꼭, 아직 다 쓰지 못한 무슨 글자처럼 보였어요.

나는 검은색 화장펜으로 눈썹을 그리고 있었어요. 방에는 한기가 느껴졌어요. 브래드 가든에 갈 작정이었어요. 거기 가서 뜨거운 수프를 사먹을 생각이었어요. 남편이 거기 올 시간이기도 했어요. 오늘은 그 맞은편 자리에 가서 앉을지도 몰라요. 공들여 섬세하게 눈썹을 그리고 있다가 갑자기 천장과 벽들에서 뿜어져 나오는 듯한 사이렌 소리를 듣게 되었어요. 귀를 틀어막을 새도 없이 소음은 무차별적으로 쏟아졌어요. 화장펜을 던지듯 떨어뜨리곤 귀를 틀어막았어요. 그 소리는 마치 전쟁을 알리는 경보처럼 들려왔어요. 누군가 복도를 돌아다니면서 방마다 문을 두드리고 있는 소리가 들렸어요. 불이야 불! 사이렌 소리는 귀를 찢어대는 것 같았어요. 불이 났다니까요! 어서들 나와요, 밖으로 나오라구요, 호텔 밖으로 다 내려와요! 여자는 악을 쓰고 있었어요. 밖으로 나가야 할까? 나는 망설였어요. 그리고 문득 생각했어요. 불이 난 게 정말 사실일까? 하고 말이에요. 나는 이제 지도조차 믿지 않는 사람이 되어 있었잖아요.

문 쪽으로 다가가 어안 렌즈에 바싹 눈을 붙였어요. 복도를 돌아다니며 방문을 두드리고 있는 여자는 퍼트리샤였어요. 퍼트리샤는 그 거구의 몸을 흔들어대며 문이 부서져라 두드렸어요. 하나 둘씩 방문을 열고 나온 투숙자들이 웅성거리고 있었어요. 나는 퍼트리샤가 내 방 앞으로 다가오기를 기다렸어요. 화재 경보는 점점 더 빠르고 크게 들렸어요. 문을 두드리는 기세와는 다르게 퍼트리샤는 전혀 서두르는 기색 없이 느릿느릿 복도를 지나가고 있었어요. 그녀가 내 방문을 두드릴 때 나는 어안 렌즈를 통해 그녀의 얼굴을 정면으로 보고 말았어요. 방문을 두드리면서 그녀는 입을 쩍 벌리곤 하품을 하고 있었어요. 투숙자들이 엘리베이터 쪽으로 우르르 몰려갔어요. 정말로 불이 난 거예요? 어디서 난 거예요? 투숙객들은 퍼트리샤를 붙잡고 물었어요. 그녀가 다부지게 말했어요. 불이 났다고 칩시다.

나는 밖으로 나가지 않았어요. 내가 안 나가고 방에 있다는 걸 알고 있다는 듯 사이렌 소리는 나를 밀어내듯 울리고 또 울렸어요. 화장실로 들어가 변기 뚜껑을 내리고 그 위에 걸터앉았어요. 사이렌 소리는 화장실 천장 위에서도 쏟아지고 있었어요. 그것은 나의 투항을 기다리는 듯한 경고와 도전의 소리 같았어요. 한 남자가 혼자 길을 떠났어요, 쓰야키 씨. 지도 한 장을 들고 있었어요. 가도 가도 정상으로 가는 길은 보이지 않았어요. 게다가 그 길로는 아직 가본 사람이 없었어요. 그가 그 길의 첫번째 등반가였던 거예요. 눈이 쏟아지기 시작했어요. 그다음 날 아침에 어떤 지도 하나가 잘못 그려졌다는 기사가 보도되었어요. 사람들은 세상에 참 이상한 기사도 다 있구나 생각했어요. 그걸 유심히 보는 사람도 없었어요. 바로 남자가 들고 간 지도였어요. 그 폭설 속에서도 남자는 안개 너머에 육지가 있다는 신념으로 걷고 또 걸었을 거예요. 낭떠러지로 가는 길이 산의 정상인 줄 알고 계속 올라갔을 거예요. 그런 일이 이 도시의 서쪽에 있는 한 나라에서 일어났어요. 일 년 전에 말이에요. 남자는 결국 돌아오지 못했어요, 쓰야키 씨.

나는 화장실 거울을 들여다보았어요. 미처 다 그리지 못한 눈썹이 이마 쪽을 향해 사선으로 휙 그어져 있었어요. 성난 사람처럼 보였어요. 손가락에 침을 묻혀 눈썹을 문질렀어요.

눈썹이 다 지워진 나는 엄격한 내성(內省)을 잃어버린 초라하고 무표정한, 누런 얼굴이 되어버렸어요. 퍼트리샤가 은행에서 칠만 달러를 현금으로 찾는 것을 그 뒤에 줄을 서 있던 쿠트와 조반나가 본 그날 밤에 그들은 그녀를 털기로 모의했던 거예요. 그 비밀을 나에게 털어놓은 사람은 어말이었고요. 퍼트리샤를 습격하는 것이 어려운 일은 아닐 거예요. 그녀는 이 호텔 일층에서 혼자 살고 있으니까요. 이십 분 후, 사이렌 소리는 나를 체념한 듯 서서히 작아지고 있었어요. 정말로 불이 나면 그땐 어떻게 해야 할까요, 쓰야키 씨?

밖으로 나가던 길이었어요. 엘리베이터 맞은편에 있는 어말의 방문이 활짝 열려 있었어요. 쿠트와 아심과 조반나가 그 방에 함께 모여 있었어요. 나는 노크도 없이 그 방으로 불쑥 들어가 말했어요.

오늘 밤이 어떠니?

뭘 말이야?

퍼트리샤를 습격하기로 했잖아.

아니. 저, 그 대신 우린, 타조를 타러 가기로 했어.

고개를 푹 수그린 채 어말이 그렇게 말했어요. 글쎄, 타조를 타러 가겠다고 말이에요.

*

  11월 첫째 주 목요일 오후에 나는 내가 여기를 떠나게 될 때가 되었다는 사실을 깨닫고 있었어요. 그것은 도서관으로 올라가는 계단 앞에서였어요. 쓰야키 씨도 잘 알겠지만 도서관 앞에는 수령 백오십 년도 넘은 버드나무 한 그루가 있잖아요. 이 다운타운에서 가장 크고 오래된 나무예요. 이 도시에는 사람 숫자보다 훨씬 더 많은 게 나무 같았어요. 내가 맨 처음 여기 도착했을 때 나무들은 햇빛을 최대한 많이 받기 위해서 가지와 잎을 높이 뻗어 마치 지붕을 이루려는 열대 우림의 나무들처럼 무성하고 풍요로워 보였어요. 도서관으로 올라가는 계단 맨 꼭대기에 서 있으면 조감하듯, 차도 하나를 사이에 두고 있는 맞은편 다운타운의 풍경을 한눈에 내려다볼 수 있어요. 그 무성했던 나뭇잎은 어느새 다 떨어져 있었어요. 나뭇가지들은 빳빳한 선들로 복잡하게 얽혀 있었고 그 수많은 사선들 사이로 다운타운 일대가 빗금을 친 화면처럼 한눈에 들어왔어요. 그리고 나는 이제 막 녹색 신호등이 켜진 횡단보도를 건너고 있는 사람들 속에서 남편의 모습을 발견하게 되었어요. 내가 지켜보고 있는 것을 알고 있기라도 한 듯 남편은 유독 느리게 걸었고 채 절반도 건너지 못했을 때 그만 신호가 바뀌고 말았어요. 남편은 엉거주춤한 채 횡단보도 한가운데 갇혀버렸어요. 자동차들이 남편 앞에 멈춰 섰지만 남편은 신호가 도로 바뀔 때까지 기다릴 작정인 것 같았어요. 나는 횡단보도 위로 떨어진 짧고 뭉툭한 남편의 그림자를 보았어요. 그것은 짙은 회색과 검정이 섞인 녹색이었어요. 나는 계단 위에 철퍽 주저앉고 말았어요. 현기증이 쏟아졌어요. 아니에요, 쓰야키 씨. 그것은 안도감이었을지도 몰라요. 그리고 바로 그 순간 나는 깨닫게 되었어요. 그동안 내가 그를 찾고 있었던 게 아니라 사실은 그에게서 줄곧 달아나고 있었다는 사실을 말이에요.

남편이 사라진 걸 처음 발견했을 때 나는 놀라지 않았어요. 그가 사라지기 얼마 전의 일이었어요. 등 뒤에서, 누군가 내 어깨뼈를 삽으로 콱 찍었어요. 등이 반으로 쩍 갈라지는 소리가 들렸어요. 순식간의 일이었어요. 그때 내 어깨뼈를 삽으로 찍어 누른 사람이 귀청이 떨어져 나가도록 큰 소리로 절규했어요. 너는 늙고 실패했다! 나는 공포에 질린 얼굴로 천천히, 등을 돌렸어요. 나를 삽으로 찍은 사람, 너는 늙고 실패했다!라고 절규한 사람, 그 사람은 바로 나의 남편이었어요. 남편의 얼굴은 처참하게 일그러져 있었어요. 꿈속에서의 일이었지만 나는 내가 지금 죽어가고 있다는 사실보다 남편의 절규처럼 정말로 내가 늙고 실패했다는 슬픔 때문에 고통스러웠어요. 나는 서럽게 흐느끼기 시작했어요. 남편도 흐느끼기 시작했어요. 꿈에서 깨어났을 때도 나는 여전히 소리 내서 울고 있었고 옆에서 자고 있던 남편은 미간을 찌푸린 채 등을 돌렸어요. ……당신은, 왜 당신을 찌른 거예요? 나는 남편의 구부정한 등에 뺨을 대고 그렇게 묻고 있었어요.

신호가 바뀌자 남편은 어깨 높이만큼 한 손을 들어 올렸어요. 나에게 작별 인사를 하는 것처럼 말이에요. 그러곤 마저 횡단보도를 건너 다운타운의 골목으로 사라져버렸어요. 몸을 일으키다 말고 나는 계단 아래 떨어져 있는 내 구두 한 짝을 내려다보았어요. 무슨 할 말이라도 있는 듯 입을 벌리고 있는 구두, 억지를 쓴다고 해도 더 이상은 벌어지지 않을 구두, 낡은 구두. 나는 내가 맨 처음 이 도서관을 발견했던 때를 떠올렸어요. 그 다소 수용적이면서도 유혹적인, 동시에 힘센 도구처럼 보였던 도서관을 말이에요. 그러고 보니 내 구두는 지금 도서관을 닮은 것 같기도 합니다. 나는 여길 혼자 떠나기로 했어요. 용기를 내서 말이에요.

작별 인사가 길어졌군요, 쓰야키 씨.
쓰야키 씨, 그날 부엌을 빌려주셔서 정말 고마웠어요.

나는 부엌을 빌렸다는 소식을 호텔 친구들한테 전했어요. 우리는 슈퍼마켓으로 우르르 몰려갔어요. 육식을 좋아하는 아심은 소고기와 돼지고기와 양고기, 그리고 생닭 한 마리를 골랐고 조반나는 생선과 훈제연어와 앤초비와 빵을, 그리고 쿠트는 맥주 네 박스와 샴페인 한 병을 카트에 집어넣었어요.

나는 호박과 고구마와 대파, 고수, 마늘과 밀가루를 골랐어요. 카트 하나로는 모자라서 하나를 더 가져와야 했어요. 어말은 아무것도 고르지 않았어요. 돈을 내지 않는 대신 요리를 하겠다고 했거든요. 슈퍼마켓을 나가기 전에 우리는 쓰야키 씨에게 줄 국화꽃 한 다발을 마지막으로 샀어요. 쓰야키 씨가 그려준 약도를 보고 우리는 집을 찾아가기로 했어요. 거리가 꽤 멀었지만 걷기로 했어요. 우리는 너무나 들떠 있어서 그깟 거리쯤은 아무 문제가 되지 않았거든요. 쓰야키 씨 집에 가는 동안 재료비가 너무 많이 나왔다고, 그건 소고기와 양고기를 고른 네 탓이다, 아니다, 훈제연어와 앤초비를 겁도 없이 막 산 네 탓이다, 아니다, 맥주를 네 박스나 산 쿠트 탓이다 하며 아심과 조반나와 쿠트가 거리에서 서로 언성을 높이며 싸우기도 했지만 그것도 잠깐뿐이었어요. 쓰야키 씨는 밥통 한 가득 뜨거운 밥을 지어놓고, 부엌을 깨끗이 치워놓고 우리를 기다리고 있었어요.

 쓰야키 씨 부엌은 거실과 이어져 있었어요. 부엌문을 밀고 나가면 바로 텃밭으로 연결되어서 언제든지 허브나 파, 깻잎 같은 걸 바로바로 뜯어서 사용할 수도 있었어요. 마치 나의 부엌처럼 말이에요. 나는 금방 그 부엌에 익숙해졌어요. 아심과 쿠트와 조반나가 빵을 썰어 훈제연어, 앤초비와 먹고 있는 동안 나와 어말은 각자 요리를 하기 시작했어요. 나는 잘 씻은 닭에 통마늘과 쌀을 야무지게 채워 넣곤 쓰야키 씨 부엌에서 가장 큰 냄비를 골라 물을 붓고 안쳤어요. 메인 메뉴인 고기 요리는 모두 어말이 하겠다고 해서 나는 전채로 고구마와 호박전을 부쳐내고 간장과 마요네즈를 섞은 오리엔탈 소스 샐러드를 만들었어요. 혼자 사는 쓰야키 씨 좁은 집은 금세 음식 냄새로 가득 찼어요. 한쪽에서는 삼계탕이 끓고 있었고 쓰야키 씨와 친구들은 빵과 샐러드를 먹고 맥주를 마시고 있었어요. 어말이 고기를 굽는 동안 나는 통째로 도미를 찌고 참기름에 고수 이파리를 뜯어 넣고 소스를 만들었어요. 요리가 담긴 접시를 내갈 때마다 쓰야키 씨와 친구들은 환호성을 질러댔죠. 접시가 모자라서 냄비 뚜껑을 써야 하기도 했어요. 쿠트가 펑, 소리가 나게 샴페인을 땄어요. 각자의 잔마다 철철철 샴페인이 흘러넘쳤어요. 술은 달았고 음식은 맛있었어요. 빵은 넘쳐나도록 많았어요. 누군가 노래를 부르기 시작했어요. 각자 제 나라의 노래를 한 곡씩 돌아가면서 부르고 있었어요. 조반나는 울었어요. 나는 삼계탕이 다 익었다는 핑계를 대고는 얼른 부엌으로 갔어요. 조반나처럼 눈물이 쏟아질 것만 같아서 말이에요. 밤늦도록 우리는 먹고 또 먹고 마셨어요. 춤을 추기도 했어요. 그것은 우리들의 첫번째 파티였고 그리고 마지막 파티가 되었어요.

그 친구들은 정말로 타조를 타러 갔어요. 여기서 이십칠 킬로미터나 떨어진 농장으로 자전거를 타고 말이에요. 타조를 타러 갔다 온 이틀 후에 얇은 여름옷을 겹겹이 껴입은 조반나는 짐을 꾸려 떠났어요. 그 후에는 아심이 떠났고 쿠트와 어말이 차례대로 각자의 나라로 돌아갔어요. 이별은 순식간에 시작되었다가 순식간에 끝났어요.

쓰야키 씨.

나는 이 지도를 수정하지 않으면 안 되었어요. 지도에는 없지만 매디슨 가 57번지에는 낡고 초라한 삼층짜리 건물이 하나 있어요. 거기에는 나의 남편이 살고 있고 또 다른 이들이 살고 있어요. 그들은 여기 존재하는 사람들입니다. 나는 황금색의 가는 펜을 하나 샀어요. 그리고 매디슨 가 57번지 그 삼층짜리 건물을 이 지도에 새로 그려넣었어요. 아주 작지만 눈에는 띌 만큼. 쌀 한 톨만 한 크기로 말이에요. 떠나기 전 이 새 지도를 당신께 드리고 가고 싶습니다. 쓰야키 씨. 이 지도에 점을 하나 찍는 순간, 나는 어쩌면 지금 내가 책을 쓰고 있는 건 아닐까 하는 착각이 들었어요. 없던 점 하나를 새로 찍은 것에 불과하지만 이것은 끊임없이 반복되는 노동으로 만든, 내가 새로 발견한 그 무엇을 내려놓는 작업이었거든요. 글을 쓴다는 것은 무엇인가요, 쓰야키 씨. 쓴다는 건 종이 위에 나를, 나의 표상 하나를 거기에 내려놓는다는 게 아닐까요. 이것은 보잘것없는 지도 한 장에 불과하지만 이 얇고 가벼운 한 장 종이 위에 나는 나의 첫번째 표상을 내려놓았어요. 그러므로 이것은 나의 첫번째 책입니다. 오직 단 한 사람만이 단 한 권의 책과 조우할 수 있듯이 이 지도 또한 누군가와 다시 만나게 될 거예요. 서로 다른 곳에 있지만 1월의 편서풍과 7월의 무역풍 속에서 우리는 같은 바람과 같은 기후로 살고 있듯, 우리의 은밀한 의식은 이 한 페이지 위에서 다시 만나게 될 거예요.

나는 돌아가서 남편의 책상 앞에 앉을 생각이에요. 거기 앉아서, 그가 돌아오기를 기다리겠어요. 시간이 흐른 후 나도 나의 삶을 살았다, 썼다, 그리고 사랑했다, 라고 짧게 요약할 수 있다면 나의 삶은 아주 실패한 것으로 끝나지는 않을 거예요. 쓰야키 씨, 혹시 그를 만난다면 이렇게 전해주시겠어요? 그가 맨 처음 글을 쓰기로 했을 때, 그것은 삶을 위해서였다는 걸 부디 잊지 말라고 말입니다.

버지니아 울프를 만났다

좋은 시절이 올 것이다
어딜 가든지 나는 그 소리를 듣는다
좋은 시절이 올 것이라고
그러나 천천히 올 것이 분명하다
―닐 영

할머니와 나는 한 달 전에 헤어졌다. 나를 배웅하면서 할머니는 무언가를 선택할 수 있다면 더 나은 것, 진정으로 더 원하는 것을 선택하라고 말했다. 언젠간 나에게도 선택하고 싶은 것이 생기게 되리라는 걸 짐작하고 있었던 것 같다. 할머니는 눈을 감고도 나를 점자처럼 손끝으로 읽어내려갈 수 있는 사람처럼 느껴질 때가 있다. 우리는 서로의 유년기와 노년기를 함께 보냈다. 그것은 할머니와 내가 아주 오랫동안 같이 살았다는 뜻이다. 헤어지기 전에 할머니는 서로 편지는 쓰지 말자고 했다. 여름이 가면 다시 돌아올 거야, 할머니. 나는 할머니 이마에 내 이마를 갖다 붙였다. 할머니의 이마는 차가웠고 그리고 아무 말도 하지 않았다.

*

　한여름인데도 오후가 되면 쌀쌀하고 안개가 낀다. 완전하게 정착하지는 못했지만 괜찮다고 느낀다. 노력만 한다면 곧 익숙해질 것이다. 그러나 어서 이 여름이 지나가버렸으면, 하고 바랄 때가 더 많다. 다시 집으로 돌아가고 싶은 순간이 많기 때문이다. 낯선 도시에서 나는 아침 일찍 수영을 하러 가고 매주 수요일과 토요일에는 집 근처 하케셰 마켓으로 장을 보러 다닌다. 밤이면 천장에 붙여놓은 세계전도를 올려다보며 잠이 들곤 했다. 별 모양의 야광 스티커로 내가 살던 곳, 그리고 지금 내가 살고 있는 도시를 이어 붙인 선은 지워진 원의 일부처럼 짧고 둥글게 휘어져 불을 꺼도 어둠 속에서 오래 빛났다. 단지 한 달이 흘렀을 뿐인데 나는 내가 많이 변했다고 느낀다.

　브루노와는 시립 수영장에서 만났다. 느리고 조용하게 레인을 오가는 노인들 속에서 근위병처럼 단단하고 딱 벌어진 어깨를 가진 젊은 브루노는 단연 눈에 띄었다. 나는 물속에 들어가지 않고 풀 가장자리에 걸터앉아 있다가 한기가 느껴지면 그때서야 물속으로 첨벙 뛰어들어 레인을 한 번 왕복하고는 했다. 브루노는 수영장 입구에서 담배를 피우고 있다가 내가 나오는 것을 보고는 같이 갈까? 라고 물었다. 우리는 지하철 입구까지 함께 걸어갔다. 걸음을 옮길 때마다 그는 한 손에 들고 있는 커다란 양동이를 무릎으로 툭툭 치면서 걸었다. 브루노는 나에게 혹시 애완동물을 키우느냐고 물었다. 나는 고개를 저었다.

내가 볼 때 애완동물로 가장 좋은 건 역시 암소인 것 같아.

……암소라고?

그래. 생각해봐. 암소는 사람을 좋아해. 그리고 내가 하는 말에 귀 기울여줄 거고 절대로 질문 같은 것은 하지 않을 거야. 영원한 친구가 될 수 있을 거라고. 게다가 싫증 나면 잡아먹을 수도 있잖아.

그렇기는 하지만.

뭐가?

그건, 개도 마찬가지잖아.

내가 낯선 사람과 말을 하고 있는 게 뜻밖의 일처럼 느껴져 그날 나는 나에 관해 많은 것을 이야기했다. 나중에 브루노는 그날 내가 줄곧 개에 관해서 이야기했다고 놀려대고는 했지만 말이다. 할머니는 나에게 사람은 항상 배우고 발견하는 일에 열려 있어야 한다고 가르쳤다. 의자가 의자라는 것을 아는 사람과 의자가 의자라는 것을 모르는 사람과는 큰 차이가 있다고 했다. 의자라는 걸 아는 사람은 그것이 자신의 몸을 지탱해줄 수 있다는 사실도 알게 된다는 것이다. 어떤 것이 개라는 것을 안다면 그것이 때로 짖거나 덥석 손을 물거나 할 줄도 안다는 개념 또한 갖게 되는 것처럼 말이다. 브루노에게 그것은 개에 관한 이야기로 들렸나 보다. 나는 나에 관해 더 적절하게 말하는 방법을 배워야 할 것 같다. 어쨌거나 나는 그가 말한 암소에 관한 이야기를 그대로 믿어주는 척했다. 내가 기억하기로 애완동물로 가능성이 있는 유일한 것은 암소뿐이라는 이야기는 영국의 한 여행작가가 한 말이다. 허풍쟁이 브루노. 그는 내가 여기 와서 알게 된 첫번째 친구이며 소냐, 나에게 그녀를 만나게 해준 사람이다.

아파트를 보러 간 날, 집주인인 수잔나는 두꺼운 낙타색 담요를 온몸에 둘둘 만 채 현관문 앞에 서 있었다. 선글라스를 쓰지 않고는 한 블록도 걸을 수 없을 정도로 햇빛이 강하게 내리쬐는 날이었다. 거실과 주방, 욕실, 그리고 내가 쓰게 될 방을 보여주면서 그녀는 방금 막 오디션에서 떨어지고 온 길이라 기분이 몹시 좋지 않다고 말했다. 키가 크고 팔다리가 길어서인지 나도 모르게 위축되는 느낌이었다. 냉선 시내에는 구 동독의 상징적인 존재였다는 삼백육십오 미터 높이의 텔레비전 타워와 내부에 '죽음의 무도'라는 프레스코 벽화가 그려져 있는 성모 마리아 교회가 거실 창에서 한꺼번에 보였다. 어디선가 길을 잃게 돼도 저 타워만 찾으면 좋은 표적이 될 것 같았다. 내 방 창으로는 해가 질 무렵의 자줏빛 구름들 밑으로 하케셰 마켓으로 가는 방사선 길이 뻗어 있었다. How can you believe that? 수잔나가 불쑥 나에게 이렇게 물었다. 뭐라고? 나는 어리둥절한 채로 되물었다. 당신은 어떻게 그걸 믿을 수가 있죠? 글쎄 이 문장을 다섯 가지 각각 다른 감정을 담아서 말해보라는 거야. 아직도 오디션 이야기를 하고 있는 모양이었다.

다음 날, 트렁크를 끌고 수잔나의 집으로 이사했다.

나는 수잔나와 취리히에서 온 그녀의 친구 플리니, 이렇게 두 명의 여자들과 아파트를 나눠 쓰게 되었다. 셋이 함께 살기 시작한 후 수잔나와 마주친 적은 손에 꼽을 정도로 드물었다. 플리니는 우체국과 슈퍼마켓, 두 군데서 아르바이트를 했고 일이 끝나는 오후 여섯 시에는 언제나 집으로 돌아왔다. 처음에 수잔나와 플리니, 둘 모두 집에 없을 때면 나는 혼자 있는 사람이 집에 남았을 때 주로 하는 행동을 하곤 했다. 수잔나의 방은 옷가지와 여행지에서 막 돌아와 열어놓은 채 그대로인 트렁크와 촛불, 그리고 잡지들과 그녀의 애인인 토아스톤의 사진들로 발 디딜 틈이 없었다. 플리니의 방은 연결된 두 개의 작은 방 바닥부터 천장까지 기하학적인 도형이 프린트된 흰 종이가 벽지처럼 발려 있었고 군데군데 색칠이 되어 있다. 방 전체를 색연필로 다 칠하고 나면 사진을 찍어서 슬라이드로 만들어 전시할 거라고 했다. 밑그림 도안은 그녀가 창작한 것이지만 색칠은 주로 그녀의 친구들이 했고 플리니는 그것을 사진으로 남겼다. 가구라고는 달랑 널빤지를 포장지와 비닐로 덮어씌운 책상 하나가 전부였다. 플리니와는 주로 저녁에 주방에서 마주치곤 한다. 저녁마다 플리니는 감자를 한 냄비 삶아 생크림을 듬뿍 뿌려 먹었다. 그리고 접시를 닦는 물소리가 그치고 음악 소리가 들리면 그녀가 일을 시작한다는 뜻이다. 커피를 두 잔 끓여서 그녀 방 앞에 가 엉거주춤 섰다. 방바닥의 일부분은 초록색으로 또 다른 부분은 핑크와 검정색으로 칠해져 있었다. 밤이 되면 그녀는 그 만화경 속의 색종이 조각들처럼 알록달록한 방바닥에 매트리스를 깔고 잔다. 그녀가 없는 한낮에 양말을 벗고 그 방에 들어가 발을 끌며 지그재그로 걸어 다닌다는 말은 할 수 없을 것 같다.

너도 한번 해볼래?

방바닥에 쭈그리고 앉아 색연필로 도형을 메우고 있던 플리니가 나에게 색연필이 든 통을 내밀었다.

난 그림을 못 그려.

할머니는 내가 그린 그림을 오랫동안 들여다보고는 했다. 내가 그린 그림은 그림이라고 말할 수 없을 만큼 단순한 도형들이었지만 나는 거기에 터무니없이 짙은 명암을 그려넣고 있었다. 나도 알아 할머니. 할머니가 아무 말도 하지 않아서 나는 정말로 주눅이 들고 말았다. 명암은 불안을 표시한다.

너는, 뭘 하니?

플리니가 물었다. 나는 그녀의 질문의 의미를 간파한다. 플리니가 보기에 나는 아침부터 저녁까지 아무것도 하지 않는 사람이다. 일자리를 찾지도 않고 전화가 오는 데도 없다.

……책을 읽고 있어.

나는 솔직하게 대답했다. 평생 읽기만 하면 원하는 것을 찾을 수 있을까. 나는 그것을 벌써 오 년째 하고 있었다. 나는 학교에 가서 교육을 받지도 않았고 친구도 없었다. 책을 읽는 것. 그것만이 내가 할 수 있는 거의 유일한 일처럼 느껴진다. 그것 이외에 나에게는 그럴듯한 인생이 주어지지 않았기 때문이다. 할머니는 내가 책을 너무 많이 읽고 생각을 너무 많이 하는 게 좋지 않다고 말한 적이 있다. 나로서는 납득하기 힘든 말이다.

1939년 1월에 버지니아 울프가 여든두 살인 프로이트를 만난 적이 있었다. 프로이트는 버지니아에게 수선화 한 송이를 선물로 주었다. 그들은 전쟁과 히틀러에 대해서 이야기를 나누었다. 그 후 버지니아는 프로이트에 대해 이런 일기를 쓴다. '유명한 사람들은 실제로 만나보면 실망스럽거나 지루한데, 프로이트 씨는 실망스럽지도, 지루하지도 않아요. 그에게는 아주 독특한 분위기가 있어요. 그건 명성이 아니라 위대함이죠.'

내가 만나본 수많은 유명한 사람들도 그랬다.

만약 내가 지나치게 사색적이고 몽환적이며 현실과 환상을 구분하지 못할 때가 있다면 그건 아마 할머니를 닮았기 때문일 거라고 생각한다. 불행, 혹은 기형적인 유전자가 어머니에게서 딸로 전해지는 것처럼 말이다. 죽은 사람들로부터 나는 목소리를 듣는다. 죽음이 나 자신에 대해 가장 확실하게 깨달을 수 있는 장소라고 말하기도 한다. 나는 할머니에게 짧은 유서를 남겼다. 부탁이니까 제발 울지 마, 할머니. 슬픔은 영원히 남는 거야.

눈을 뜨자 다시 나는 병원에 누워 있었다. 그리고 언제나처럼 할머니가 내 옆에 앉아, 무뚝뚝한 얼굴을 하고 있었다.

이럴 수는 없다.

내가 좋아하는 사람은 모두 죽었어, 할머니.

나는 화가 난 할머니가 무서워서 이불을 뒤집어쓰고 울먹거렸다.

너는 부모를 잃었지만 난 스무 살 때 낳은 첫아들을 잃어버린 거야. 그리고 그건 벌써 이십 년 전이다.

할머니는 엄격한 목소리로 말했다.

의사는 할머니에게, 나에게 필요한 것은 휴식과 따뜻한 날씨와 상담이라는 진단을 내렸다. 그러자 아버지가 죽기 전까지만 해도 임상 치료사로 일했던 나의 할머니가 의사에게 말했다.

그만 집으로 돌아가게 해줘요.

할머니는 밤마다 말 잔등을 쓰다듬듯, 돌아누운 내 등을 쓰다듬었다. 거봐 할머니, 할머니도 아직 나를 그때, 내가 다섯 살이었을 때 취급을 하고 있잖아. 아버지의 자살은 바닷물을 끌어들이는 달의 인력처럼 나를 따라다녀. 말해봐, 할머니도 그렇지? 할머니와 나 사이에는 아주 얇지만 단단한 막이 있어서 때로는 내가 하는 말이 반사돼서 나오고 할머니가 하는 말도 그 막에 부딪혀 서로가 들을 수 없는 어떤 말이 존재하는 것 같았다.

우리 둘이 한번 해보자.

내가 회복되자 할머니는 나를 커다란 책상을 사이에 두고 마주 보고 앉게 했다. 침울해 보였지만 할머니 눈빛은 긴장감으로 빛나고 있었다. 할머니가 나에게 아버지 얼굴을 그려보라고 했다. 나는 손바닥으로 무릎을 문지르며 딴전을 피우다가 흰 종이에 포도알 한 개를 으깬 것 같은 까만 점 하나를 그렸다. 그 점을 파란색과 흰색 크레용으로 문질렀다. 몇 주 동안 나는 이런 그림을 반복해서 그렸고 할머니는 내가 그린 그림을 언제나 처음처럼 물끄러미 바라보았다. 내가 떠날 때까지 할머니는 나에게 많은 것을 숨기고 싶어 했지만 나와 내 그림을 번갈아가며 바라보던 그 눈길, 마치 높이 한번 올라가 보지도 못하고 터져버리는 불꽃을 쳐다보는 듯한 눈빛은 감추지 못했다.

할머니는 내가 좋아하는 사람들에 관해 말해보라고 했다. 나는 니체와 고흐와 톨스토이, 프로이트, 칸트, 그리고 버지니아 울프에 관해 말했다.

죽은 사람들 말고.

말했잖아, 할머니. 내가 좋아하는 사람들은 다 죽었다고.

기가 꺾인 소리로 말했지만 그 사람들을 내가 만난 적이 있고 또 종소리가 들릴 때마다 지금도 만나고 있다고 하면 할머니 역시 믿지 않을 거였다. 내 말을 믿어준 사람은 소년처럼 짧게 친 검은 머리와 검은 눈썹의 소냐밖에 없다.

브루노와 소냐는 다른 두 명의 친구들과 함께 가난한 예술가들과 학생들이 몰려 살고 있는 플렌즈 라우어 베르거 거리, 오래된 아파트 칠층에 산다. 엘리베이터도 없고 물도 안 나오는 데서 암소를 키우긴 힘들 거야. 나는 브루노와 농담을 주고받게 되었다. 일주일에 세 번 브루노는 아침 일찍 시립 수영장으로 샤워를 하러 가고 소냐는 주로 퇴근한 후에 갔다. 처음 소냐를 만나 헤어지던 날 그녀는 거리에서 내 등에 종이를 대곤 전화번호를 적어 내밀었다. 내 한쪽 어깨를 꽉 붙잡고 있던 팔뚝에서 느껴지는 기운이 너무 세고 단단해서 깜짝 놀랐다. 소냐를 만난 후로 나는 아침저녁 두 번씩 수영장에 갈 때도 있다. 수영을 마치면 우리는 브루노가 DJ로 일하는 터키 거리에 있는 '프렌치 보트'로 가 맥주 한 병을 마시곤 한다.

이건 브루노한테도 비밀이야.

담배를 말던 소냐가 나를 쳐다봤다.

나, 아무도 몰래 소설을 쓰고 있어.

그 말이 나에게 용기를 주었는지도 모른다.

나도 비밀이 하나 있어, 소냐.
비밀은 누구나 갖고 있어.
나는, 버지니아를 만난 적이 있어.
……버지니아 울프?
그래.
그녀가, 너한테 뭐라고 했는데?
소냐, 너 지금, 내 말을 믿는 거니?
그럼 믿고말고.
How can you believe that?
얼떨결에 나는 이렇게 되묻고 말았다. 소냐가 그 크고 검은 눈을 한 번 깜박이더니 대꾸했다.
실은 나도 그녀를 만난 적이 있거든.

그래, 둘이서 무슨 대화를 나눴는지 말해줄 수 있니?

내 말을 믿지도 않을 거면서 할머니가 물었다. 나는 망설이다가, 버지니아 울프가 자신은 자식도 없고 친구들로부터 떨어져 살며 글을 잘 쓰지도 못하고 늙어간다는 것에 대해 몹시 절망하고 있으며 말에 대한 모든 힘을 잃어가고 있다고 한 말을 들려주었다. 내가 그녀에게 한 말은 하지 않았다.
그게 다니?
또 있어요.

그녀를 다시 만나게 되면 그땐 아마 다른 말을 하게 될 거다.
어떤 말을요 할머니?
네가 달라진다면.

할머니는 이번에는 나와 가장 가까운 사람에 대해서 말해보라고 했다. 살아 있는 사람 중에서, 라는 단서를 붙이고는 말이다. 나와 가장 가까운 사람. 말로 표현할 수 없는 게 있을 때 사람들은 어떻게 할까. 나는 함구증 환자처럼 줄곧 입을 다물고 있었다. 할머니는 다시 나에게 종이와 연필을 내밀었다. 어느 땐 보다 적게 말하고 보다 많이 그림을 그려야 할 때가 있는지도 모르겠다. 나는 그림을 못 그리지만 이런 일이 격정과 분노를 사라지게 하는 데 도움이 된다는 것은 할머니와의 경험을 통해서 알고 있었다. 나는 종이 한가운데 작은 원 하나를 그렸다. 비탈길을 올라가는 동그라미를 그리고 싶었지만 잘되지 않았다. 원을 가운데 두고 양옆에 세모와 네모를 하나씩 더 그려넣었다. 세모와 네모가 옆에서 모서리로 동그라미를 막 찌르는 거야. 세모는 아빠고 네모는 나야. 이 동그라미는 할머니야. 나는 할머니와 눈을 마주치지 않도록 구두 끝에 눈을 두고 재빨리 말했다. 할머니, 나의 진정하고 유일한 결속인 할머니는 아무 말도 하지 않았다. 나를 '착한 열매'라고 불러봐 할머니. 나는 또 속으로 말했다. 내가 어렸을 때 할머니는 나를 그렇게 부르고는 했었다. 아직 아빠와 엄마가 살아 있던 그 짧은 시절에 말이다. 나중에 알게 된 사실이지만 할머니는 처음에 그 원을 '나의 자화상'으로 이해했다. 이번엔 할머니가 틀렸다.

  치료는 끝난 것처럼 보였다. 할머니는 나를 다시 부르지 않았고 나는 예전처럼 책을 읽거나 저녁 무렵이면 우리 두 사람을 위해 닭이나 생선을 구워 상을 차렸다. 하지가 지난 6월 금요일 저녁에 할머니는 중대한 결심을 한 사람처럼 식탁 의자를 바짝 끌어당겨 앉고는 내 이름을 불렀다. 그리고 나에게 먼 곳으로 떠나 있는 게 어떻겠냐고 말했다. 먼 곳은 위험하지만 여기는 너에게 너무나 익숙해. 할머니는 이해할 수 없는 말을 계속했다. 꾹 참고 있다가 나는, 이제 와서 왜 나를 밀어내는 건데 할머니? 하고 반박했다. 할머니와 나에게 경계가 있다는 것이 믿기지 않았다. 만약 할머니가 나와 연결된 어떤 덩어리라면 그 일부를 잡아당겨보면 우리의 경계를 알 수 있을 것 같았다. 당길 때 딸려오는 부분이 나에게 속하는 부분일 거고 딸려오지 않고 남아 있는 부분은 나에게 속하지 않은 부분일 테니까. 나는 할머니를 당겼고 할머니는 딸려오지 않았다. 할머니는 나를 지그시 밀쳐내며 설득했다.

  오직 침묵 속에서 자신만의 세계에 틀어박힌 채 몸을 앞뒤로 흔들며 일생을 살다 간 한 여자의 이야기를 할머니가 들려준 날, 나는 조용히 내 방으로 돌아와 짐을 꾸렸다.

알았어요. 편지, 안 쓸게 할머니.

그래.

이제부턴 할머니 혼자 뭘 하실 건데요?

나 자신을 돌볼 거란다.

수잔나의 집에서 살기 시작한 후부터 거울을 들여다본 적이 거의 없다. 그녀의 아파트에 걸린 거울과 주방과 욕실의 선반들은 모두 그녀의 키, 백칠십팔 센티미터에 맞춰 걸려 있었다. 깨금발을 하거나 의자가 없으면 거울을 들여다볼 수도 선반에서 접시를 꺼낼 수도 없다. 한 달 사이에 나는 주방 가장 높은 선반에 놓여 있는 올리브 병 하나와 접시 두 개를 깼고 커피가루가 든 통을 바닥에 쏟았다. 어쩐 일인지 내가 커피통과 기름병을 싱크대 위에 놓아두어도 그녀는 꼭 도로 선반 위로 올려놓곤 했다. 그것보다 더 불편한 게 하나 있었다. 브루노와 소냐와 함께 '프렌치 보트'에 있다 밤늦게 돌아온 날 나는 그녀의 집에 욕실만 제외하고는 전등이 없다는 사실을 알아차렸다. 각자 방과 거실에 하나씩 있는 스탠드가 전부였다. 거실 창에서 보이는 성모 마리아 교회의 시계탑도 밤 한 시가 되면 소등되었다. 어둠 속을 더듬어 겨우 거실 한쪽 구석에 세워져 있는 스탠드를 찾아 불을 켰다. 다음 날 유심히 살펴보니 거실 천장과 내 방, 그리고 부엌의 전기선들이 싹둑싹둑 잘린 채 천장에 노출되어 있었다. 수잔나를 만나기 기다렸다가 무언가를 요구하는 사람 특유의 신중한 어투로 전등이 더 필요하다고 말했다. 수잔나는 이해할 수 없다는 표정을 짓더니 빛은 이걸로도 충분하잖아, 라고 말하곤 그만이었다. 집을 자주 비우는 주인으로서는 당연한 말인지도 모르겠다.

장이 서는 토요일에 양초 한 봉지를 사왔다. 밤이 되면 스탠드 불빛만으로는 책을 읽을 수가 없다. 종을 울리며 지나가는 트램 소리를 들으며 촛불에 의지한 채, 그러나 어룽거리는 희미한 불빛 속에서 나는 이제 혼자 남은 할머니와 우리가 함께 보낸 시간들을 생각하곤 했다. 촛불은 가늘고 희게 타올랐다 파르르 꺼질 때쯤 유독 선명하고 세로로 휘어진 선 하나를 허공에 그어놓았다. 그때쯤엔 창가에 비친 내 얼굴도 윤곽부터 흐려져 형체가 불분명한 잿빛으로 변하기 시작했다. 창가에 얼룩처럼 남는 형체, 나는 그것이 반드시 완벽하지 않아도 되는 나 자신의 어떤 영역처럼 느껴져 흠, 하고 짐짓 기척을 한번 내보고는 의자에서 일어났다. 거울을 오랫동안 보지 않아 내 얼굴을 다 잊어버린 것도 같았다.

8월 말이 되자 더위가 한풀 꺾였다. 하루에도 서너 번씩 비가 흩뿌리기 시작했고 비가 오면 거짓말처럼 기온이 뚝 떨어졌다. 외출할 때면 가방에다 우산과 목도리를 함께 넣고 다녔다. 여름을 이대로 그냥 보낼 수 없다며 브루노와 소냐가 여행을 가자고 했다. 브루노가 일을 마치고 펍에서 돌아오길 기다리는 동안 소냐와 나는 수잔나의 부엌에서 토막 낸 닭 한 마리를 야채와 함께 붉은 포도주에 조리고 쌀을 볶았다. 맥주와 빵이 든 비닐봉지를 들고 소냐와 나는 브루노의 집 뒤편에 있는 '콜비츠 공원'으로 갔다. 개를 산책시키는 사람들을 피해 린든 나무 밑에 자리를 펴고 앉았다. 만족스러운 얼굴로 브루노가 주머니 속에서 '프렌치 보트' 주방에서 훔쳐온 살라미와 치즈를 꺼냈다. 소냐는 두 손바닥으로 뒷머리를 받치고는 바닥에 드러누웠다. 바지 자락과 외투에 진 주름들이 그녀의 무거운 권태감을 그대로 드러내고 있는 것만 같아 나는 맞은편 벤치에서 정신없이 애무를 하고 있는 두 남녀와 그 옆에 앉아 아래위로 까맣게 아이라인을 그린 무표정한 눈으로 마리화나를 피우고 있는 여자애 쪽으로 얼른 눈을 돌렸다. 짙은 보라색 구름들이 천천히 지나가고 완만한 곡선을 그리며 밤새들이 하늘 높이 날아올랐다. 갑작스럽게 허기가 느껴지자 정말 어디 먼 데로 여행을 와 있는 것 같은 느낌이 들었다. 빵이 다 떨어지자 브루노는 접시에 남은 소스를 혓바닥으로 핥아 먹었다. 그리고 소냐에게 몸을 기울이며 지금 너에게 키스해도 되니? 라고 물어보았다.

산책 좀 하고 올게.

나는 자리에서 일어났다. 운동화를 벗어 손에 든 채 화가 콜비츠의 검은 동상 앞을 지나 린든 나무 숲 쪽으로 타박타박 걸었다. 젖은 냄새, 비 냄새, 나무 냄새가 난다. 집 뒤엔 울타리 삼아 심어놓은 옥수숫대 넘어 떡갈나무 숲이 있었다. 도시로 옮겨오기 전이었고 아직 우리에게 아무 일도 일어나지 않던 시절이었다. 할머니는 내 손을 붙잡고 떡갈나무 숲으로 들어가 씨앗이 나무가 되는 이야기를 들려주었다. 그때 처음 할머니는 나를 '착한 열매'라고 불렀다. 할머니, 할머니는 너무 유치해요. 나는 할머니를 손가락질하며 깔깔거렸다. 내가 성장하고 난 후에도 할머니는 이따금 나를 그렇게 불렀다. 마치 내가 자신이 그렇게 믿는 대로 될 수 있다고 집요하게 믿는 사람처럼. 발밑이 푹푹 꺼지는 것만 같다. 나는 불안정하게 기우뚱거리다 갑자기 촛농이 몸에 떨어진 것처럼 깜짝 놀랐다. 숲 한가운데 두 눈을 반짝거리는 작은 짐승 한 마리가 몸을 곧추세운 채 나를 빤히 올려다보고 있었다.

여우다!

등 뒤에서 소냐가 내 어깨를 탁 치며 속삭였다.

나를, 따라온 거니?

여긴 한낮에도 여우가 나타나는 곳이야.

나는 무릎을 구부리고 앉아 나와 이 미터 정도밖에 떨어지지 않은 곳에 미동도 않고 서 있는, 짧은 네 다리와 삼각형의 큰 귀 그리고 우스꽝스러울 정도로 뾰족하고 긴 주둥이를 가진 여우를 물끄러미 마주 보았다. 개보다는 작고 고양이보다 크며 군더더기 없이 날렵하게 생긴 놈이었다. 여우는 더 가까이 다가오지도 않았지만 도망갈 생각도 없는 것 같았다.

저 녀석이 대장이야.

쭈그려 앉은 내 어깨를 뒤에서 두 손으로 눌러 짚은 채 소냐는 어우어우 어우우, 하고 울음소리를 흉내 내기 시작했다. 나는 피식 웃음이 나올 것만 같았다. 그러나 그녀의 울음소리는 귀가 뻥 뚫리는 것처럼 크고 우렁찼으며 내 등 뒤에 정말로 커다란 여우 한 마리가 앞발을 짚고 선 채 울어대는 것처럼 야생적으로 들렸다. 어우 어우우! 소냐가 강약을 준 짧은 울음소리를 그치자 여우가 한겨울의 호수를 건널 때처럼 앞발로 툭툭 치는 시늉을 하더니 우리 앞으로 한 걸음, 다시 한 걸음, 다가왔다. 앉은 채로 뒷걸음질 치려는 내 등을 소냐가 그대로 꾹 눌렀다.

봐, 말귀를 알아듣잖아.

무서워.

너도 한번 해봐.

소냐는 나에게 배에 힘을 꽉 주곤 그 소리를 모아 목 안으로 깊이깊이 토해내라고 말했다. 나는 소냐를 따라 어어, 우우우, 어어어우우, 간신히 기어들어가는 소리로 늑대 소리인지 여우 소리인지 개 소리인지도 모를 울음소리를 흉내 냈다.

아니, 더 크게!

소냐가 한 손으로 내 뒷목을 움켜쥐었다. 나는 팔을 휘둘러 그녀의 손을 뿌리쳤다. 소냐가 한 팔로 목을 감고 조여왔다. 어우어우 어우우, 나는 뱃속 깊이 소리를 끌어 모았다. 어워워 어워 어우우, 있는 힘껏 크게 울음소리를 토해냈다. 소냐도 목청껏 소리를 높였다. 여우가 한 걸음, 더 앞으로 왔다. 다리가 후들후들 떨렸다. 팔을 뻗치면 닿을 수 있는 거리였다. 여우와 우리는 마치 서로의 눈을 똑바로 쳐다보며 우리의 우정은 진짜야, 라고 맹세하는 여자애들처럼 서로를 빨아들일 듯 거침없이 쏘아보았다. 나는 아직도 내 목을 감고 있는 뜨겁고 단단해진 소냐의 팔뚝을 꽉 붙잡았다. 소냐가 살라미 한 점을 휙 던졌다. 여우가 재빨리 뒷걸음질 치며 사라져버렸다.

 뇌에 물이 차오르는 병을 알아차린 순간부터 할머니는 서서히 나를 가능한 가장 멀리 나를 떼어놓고 싶었던 것일까. 자신의 죽음으로부터, 나를. 할머니의 부음을 듣는 순간 가장 먼저 든 생각은 나는 이제 고아가 되었다, 라는 것이었다. 오후 여섯 시 오 분 전이었고 나는 창가에 서서 성모 마리아 교회탑 뒤로 해가 막 넘어가는 걸 지켜보고 있었다. 나는 우리가 마지막으로 나눈 대화를 생각해내려고 애써보았지만 차가운 할머니 이마의 감촉만 선명하게 되살아날 뿐이었다. 어쩌면 이제 더 이상 할머니에 관한 것은 기억해낼 수 없을지도 몰랐다. 나는 다른 생각을 해야 할 필요가 있었다. 순결하고 착란적이며 일상의 삶과 예술의 불가능한 요구 사이에서 좌절감을 느낀 버지니아 울프가 주머니 속을 돌로 채운 채 홀로 우즈 강가로 한 걸음 한 걸음 걸어 들어가는 상상을 한다. 종소리가 들린다.

*

 여름이 지나가도 나는 집에 돌아가지 않았다. 수잔나의 아파트에서는 물병과 우산과 목도리를 챙겨 넣은 가방을 메고 나와 큰 책방이 있는 프리드리히 니체 슈트라세나 자비니 플라츠를 돌아다녔다. 저녁이 되면 '프렌치 보트'에 가서 브루노가 틀어주는 음악을 들으며 천천히 맥주를 마시곤 했다. 나는 브루노에게 오직 침묵 속에서 자신만의 세계에 틀어박힌 채 몸을 앞뒤로 흔들며 일생을 살다 간 사람 이야기를 해주었다. 소냐가 올 때도 있었고 오지 않을 때도 있었다. 어디선가 할머니가 나를 지켜보고 있을 거란 생각을 하면 혼자 있을 때도 긴장이 되었다. 시간은 더디게 흘러갔다. 언제나 세월이 너무나 빨리 지나간다던 할머니 말은 이제나저제나 이해가 가지 않았다. 시간은 느리게 흘러가지만 그러나 나는 내 인생이 옳은 쪽으로 흘러가는지 그렇지 않은 쪽으로 흘러가는지 분간하기 어려웠다. 완전히 혼자가 된다는 것은 생각할 게 많아진다는 것을 뜻하는 건지도 몰랐다. 생각을 하는 것만이 지금 내 운명과 맞서는 가장 열정적인 저항처럼 느껴지기도 했다. 집을 떠난 것이 후회가 되는 순간이 있기도 하다. 죽음을 앞둔 할머니 곁을 지켜야 할 단 한 사람이 있다면 그건 바로 나였어야 했다. 할머니는 원치 않았고 나를 멀리 보냈다. 나는 그것이 할머니가 나에게 새로운 문 하나를 준 거라고 생각한다. 할머니는 나에게, 우리에게는 수없이 많은 문이 있는데 닫힌 문 하나를 너무 오랫동안 바라보느라 새로 열린 문을 보지 못하는 거라고 타이르듯 말했다. 그게 우리가 마지막으로 나눈 대화였다. 할머니가 나에게 준 것은 또 있었다.

나는 편지 한 장을 받았다. 편지 속에는 흰 종이로 싼 사진 한 장이 들어 있었다. 그 사진을 찍던 무렵이 기억난다. 일년 전, 할머니의 생일을 축하하느라 먼 데 살던 친지들이 모두 모였다. 모르는 얼굴들이 많았고 할머니를 부르는 호칭도 제각각이었지만 우리는 저녁 모임을 했던 식당 마당 한가운데서 할머니를 중앙에 앉히고 옆으로 뒤로 죽 늘어서서 사진을 찍었다. 사진을 찍는 것이 어색했던 모양인지 나는 할머니와 가장 멀리 떨어진 맨 뒷줄에 서서는, 소나무 두 그루가 나란히 심겨 있던 식당 출입문 쪽을, 미처 오지 못한 사람을 기다리기라도 하는 것처럼 바라보고 있었다. 폭이 좁고 길게 내려오는 연보라색 한복을 맞춰 입은 할머니는 웃어도 괜찮을까 망설이는 듯한 얼굴로 카메라를 응시하고 있었다. 서른일곱 명. 나는 할머니를 둘러싸고 서 있는 사람들의 숫자를 세어보았다. 할머니의 아들과 딸 들, 그 아들과 딸 들의 배우자들, 그들의 아이들, 할머니의 열매들. 편지봉투에는 반듯하게 내 이름이 씌어져 있었다. ······이것으로도 충분해요 할머니. 나는 속삭이며 고개를 끄덕거렸다.

그날 밤, 나는 다시 버지니아 울프를 만났다.

나는 지금부터 내가 해야 할 일들에 대해 생각하고 있다고 말했다. 그녀는 무엇을 하든 그것을 기록으로 남기기 전에는 아무 일도 진짜로 일어나는 게 아니라고 말했다. 글을 쓰면 고통의 원인이 줄어들고 거기에서 벗어나는 길이 하나 열리는 경험을 하게 될 거라고도 말이다. 문득 할머니의 말이 기억났다. 나는 그녀에게 내가 달라진 것 같으냐고 물어보았다. 그녀는 침묵을 지키고 있다가, 자신의 삶을 끝내는 것은 한 권의 책을 끝내는 것과 같은 일이라고 말했다. 나는 성장하려는 열망으로 부푼 소년처럼 수줍게 나의 책, 이라고 읊조려보았다.

9월 셋째 주 일요일 오후에 브루노와 소냐를 집으로 초대했다. 수잔나는 남자친구인 토아스톤을 불렀고 플리니는 자신의 친구들 세 명을 더 불렀다. 플리니가 취리히로 돌아갈 날짜가 가까워졌는데 방을 칠하는 것이 전혀 진전이 없었기 때문이었다. 완성된 슬라이드 필름을 제 날짜에 보내지 못하면 전시가 취소될지도 모른다고 했다. 각자의 친구들을 불러모으자고 한 사람은 수잔나였다. 모두들 자기가 좋아하는 색연필을 들고는 방바닥에 쭈그려 앉아 색을 칠하기 시작했다. 브루노는 의자 위에 올라서서 천장부터 칠하기 시작했고 소냐는 벽면을 칠하기 시작했다. 나는 방바닥에 쭈그리고 앉아 플리니가 매트리스를 깔고 주로 자는 쪽에 자리를 잡았다. 색칠이 다 완성되면 플리니는 칠이 망가지지 않도록 그것을 비닐로 코팅하듯 얇고 투명한 플라스틱 막으로 그림 위에 덧붙일 거라고 했고 수잔나는 그 방을 그대로 남겨둘 거라고 했다. 플리니가 떠나고 누군가 이 방에 들어온다면 지난여름, 취리히의 한 가난하고 젊은 화가가 이 방에 남기고 간 그림들 위에서 지내게 되는 셈이었다. 수잔나는 플리니의 등짝을 한번 때리면서 만약 네가 유명해진다면 내 아파트를 아주 비싸게 팔아넘길 거야, 라고 말해 모두를 웃겼다.

  나는 거의 아무도 눈에 띄지 않을 것 같은 희미한 회색 색연필을 쥐고는 동그란 원들이 얽혀 있는 패턴이 인쇄된 방바닥을 칠하고 있었다. 내가 원과 삼각형, 사각형을 그린 그림을 내밀었을 때 할머니가 나를 바라보던 눈빛이 생각난다. 나와 가장 가까운 사람. 할머니가 유심히 들여다보고 있던 그림을 도로 집어 맨 처음에 그린 원 하나만 남기곤 그 옆에 있던 세모와 네모를 지우개로 쓱쓱 지웠다. 그리고 처음에 그렸던 동그라미 옆에 나란히 제각각 크기가 다른 세 개의 원을 더 그렸다. 두번째 원은 노란색 크레파스로 칠했고 세번째 원은 마블 느낌이 나도록 초록색과 보라색을 뒤섞어 칠했다. 마지막 원에는 중간에 둥근 띠를 그렸다. 그리고 나는 할머니에게 말했다. 자, 봐 할머니. 나를 지구라고 치자. 나는 맨 처음에 연필로 그린 원을 손가락으로 가리켰다. 이게 나야. 그 옆에

이 노란색은 화성이겠지. 그 옆은 목성일 테고, 그 옆에 띠를 두른 건 토성. 지구랑 가장 가깝게 붙어 있는 이 노란색 화성이 바로 할머니야. 나는 모처럼 내 생각을 제대로 표현한 것 같아 약간 우쭐해지기까지 했다. ……화성 안으로 눈물 한 방울이 툭 떨어졌다. 지금은, 우는 할머니도 볼 수가 없다. 나는 플리니의 방바닥에 그려져 있는 여러 개의 원을 색칠했다. 떠나는데 아무것도 줄 게 없어서 동그라미 하나를 유독 진하게 색칠하고는 너는 나의 토성이야 소냐, 라고 혼잣말을 했다. 그럴싸하게 띠를 그려넣는 것도 잊지 않았다. 슬그머니 자리에서 일어나 거실로 나왔다. 나의 책. 아직 씌어지진 않았지만 이렇게 읊조릴 때마다 안도가 되는 것을 느낀다. 내가 만약 아무것도 쓰지 않는다면 내 인생은 그냥 빈 종이로만 남을 것이다. 이제 원하는 게 생겼으니 늦어도 내일은 집으로 돌아가야겠다. 나는 나의 지난여름과 할머니와 소냐, 그리고 버지니아 울프에게 작별 인사를 할 요량으로 창밖을 향해 목을 길게 빼곤 아우우, 아우우, 짐짓 구슬피 우는 시늉을 해본다.

밤이
깊었
네

신비로운 좁은 길을 걸은 적이 있었다. 2000년, 그러니까 막 21세기가 시작되던 참이었다. 그해 첫날을 기분 좋은 일로 시작했다. H일보에 신춘문예 당선을 알리는 내 사진이 큼지막하게 실린 것이다. 담당 기자와 인터뷰를 할 때 찍혔을 얼굴은 동네 미용실에서 잔뜩 부풀린 머리와 짙은 화장 때문인지 과장되고 낯설어 보였다. 그 옆에 함께 실린 당선 소감과 희곡이 아니라면 그게 나라고 믿기 어려울 만큼 말이다. 아무튼 새해 첫날을 그런 종류의 일로 시작했다면 그해는 기대해도 좋을 것 같았다. 사진이 실린 면이 잘 보이도록 반듯하게 신문을 접어 엄마에게 보여주었다. 몇 번인가 눈을 끔뻑거리더니 엄마는 도로 눈을 감았다. 오줌을 지렸는지 지린내가 희미하게 풍겼다. 신문을 내려놓고 기저귀를 갈아주었다. 당선 소식이 발표 난 한 달 후쯤, B를 처음 만나게 되었다. 장안의 유명한 사람들도 많이 만나게 되었다. 그건 내가 작가가 되었기 때문이 아니라 전적으로 B 때문이었다. 그는 한국문화재단과 대학로에서 가장 오래된 역사를 자랑하는 서울예술극장의 예술팀 국장직을 맡고 있었다. 아는 사람도 많았고 그를 필요로 하는 곳도 많았다. 위용을 자랑하는 붉은 벽돌 건물의 극장은 희곡을 쓰는 사람들이라면 모두 한번쯤 자신의 공연을 올리고 싶어 하는 곳이었다.

해마다 3월이 되면 그해 신춘문예 희곡 당선자들의 작품이 공연되었다. 그해엔 서울예술극장에서 올리게 되어 있던 모양이었다. 허둥지둥 밤을 새워 당선작을 손보았다. 연출한테 원고를 넘긴 후에는 스태프들이 성가셔한다는 걸 뻔히 알면서도 누구보다 자주 연습장에 나가 구경했다. 첫 작품이 무대에 올려진다는 건 꿈 같은 일이었다. 게다가 나는 극장이라는 데를 처음 와본 사람이었으니까. 일주일 동안 오후 세 시부터 일곱 작가의 작품이 십 분 간격으로 연속해서 막이 올랐다. 공연 첫날, 나는 맨 뒷자리에 앉아 있었다. 엄마와 딸의 배역을 맡은 배우들은 분장을 해도 너무나 젊어 보였다. 관객은 전부 세 사람이었다. 나를 제외한다면 단 두 사람. 그것도 각자 혼자 온 사람이었다. 그중 한 명이 관계자인 B라는 것을 공연 마지막 날 알게 되었지만 말이다. B는 일주일 내내 나의 공연을 보러 왔다. 공연이 끝나는 날, 그는 함께 저녁을 먹자고 했다. B가 아니더라도 좀 취하고 싶은 기분이 들기도 했다. 그날은 관객이라고 해봐야 딱 두 명, B와 나밖에 없었으니까.

뭐가 문제일까요?

나는 고개를 푹 꺾었다. 들고 있던 쌀그릇을 모래바닥으로 떨어뜨린 심정이었다.

관객의 마음을 훔치지 못한 거지요.

그는 담담한 목소리로 말했다.

그런 건, 어떻게 하는 건데요?

고기를 뒤집던 그가 나를 흘긋 바라보는 게 느껴졌다. 난처하다는 얼굴을 하고 있었다. 나는 술잔을 집어 들었다. 우리는 경쟁이라도 하듯 빠르게 잔을 비웠다.

견문이 부족한 건 아닌가.

무슨 말끝엔가 그가 이런 말을 던졌다.

아, 네.

나는 곧이곧대로 고개를 주억거렸다. 견문. 그런 것을 배울 시간과 기회가 나에게는 정말로 없었으니까.

그러다간 평생 어머니 얘기만 쓰게 될 거요.

……!

대개 처녀작들이 그렇지.

'엄마와 삶의 의미'라는 다소 거창한 제목의 내 당선작은 치매에 걸린 엄마와 스무 살 때부터 그 엄마를 간호해온 서른 중반의 딸, 그 모녀의 일상을 그린 이야기다. 기억을 점점 잃어가는 엄마에게 간호에 지친 딸은 밤마다 이런 자장가를 불러준다. 자장자장 우리 엄마, 나무 꼭대기에서 바람이 불면 요람이 요동치겠구나, 가지가 부러지면 요람도 떨어지겠구나, 엄마도 요람도, 모두 다 떨어지겠구나.

B는 이런저런 자리가 있을 때마다 나를 데리고 나갔다. 텔레비전이나 신문 같은 데서나 보던 사람들이 모인 자리라고 해도 특별히 다른 건 없는 것 같았다. 술을 마시면 다들 취했고 무람없이 반말을 쓰는 사람도 있었고 노래를 하는 사람도 있었고 시비를 거는 사람, 우는 사람, 또 발라드 가수 O같이 옛 애인들한테 계속 전화를 거는 사람도 있었다. B는 노래를 하지도 않았고 시비를 걸지도 않았고 울지도 않았으며 전화를 걸지도 않았다. 이따금 앉은 자세 그대로 잠깐씩 눈을 붙이는 때가 있긴 했다. 그럴 때도 옹색하게 늙어갈까 봐 두려운 사람처럼 넥타이도 느슨하게 풀지 않은 채 여전히 허리를 꼿꼿이 세운 자세였다. 우리는 아무 데도 갈 데가 없는 사람들처럼 그런 저녁 모임에 어색하게 끼어 어색한 얼굴로 가장 마지막까지 자리를 지키고 앉아 있기 일쑤였다. 견문을 넓히는 일로서는 적절한 방법은 아니었다. 그러나 나는 B를 따라 그런 자리에 꼬박꼬박 나갔다. 그럴 때가 아니라면 따로 B를 만날 수 있는 기회가 거의 없었기 때문이다. 그를 만날 때면

북풍 속을 달리는 기차 맨 앞자리에 나란히 올라탄 기분이 들었다. 어디로 가는지는 몰랐다. 긴 여행은 아닐 것이었다. 그러나 그 여행은 많은 타인들을 통과하며 이루어질 거였고 B는 그 한가운데 있는 사람이었다. 나는 그 여행이 나 자신에게로 떠나는 여정이라는 것을 확신했다. 그 시절, B를 따라 여기저기 얼굴을 내밀곤 했던 풋내기 신인 작가를 사람들은 어떻게 생각했을까 하는 의문이 든 것은 시간이 한참 지난 후였다. 농담으로라도 B와 내가 어떤 관계였는지 물어봤던 사람이 아무도 없었다는 사실도.

칠 년이 지났다. 어쩌면 B는 내가 우리들에 관한 이야기를 하는 것을 못마땅하게 여길지도 모르겠다. 하지만, 미안합니다 B씨.

부고는 짧고 간단했다. 헤어진 후, 두어 번쯤인가 신문 인사란에서 B의 소식을 알게 된 적이 있었다. 내가 마지막으로 알고 있는 건 그가 문화관광부로 자리를 옮긴 것이다. 거기까지만 알고 있는 게 나았을까. 그러나 오늘 아침에는 부고란에서도 그의 이름을 발견하고 만다. 검은 개미 떼들 같은 활자 속에서 아직 그의 이름이 금강석처럼 번쩍 눈을 사로잡는 게 이상한 일처럼 느껴진다. 그런데, 교통사고라니. 그건 너무 B답지 않은 일이다.

엄마가 잠든 것을 확인하고 동네 상설 할인매장에 가서 노란색 스웨터를 하나 사 입었다. 커다란 참외가 된 느낌이 든다. 여느 때라면 이럴 것 없이 아무렇게나 검정이나 잿빛 같은 옷을 걸쳤을 텐데. 하지만 오늘 같은 날에는 밝은색 옷을 입어야 할 것 같다. 옷을 사 입고 나도 달리 할 일이 없었다. 욕실 청소를 하다 말고 벽에 콩알만 하게 난 작은 구멍들을 발견했다. 친절할 때라고는 식당에서 숟가락을 내 앞에 아무렇게나 놔주는 것이 고작이었지만 타월걸이나 비누받침대를 놓을 수 있도록 욕실 타일에 깨끗하게 구멍을 뚫을 줄도 알고 천장에 물이 새는 곳을 찾아내 방수액을 쏘아넣을 줄도 아는 사람이었다. 그동안 무채색이었다가 그런 부분만 갑자기 불에 탄 자국처럼 집 안 곳곳에서 오래전 B의 흔적이 두드러져 보였다. 그러고 보니 보자기로 꼭꼭 싸놓은 이불도 장롱 어딘가 아직 들어 있을 터였다. 이게 다 그 부고 때문이라고, 빈 벽에라도 대고 혈기 왕성한 젊은 여자애처럼 몰아붙이고 싶었다. 그러나 복종하는 것만이 상대에게 가장 큰 기쁨을 느끼게 하는 걸 잘 알고 있는 시종처럼 나는 빌어먹어요, 라고 기가 죽은 채 혼잣말을 했다. B와 내가 한 가지 서로 닮은 데가 있었다면 그건 한 번도 크게 소리 내서 웃어본 적도 울어본 적도 없다는 것이다. 그런 늙어가는 한 남자의 눈, 불안한 망설임 속에서도 저의를 숨기지 않던 눈, 그 눈을 나는 피하지 않았다.

당선작 속의 엄마는 치매를 앓고 있지만 실제로 내 엄마가 앓고 있는 건 정확하게 치매는 아니다. 의사는 그게 파킨슨병이라고 했다. 아마 나는 치매와 파킨슨병이 어떻게 다른가요? 라고 물었을 것이다. 치매는 기억력 장애나 인지 장애를 겪게 되지만 파킨슨병은 운동 장애부터 시작된다. 그래서 기억을 잃는 게 아니라 몸이 굳어가는 증상부터 나타난다. 엄마는 처음에는 과일 깎는 칼을 떨어뜨리더니 곧 단추를 끼우지 못하게 되었다. 뇌에서 생성되는 도파민이라는 신경 전달 물질이 부족해 생기는 만성 신경퇴행성 질환이었다. 21세기가 시작되었어도 아직 그 원인이 밝혀지지 않은 병이며 오륙십 대에 가장 많이 발병하지만 사십 대 이전의 발병률도 오 퍼센트가량이나 된다고 했다. 엄마는 그 오 퍼센트에 속하는 사람이었다. 막 스무 살이 되었을 때 내가 맨 처음 본 건 엄마 손에서 맥없이 떨어져 나간 과도가 푸른 정맥이 비치던 발등으로 정확하게 내리꽂히던 장면이다. 방심한 채 복숭아를 깨물었을 때처럼 붉은 즙이 탁 튄 것 같았다. 나는 얼른 손바닥으로 얼굴을 훔쳤다. 가족이라고는 내가 낮과 밤을 구분하던 시절부터 엄마와 나, 이렇게 둘뿐이었다. 그날 이후 병원 갈 때를 제외하고는 버스를 타고 열한 정거장 이상 가본 적이 거의 없다. 열한 정거장. 그건 엄마가 잠든 사이 내가 왕복으로 걸어갔다 걸어올 수 있는 거리였다. 엄마가 누워 있는 옆방에서 종이접기를 하거나 내가 하고 싶은 말들, 내가 만나고 싶은 사람을 앞에 둔 것처럼 상상하면서 말들, 그들의 대화를 끼적

거리고는 했다. 대화로 이루어진 문학 장르가 있다는 것은 훨씬 뒤에 알게 되었다. 그렇게 집에만 있으면 퇴행하고 있다는 기분이 들지 않았나? 언젠가 B가 물은 적이 있다. 그런 질문은, 역시 나 같은 사람한테는 하지 않는 게 좋았을 텐데.

내가 가진 옷 중에서 가장 값비싼 검은 옷을 골라 입었다. 엄마에게는 야채죽을 떠먹여주었다. 가끔은 엄마에게 수면유도제 같은 걸 먹일 때가 있다. 이렇게라도 하지 않으면 엄마와 난 영원히 함께 살 수 없다. 하지만 더 치명적인 짓은 하지 않는다. 어차피 언젠가 엄마는 죽게 될 것이다. 누구나 다 죽는다. 엄마보다 내가 먼저 죽을 수도 있다. 그러나 B가 먼저 죽을 수도 있다는 생각은 한 번도 해본 적이 없는 것 같다. 어쩐지 모욕을 당한 기분이다.

엄마, 그 사람, 생각나?

……

왜 눈썹이 좀 짙고 어깨가 넓었던 사람.

아빠, 아빠!

아니, 아버지 말고.

오빠, 오빠!

아니, 외삼촌 말고.

우리 집에도 몇 번 왔었어, 엄마가 잠들어 있을 때.

……

나 오늘, 그 사람 좀 만나고 올게.

맨 처음 엄마 병이 진행될 때 의사는 매일 빠르게 걷는 운동만이 뇌의 신경세포가 죽는 것을 예방할 수 있는 방법이라고 충고했다. 엄마는 밖에서는 걸을 수도 길 수도 없는 사람이 되었다. 더 좋지 않은 건 이제 파킨슨병과 치매를 동시에 앓고 있다는 것이다. 나는 언젠가 젊은 날의 엄마가 그랬던 것처럼 내가 한쪽 다리를 질질 끌면서 걷게 될까 봐 두렵다. 얼굴 표정이 딱딱해지고 잠꼬대를 심하게 하면서 헛손질하게 될까 봐. 걸을수록 속도가 빨라져 앞으로 고꾸라질까 봐, 그래서 다시는 일어나지 못할까 봐. 나는 걷는다. 검은 스커트가 바람에 휘날린다. 나는 빨리, 잘 걷는 것 같다. 그러나 지금은 이 검은 옷이 허벅지부터 나를 휘감아버릴까 봐 겁난다.

나를 알아보는 사람은 아무도 없는 것 같았다. 하지만 나는 영안실 입구 밖에서도 칠 년 전, 한때 어울리고는 했던 연극배우 P와 O, 아나운서 R, 그리고 개그맨 Y, 지금은 이름을 기억할 수 없는 가수와 영화배우 들의 얼굴을 발견하고 있었다. 아무라도 붙잡고 B가 정말 죽었나요? 라고 물어볼 수 있을 것 같았다. 나는 영안실 통로 한가운데 멍하니 서 있었다. 그러나 이번 한 번만이야, 라고 겨우 웃고 있는 듯 어색한 표정을 한 B의 영정과 소복을 입은 한 여자의 뒷모습을 보았다. 어깨가 넓어 보이는 상복 속에서 상체를 잔뜩 웅크리고 있는 청년과 여자 아이도. 그것이 나에게는 단 한 번도 말해주지 않았던, 나 또한 묻지 않았던 B의 가족의 모습이었다. B가 죽은 건 정말 사실일까? ……후딱 뒤를 돌아다봤다. 어디선가 형편없이 구겨진 이런 내 모습을 흥미진진해하며 훔쳐보고 있을 것 같다. 권태롭고 피곤하고 고독했던 사람.

오랜만이에요.

……!

아까 들어오시는 거 봤어요.

지금은 전문 MC로 더 유명해진 개그맨 Y가 내 앞에 엉거주춤 서 있었다.

어, 어떻게 B가 죽었나요?

Y는 짧게 입을 벌렸다 다물었다.

말해주세요.

Y의 얼굴을 알아본 사람들이 나와 Y를 흘긋거리며 지나갔다.

……나무를 들이받았어요.

나무를요?

네, 한밤중에요.

사고였나요?

……

꾸벅 인사를 하고는 Y가 말없이 화장실 쪽으로 걸어갔다. ……한밤중이라면, B가 죽은 게 확실하다.

의혹도 베일도 다 사라지는 느낌이지, 라고 B는 밤에 관해 말했다. 나는 그 말을 알아들을 것 같았다. 나에게도 밤이라는 건 세계가 온통 검정으로 칠해져 있다는 것을 깨닫는, 바로 그 깊은 안도의 시간이었으니까. 나는 그게 그것과 똑같은 말이라고 생각했다. 밤이 오면 가까이 있는 것들에 대한 느낌이 달라진다고 B는 말했다. 바람은 그냥 바람이 아니라 확실하게 살을 찌르는 바늘, 얼음은 그냥 얼음이 아니라 인식을 비춰주는 거울. 나는 그 말은 알아듣지 못했다. 다만 그런 말을 할 때 밤의 숲에서 길을 잃은 듯한 눈빛, 불안한 망설임으로 흔들리던 그의 눈빛이 그 어느 때보다 고요해 보였다는 것을 기억한다. 그리고 B는 말했다. 밤엔 뭐든지 할 수 있을 것 같다고. 나는 세차게 고개를 끄덕였다. 우리가 처음 섹스를 한 것도 그런 어느 밤이었다. 나는 내가 기차에 올라탔고 북풍 속을 달려가고 있으며 그 여행이 내 의지와 상관없이 곧 목적지에 도착하게 되리라는 걸 잘 알고 있었다. 부동자세로 앉아 있다가 B는 덮치듯 한순간에 내 목덜미를 틀어쥐었다. 뜻밖의 쓰라림이 훅 몰려왔다. 한 달 후, 일 년 후, 우리는 어떤 고통을 느끼게 될까요? 나는 그의 어깨를 움켜쥐며 라신의 희곡 「베레니스」에 나오는 대사를 속삭였다. 거대한 밤과 껴안고 있는 기분이었다.

그리고 또 B는 말했다. 밤은 나를 죽음으로 걸어가도록 설득하지. 생동적이고 매혹적인 것은 싫다고 말했던 사람이었다. 그건 사실일 것이다. 그런 것을 좋아하는 사람이었다면 아마 나를 만나지는 않았을 테니까. 그러나 우리는 동시에 알고 있었다. 밤이 얼마나 생동적이고 매혹적인지. 우린 생각보다 꽤 공통점이 많은 사람들인지도 몰랐다. 하나씩 그런 점을 발견할 때마다 나는 은밀한 긍지 같은 것을 느꼈는지도 모른다.

복도 끝에 있는 긴 의자에 주저앉았다. 어서 이 병원을 나가고 싶다. 집으로 돌아가고 싶다. 그러나 걸음을 옮길 때마다 왼쪽 다리가 바닥에 질질 끌렸다. 이마의 땀을 훔치고는 손수건을 가만히 무릎에 펼쳐놓았다. 들이받다, 라고 읊조려 보았다. 손수건을 삼각형으로 두 번 접었다. 다시 양끝을 잡아 올려 한 번 묶었다. 아랫부분을 속으로 집어넣곤 손수건 윗부분을 펼쳐서 양쪽 귀를 만들었다. 토끼 모양이다. 그 순간, 한 번이라도 내 생각을 했나요, B? 나는 다시 손수건을 풀어 이번에는 대각선 방향으로 접었다. 그것을 다시 양 모서리를 가운데로 접어 충분히 겹치도록 했다. 밑면을 서너 번 감았다. 탄식은 터뜨리고 분노는 억누르고 눈물은 삼켜왔다. 감은 손수건을 삼등분으로 접어 작은 삼각형을 만든 후 반대편 틈새를 벌려 뒤집었다. 이번엔 생쥐 모양이다. 이런 것으로는 눈을 가릴 수 없다. 손수건을 다시 펴서 착착 접기 시작했다. 지나가는 말처럼 그가 왜 결혼 같은 걸 하지 않았나? 라고 물어온 적이 있었다. 나는 쓸쓸하게 웃었다. 그리고 말했다. 어떤 사람은, 아내가 되지 말아야 해요. 사실 이렇게 말하고 싶었는지도 모른다. 어떤 사람은 부모가 되지 말아야 해요, 라고. 그러자 그가 말을 이었다. 그래 어떤 사람은 배우가 돼서는 안 되지. 네, 어떤 사람은 작가가 돼서는 안 되고요. 어떤 사람은, 사랑해서는 안 되고. 어떤 사람은 죽어서는 안 되고요. 어떤 사람은……

어머, 저 여자 좀 봐!

내 앞으로 사람들이 지나가고 있는 모양이다. 나는 브래지어 모양으로 접은 손수건으로 두 눈을 가리고 있었다. 얼마 고여 있지 않은 물처럼, 눈을 가린 손수건 밑으로 간신히 눈물 한 방울 흘러내린다.

집에만 너무 오래 있으면 퇴행하고 있다는 느낌이 드는 건 사실이다. 그러나 나는 어떤 웅대한 열망도 기대도 없는 사람이었다. 관객은 거의 없었지만 평론가들 사이에서 내 작품은 개인의 존재와 창조적인 성격을 부각시켰다는 평을 받았다. 데뷔한 지 삼십 년이 되는 한 여배우를 위한 특별 희곡 섭외가 들어왔다. 주인공은 남녀, 단 두 명. 남성 희곡작가와 여성 희곡작가 두 사람이 같은 상황을 각각 남녀의 입장에서 쓰게 되어 있는 희곡이었다. 흥미로운 일이었다. 그러나 여배우는 매일 밤 전화를 걸어와 자신이 하고 싶은 대사를 불러주며 받아 적게 했고, 다른 남자 작가와 기획사 사람들과의 잦은 미팅에도 나는 매번 참여하기 어려운 입장이었다. 나는 선선히 포기했다. 나 대신 그해 같이 등단한 다른 신인 희곡작가가 투입되었다. B는 내가 너무 욕망이 없는 사람이라고 나무랐다. 그렇게 쉽게 포기하는 자들은 삶의 기쁨이나 즐거움을 모르는 자들, 바로 그걸 포기하는 자들이라고 말했다. 엄격하고 확고한 목소리였지만 피식 웃음이 나올 것만 같았다. 기쁨이니 즐거움이니 하는 말들은 정말이지 B에겐 어울리지 않는 단어들이었으니까. 정말 욕망이 없는 사람은 내가 아니라 혹시 B, 당신이 아닌가요? 하는 말은 하지 않았다.

열망이나 기대가 없기는 사람에 대해서도 마찬가지였다. 나는 다른 사람들의 사랑은 무엇으로 이루어졌는지 알지 못한다. 그게 즐거움으로 흥분으로 혹은 미련으로 이루어진 것일까 짐작만 해볼 따름이다. 나와 B의 관계. 그것은 즐거움이나 흥분, 더욱이 열망 같은 것하고는 거리가 멀었다. 나는 의도적으로 B를 체념했다. 기대도 없었고 바라는 것도 없었다. B와의 관계를 유지하기 위해서 그건 매우 적절한 방법이었던 것 같다. 이해할 수도 없고 참을 수 없는 일들도 별로 없었기 때문이다. 그리고 크게 실망하고 돌아서게 되는 일도. 만약 우리가 사랑이란 걸 했다면 그건 아마 적요(寂寥)로 이루어졌을 것 같다. 그러나 미열 같은 고양된 느낌이 언제나 나를 둘러싸고 있기는 했다. B와 헤어지고 난 뒤, 어쩌면 그가 사랑했던 것은 그런 나의 체념의 태도가 아니었을까 하는 쓸쓸한 깨달음이 든 건 사실이다.

나는 좁은 기둥 위에서 평생 선 채로 살다 간 사람을 생각했다. 그건 그의 의지였고 선택이었다. 나는 그 좁은 기둥이 그에게 삶의 기쁨을 가져다주었을 거라고 믿었다. 웅대한 열망은 없었지만 나에게도 그런 기둥 같은 것 하나쯤은 있어야 할 것 같았다. 엄마와 딸, 가족이 등장하지 않는 그런 희곡을 한 편 쓰고 싶었다. 그해, 엄마의 병이 속수무책으로 깊어지고 있었다. 온몸의 모든 근육이 뻣뻣하게 굳어가는 상태였다. 한밤중 거실에서 무표정한 얼굴로 지폐를 세듯 반복적으로 손가락을 움직이고 있는 걸 발견했을 때의 두려움은 이제 아무것도 아니었다. 밤마다 나는 식탁에 엎드려 글을 썼다. B가 없었다면 견디기 힘든 시간이었을지도 모른다. 글이 안 써진다고 투덜거릴 데라고는 B밖에 없었으니까. B는 내가 새로운 욕망을 가진 게 기특하다는 표정으로 니체가 말했다는 '사분의 삼의 힘'에 관한 이야기를 들려주었다. 좋은 작품은 그 작가가 가진 힘의 사분의 삼만 보여주어도 된다는 거였다. 왜 사분의 사가 아니지요? 나는 궁금했다. 훌륭한 작품들은 모두 여유라는 것을 갖고 있기 때문이라고 했다. 그 여유라는 게 해석을 말하는 것일까? B의 말을 온전히 알아듣지는 못했지만 사분의 삼의 힘이라는 말이 위로처럼 느껴졌다. 그러나 적어도 글쓰기에 대해 애초부터 내가 보여줄 수 있는 힘은 사분의 일밖에 안 될지도 몰랐다. 기가 꺾인 나를 B는 묵묵히 지켜보고 있었다. 어느 날의 B는 나의 조언자였고 훌륭한 책이었으며 어느 날의 B는 고독한 사람이 고독할 때 자기 자신을 먹어치우듯 허겁지겁 나를 먹어치우던 남자였다. 보여주고 들려주고 싶어 한 게 많은 사람이었다. 이제 나는 안다. 사랑, 그게 먼 데서 온 빛의 파편이라는 것을. 그러나 이렇게 아무도 사랑하지 않은 채 지내는 것도 나쁘지만은 않다. 나는 마치 작고 단순하지만 끝이 날카로운 과도를 손에 쥔 채 야채의 모서리를 다듬듯 내 삶의 모서리를 조금씩 깎아내고 있는 기분이다.

집을 내놓기가 무섭게 사람들이 벨을 눌러대기 시작했다. 생면부지의 사람들이 내 집에 들어와 스스럼없이 이 방문 저 방문을 열어젖히는 것을 나는 무덤덤하게 바라보았다. 낯선 사람이 방문을 열어도 엄마는 늙은 거북이처럼 눈만 껌벅거리거나 잠들어 있기 일쑤였다. 엄마와 내가 거의 평생이라고 해도 좋을 만큼 오래 살았던 집이다. 이 집을 팔려고 한다는 사실을 알면 엄마는 어떤 반응을 보일까. 예닐곱 살쯤으로 보이는 사내아이를 데리고 온 부부가 집을 둘러보는 동안 나는 베란다로 나가 있었다. 저물어가는 호박색 햇빛 입자들이 허공에 분분히 떠다녔다. 지금은 아무것도 바꿀 수 없다. 하지만 우리가 왜 헤어진 걸까 궁금할 때가 있기는 하다. 차가운 바람이 머리카락을 흩뜨렸다. 1월 하순. B와 내가 마지막으로 어떤 저녁 모임에 나간 것도 꼭 이맘때였다.

그날 B가 나를 데리고 간 곳은 개그맨인 Y의 집이었다. 우리 두 사람 외에 두 명의 아나운서 S와 R, 그리고 뮤지컬 배우라는 J, 이렇게 여섯 명이었고 모두 함께 모인 건 아홉 시뉴스를 진행하는 여자 아나운서 S가 퇴근하고 도착한 열한 시가 넘은 시간이었다. 나만 제외하고는 모두 가깝게 지내는 사이 같았다. B는 나를 신인 희곡작가라고 소개했다. 그들은 내가 희곡작가라는 사실보다는 B와 함께 온 젊은 여자라는 데에 더 관심 있어할 것이다. 그런 시선에는 이미 익숙했다. 나는 구석에 앉아 Y가 주문해온 중국요리를 먹고 포도주를 마셨다. 여섯 명이 모였지만 곧 앞에 앉은 사람, 혹은 옆 사람들과 둘씩 셋씩 따로 이야기를 나누기 시작했다. 집주인 Y는 와인에서 소주로 주종을 바꾸고는 빠른 속도로 취해갔다. B는 시늉처럼 포도주잔을 들었다 놨다 하면서 화면에서 보는 것보다 훨씬 마르고 눈이 큰 S의 이야기를 듣고 있었다. 나는 어떤 옷을 입어도 양말은 꼭 스트라이프 무늬가 들어간 걸 신는다는 남자 아나운서 R이 J와 Y 쪽을 보며 하는 말에 귀 기울이고 있었다. 세 사람은 통아저씨라고 불리는 남자 이야기를 하고 있었다. 어린 딸의 유연성을 기르기 위해서 테니스채의 그물을 뜯어내고는 딸을 그 구멍으로 통과시킨다는 이야기도 했다. 나는 잔을 내려놓고 B를 쳐다보며 그만 갈까요? 하는 눈짓을 보냈다. 그는 내 눈빛을 무시했다.

자정이 넘어도 누구도 일어날 생각이 없는 것 같았다. 통아저씨네 부녀 이야기를 듣는 것도, 술 취해 방금 막 Y에게 전화를 걸어온, 요즘 최고의 섹시 가수라는 H 이야기를 듣는 것도 따분해졌다. 모두 모였지만 그 자리에 없는 사람들 이야기만 나누고 있었다. 나는 나에 대해서 말하고 싶었다. B에 대해서도 조금은 말할 수 있다. 아무도 나에게 말을 걸어오지 않았다. 내가 텔레비전을 잘 보지 않는 타입인 것 같다고 Y가 시비를 걸기는 했지만 맥 빠진 목소리였다. 난 그런 사람이 제일 싫단 말입니다. 양반 다리를 한 채 Y가 시계추처럼 좌우로 몸을 흔들었다. 모인 사람 모두가 Y가 술을 빨리 마시고 빨리 취한다는 것, 취하면 기분이 가라앉는 사람이라는 데 익숙한 것 같았다. 나는 무리에서 떨어져 소파에 몸을 묻은 채 거실 창문 쪽으로 고개를 돌리고 있었다. 풀오버를 정수리까지 둘둘 말아 올려 얼굴을 죄다 가리고는 잠깐 눈을 붙일까 말까 망설였다. 코가 높다는 걸 자랑하려는 게 아니라면 더 이상 그런 짓 좀 하지 마, 꼭 데스마스크 같잖나. 내가 그럴 때마다 B는 진저리를 쳤다. 모두들 조금씩 취해가고 탕수육 국물이 탁자에 떨어져 군데군데 얼룩이 생기고 누군가는 바닥에 길게 누워 만화책을 펼치고 누군가는 꾸벅꾸벅 졸기 시작할 때쯤, 곧 터질 것같이 얼굴이 시뻘게진 개그맨 Y가 방에서 길쭉하고 네모난 하드 케이스 하나를 갖고 나왔다. 그러자 만화책을 보고 있던 뮤지컬 배우 J가 뛸 듯이 일어나더니 아 참, 형 우리 그거 하자! 환호성을 질렀다. ……나는 고개를 돌렸다. 갑자기 모두들 생기가 도는 얼굴로 Y 앞으로 모여들었다. 박스에서 나온 건 지지대가 달려 있고 검고 긴, 무광으로 침착하게 빛나는 총 한 자루였다.

이런 것도 처음 보겠군.

B가 내 옆자리로 다가와 알은척을 했다. 그 총에 관한 한 누구보다 전문가인 것처럼 그는 '스나이퍼건'에 대해 말해주었다. 내가 모르는 것을 설명해줄 때의 침착하고 설득력 있는 목소리였다. 나는 생전 처음 본, 야생동물의 정강이처럼 단단하고 매끈해 보이는 스나이퍼건에서 눈을 떼지 않았다. 살아서 펄펄 뛸 것 같은 생동감과 근육질이 느껴지는 무생물, 나는 그게 바로 총이라고 정의 내렸다. 게다가 그것은 손바닥 안에 쏙 들어오는 장난감 크기 정도가 아니라 한 팔로 들기도 어려울 만큼 길고 무거운, 강철로 만들어진 총이었다. 자격증이 없으면 살 수도 없다고 했다. 그러나 거기 모인 사람들은 저격수들이 사용한다는 그 스나이퍼건으로 진짜 저격을 하는 대신 게임을 하기 시작했다. 모일 때마다 자주 그런 게임을 했는지 모두들 일사불란하게 각각 표적을 준비하고 거리를 재고 불을 켜고 거실 바닥에 자리를 잡고 앉았다. B 또한 돌연 활기를 띤 표정이었다.

첫번째 표적은 측면으로 돌려 세운 담뱃갑이었다. 그런 표적쯤은 시시하다는 듯 Y는 말할 것도 없고 R도 J도 그리고 B와 S도 모두 실수 없이 한 방에 담뱃갑을 쓰러뜨렸다. Y가 쏘았을 땐 담뱃갑의 다른 측면으로 총알이 탕, 튕겨 나가 현관문에 부딪혔고 갑에 꼭 총알만 한 깨끗한 구멍이 났다. 관

자놀이나 목젖 같은 데 정통으로 맞는다면 억 소리 한번 못 내보고 그대로 피가 솟구치거나 치명상을 당할 만한 위력이었다. 방송 스케줄이 없는 날이면 술을 마시고 스나이퍼건으로 게임을 하는 게 Y의 취미라고 했다. 어느새 술기운이 가셨는지 총을 든 Y는 명사수처럼 진지하고 무뚝뚝한 표정을 하고 있었다. 말투도 달라져 있었다. 내 차례가 되었을 때 그는 나에게 엎드려서 총을 잡고 표적을 맞추고 방아쇠를 당기는 방법을 알려주었다. 눈에 보이는 것보다 좀 아래로 내린 후 방아쇠를 당기라고 했다. 나는 거실 바닥에 길게 엎드려서는 한 손으로 총의 몸체를, 다른 손으로는 방아쇠를 잡았다. 생각했던 대로 탄탄하고 밀착력 있게 느껴졌다. 자, 이제 쏘십시오! Y가 명령했다. 숨을 잠깐 멈추었다가, 방아쇠를 당겼다. 퍽, 소리를 내며 담뱃갑이 쓰러질 듯 말 듯 기우뚱하더니 도로 비스듬히 섰다. 총알이 담뱃갑 밑모서리를 살짝 스치고 지나간 모양이었다. 그러면 그렇지. B는 그런 얼굴로 바닥에 엉거주춤 엎드려 있는 나에게 그만 일어나지, 라고 말했다. 나는 Y에게 한 번 더 쏴도 되느냐고 물었다. 표적을 정중앙에서 너무 아래로 잡은 게 문제인 것 같았다. 이번에는 한 손으로 1, 2센티미터쯤 지지대를 들어 올린 채 방아쇠를 당겼다. 담뱃갑이 쓰러졌고, 그 작은 갑 속에서 0.5밀리짜리 비비탄이 구르는 소리가 경쾌하게 들렸다. 모두들 처음치고는 제법이라는 얼굴로 나를 봤다.

그다음 표적으로 Y는 갑에서 담배 한 대를 꺼내 세웠다. 그건 꼭 흰 분필 한 자루처럼 만만해 보였지만 쉽지 않은 표적일 거였다. 한 방에 그걸 맞혀 쓰러뜨린 사람은 Y와 남자 아나운서 R, 그리고 나였다. 내가 명중시키자 B는 내가 무슨 실수라도 한 것처럼 딱딱한 얼굴로 나를 돌아봤다. J와 S, 그리고 B는 세 번 쏜 끝에 가까스로 성공했다. 피부에 닿자마자 친밀감이 느껴지는 것들이 있다. 그날 밤 Y의 스나이퍼건이 그랬다. 나는 그 육중한 총이 주는 압도적인 무게, 한 방이면 아주 먼 거리에서도 표적을 맞혀 쓰러뜨릴 수 있는 작동성에 매혹되었다. 총 한 자루에 완전히 포위당한 느낌이었다. Y는 새로 담배를 꺼내 이번엔 불을 붙였다. 그러니까 이번 표적은 담배가 아니라 바로 담배에 붙은 불, 그 불을 끄는 사람이 이기는 게임이었다. 그런 표적은 처음 시도해보는 모양이었다. 모두들, Y까지 담배 중앙이나 아랫부분을 맞혀 쓰러뜨렸을 뿐 불을 끄지는 못했다. 다섯 번이나 방아쇠를 당겨보았지만 B도 마찬가지였다. 그는 침울해 보이기까지 했다. 내 차례가 되었다. J가 새로 불붙인 담배를 신중히 바닥에 세웠다.

꼭 진짜 특등 사수처럼 보이는데요.

아나운서 S가 양반 다리를 하고 앉아 있는 B의 등허리에 뾰족한 팔꿈치를 세우며 말했다. 아닌 게 아니라 거실 창에 비친, 검은색 바지에 턱밑까지 올라오는 검은색 풀오버를 입고 총을 들고 있는 나는 영락없는 저격수처럼 보였다. 저격수라면 저런 표적쯤은 아무것도 아닐 것이다. 바닥에 엎드려 몸을 밀착시켰다. 총을 조준하고 표적을 눈여겨보았다. 타들어가고 있는 저 작은 불꽃. 꼭 어딘지 모를 곳에서 온 물방울, 순수한 피로 만들어진 붉은 물방울 같아 보인다. 침묵과 긴장 속에서 나는 자, 이제 당겨! 속으로 외치곤 방아쇠를 탕, 잡아당겼다. 손끝으로 힘껏 튕긴 것처럼 불꽃이 담배 몸체에서 분리되어 허공으로 날아가는 것이 보였다. 불꽃은 허공에서 멈칫하며 미세한 불꽃을 튕겨내더니 현관 바닥으로 부서지듯 천천히 떨어져 내렸다. 흐뭇한 얼굴로 Y가 박수를 치기 시작했다. 더 어려운 표적도 맞힐 수 있을 것 같았다. 나는 바닥에서 일어나 상기된 얼굴로 B를 쳐다보았다. ……난 미소를 멈추고 말았다. 그런 눈. 처음 보는 눈. 적의를 담은 눈. 싸늘하고 냉혹한 B의 눈빛. B는 그런 시선으로 나를 일별했다.

 잠깐씩 눈을 붙였다가 새벽 다섯 시쯤 각자 자동차를 몰고 떠나기로 했다. 남자들은 거실 소파나 바닥에 담요를 깔고 누웠고 S와 나는 Y의 서재로 들어갔다. S가 먼저 소파베드에 등을 보이고는 누웠다. 나는 옷 입은 그대로 바닥에 깔려 있는 호피 무늬 러그에 모로 누웠다. 오래된 먼지 냄새가 풍겼다. 이사 온 지 오 개월이 넘었다는데도 벽의 절반도 넘게 차지하는 Y의 서재 창문에는 블라인드도 커튼도 아직 달려 있지 않았다. 창은 짙은 군청색과 잿빛이 뒤섞인 커다란 직사각형의 캔버스처럼 보였다. 저 하늘 어디쯤엔가 아까 렌즈로 보았던 붉게 깜박이는 작은 불꽃 같은 행성들이 홀연히 빛나고 있을지도 몰랐다. 졸음이 쏟아졌다.

 누군가 방문을 열고, 어둠 속에서 나를 지켜보고 있는 게 느껴졌다. 그의 검은 그림자가 팔베개를 하고 있는 내 오른쪽 팔에 걸쳐 있었다. 신중히 무언가를 만지는 소리, 찰칵하는 기계음 소리. 나에게 총구를 들이대고 있었다. 스나이퍼건을 사용하는 목적은 방어가 아니라 급습이라고 B는 나에게 설명해주었다. 급습을 하겠다면, 어쩔 도리가 없을 것이다. 게다가 나는 이렇게 등을 돌린 채 누워 있다. 적중률 백 퍼센트다. 그러나 저격수들이야말로 죽을 확률 백 퍼센트라는 신념으로 살아가야 한다고, 아까 나한테 그렇게 말했지요 B? 익숙한 안도감과 뭔가를 조금 먹고 났을 때의 나른함이 한꺼번에 밀려들었다. 피로 때문인지 숙취 때문인지 분간할 수 없었다. 한적한 동촌유원지에서 혼자 느긋하게 오리배를 타며 미팅을 마치고 돌아올 B를 기다리던 생각이 났다. 굽이 높은 내 구두를 난감하게 내려다보던 그가 자동차 트렁크에서 여자 운동화 한 켤레를 꺼내 엉거주춤하게 서 있는 나에게 내밀었다. 볼이 벌어지고 낡은 등산용 운동화였다. 주말이면 그가 가족과 산에 오른다는 사실이 떠올랐다. 나는 한 걸음 뒤로 물러났다. 그가 쭈그리고 앉아 내 구두를 차례차례 벗기고 그 운동화를 신겨주었다. 나는 발이 아파서 못 걷겠다고, 이렇게 맞지 않는 운동화를 신겨주는 사람이 어디 있느냐고 툴툴거렸다. 운동화는 기분이 나쁠 만큼 내 발에 꼭 맞았다. 총을 든 사람치고는 신중하지 못하다. 총의 그림자가 나를 향해 더 바짝 다가와 있었다. 나는 종아리에 힘을 주고는 연신 오리배를 저었다. 햇살이 반짝거리는 강물 위에서 나는 연잎처럼 가볍게 둥둥 흘러가고 있었다. 이제 곧 B가 돌아올 것이다. 아무것도 기약할 게 없었다. 너무 가까이 있어서 받는 고통도 없었다. 저녁이 오면 우리는 각자의 텅 빈 그물을 든 채 각자의 집으로 돌아갈 것이다. 그 순간 나는 내가 행복하다는 것을 느꼈다. 슈트를 단정히 차려입은 B가 유원지 숲 사이로 걸어 들어오는 것이 보였다. 나는 배 젓는 것을 멈추곤 그 풍경을 새길 듯 오래 쳐다보고 있었다. 희미한 어둠 속에서, 이제 나는 기차에서 내려야 할 때가 되었다는 사실을 깨달았다. 자, 이제 쏘십시오. 명훈련수 Y의 말투를 흉내 내며 B의 그림자에게 속으로 말했다.

그가 소리 없이 내 옆에 누워 허리에 팔을 감았다

……자나?

저기, S가 있어요.

알고 있어.

나는 숨죽이고 있었다. 창문은 여전히 커다란 캔버스처럼 보였다. B의 소개로 만난 적 있는 한 화가는 언제나 커다란 캔버스에만 그림을 그린다고 했다. 그래야만 보는 사람을 자신의 작품 속으로 끌어들일 수 있기 때문이라고. 그 말은 사실인 것 같다. 나는 커다란 밤의 창문 속으로 점점 빨려 들어가고 있는 느낌이었다. 무아경과 파멸과 순수와 고통과 슬픔과 열정을 겹겹이 덧칠해놓은 것 같은 검정과 군청색, 그리고 끄트머리부터 서서히 보랏빛과 황금색으로 물들고 있는 저 광대한 그림 속으로. 어디서부터 밤이 끝나고 아침이 시작되는 것일까. 이 어둠이 사라진 뒤에도 저 별빛은 무사히 빛나고 있을까. 수명이 다할 때까지, 마침내 폭발해버릴 때까지. 나는 아! 짧게 신음 소리를 냈다. 등 뒤에서 풀오버 속으로 손을 밀어 넣은 B가 거칠게 내 왼쪽 젖가슴을 움켜쥐었다. 심장을 뜯어내기라도 할 듯한 기세였다. 그러고는 내 귀에 입술을 꼭 갖다 붙이며 밤이 깊었어, 라고 속삭였다. 나는 내가, 잡아당기는 듯 강렬하고 뜨거운 그의 목소리가, 그 순간 우리에게 속해 있는 모든 것이 처음으로 두려워졌다.

엄마를 남원에 있는 노인 전문 요양원에 보내기로 했다. 집에서 먼 곳이긴 하지만 엄마가 태어나고 자란 곳이다. 내가 없어도 엄마가 안도감을 느낄 만한 유일한 장소가 될지도 몰랐다. 이 엄동설한에 집이 팔리는 것은 흔치 않은 경우라고 복덕방 주인은 유세를 부렸다. 가격은 내 예상을 훨씬 밑돌았다. 엄마가 입주하게 될 요양원의 보증금과 일 년 치 월세를 내고 나자 나에게 남은 것은 일 년 혹은 육 개월쯤 어딘가 떠났다 돌아올 수 있을 정도에 지나지 않는 돈이 전부였다. 일 년, 혹은 육 개월. 처음 집을 떠나는 기간치고는 꽤 긴 시간이 될지도 몰랐다. 엄마에게 어떤 식으로 작별 인사를 해야 할지 몰랐다. 우리 사이의 약속을 지키지 않은 것처럼 이사를 준비하는 기간 내내 곤혹스러운 기분이었다. 남원으로 내려가기 전날 밤, 나는 엄마에게 자장가 불러줄까? 물었다. 여전히 누운 채로 엄마는 고개를 흔들었다. 고개를 흔드는 것만이 엄마가 할 수 있는 유일한 대답이다. 그래서 나는 자장가를 불렀다. 잘 자라 우리 엄마, 앞뜰과 뒷동산에. 잘 갔다 오라는 인사도 없이 엄마는 눈을 감았다. 이불을 끌어다 어깨를 덮어주었다. 엄마는 너무 늙고 너무 작아 보인다. 그러나 나에게 쓰는 것과 읽는 것을 가르쳐준 사람, 크고 작은 슬픈 것들, 암담한 것, 불안한 기대들, 이런 것들을 주었던 사람이다. B처럼. 그런 게 없었다면 나는 지금의 나로 이루어지지 못했을 것 같다. 엄마에게 미안하다는 말은 조금 미뤄도 될 것 같다 다시 돌아올 테니까 엄마를 돌보듯 나 자신을 돌볼 시간이 필요하다.

장롱 깊숙이 들어 있던 커다란 보자기 하나를 꺼냈다. 수박색 홑청을 씌운 얇게 누빈 이불 한 채가 들어 있었다. 오랫동안 통풍을 시키지 않아서 그런지 퀴퀴한 냄새가 나는 것 같다. 이불을 방바닥에 펼쳐보았다. 귀퉁이쯤에 손수건만 한 크기로 홑청이 잘려 있다. 그 밤, Y의 집을 다녀온 후 우리는 헤어졌다. 서너 번쯤 더 만나기도 했지만 우리는 누군가 우리의 이름을 부를 때마다, 손이 스칠 때마다 깜짝깜짝 놀라고는 했다. 빙벽에서 떨어져 나온 얼음들처럼 우리는 점점 멀어지고 희미해져갔다. 서서히 녹아 어딘가 서로 다른 방향으로 흘러가고 있었다. 나는 그에게 만약 내가 한 가지 줄 수 있는 게 있다면 어떤 걸 갖고 싶은지 농담처럼 물었다. 우리는 옷을 다 껴입은 채 벽을 등지고 나란히 방바닥에 앉아 있었다. 그는 쓸쓸하게 웃었다. 우리가 덮고 있던 이불을 손바닥으로 찬찬히 쓸더니 이런 이불, 이라고 말했다. 나로서는 필사적인 기분이었을 텐데 이상하게 그 순간에 웃음이 터져 나왔다. 그가 잠깐 잠든 사이에 가위로 이불 홑청을 반듯하게 오려내 가장자리를 실로 감쳤다. 그 네모난 이불 홑청으로 비행기도 접고 토끼도 쥐도 접어보았다. 그러고는 배 모양으로 접어 그의 양복 주머니에 넣어두었다. 잠든 그의 얼굴은 빛을 통과한 습자지처럼 창백해 보였다. 그게 우리가 보낸 마지막 밤이 되었다.

홑청을 잘라낸 구멍 속으로 흰 솜의 일부가 드러나 있었다. 아직도 희고 부드럽다. 어둠 속에서 그것은 아주 작은 크기의 창문 같아 보이기도 하고 진짜 손수건처럼 보이기도 하고 세상에서 가장 작은 캔버스처럼 보이기도 한다. 이 사각형의 틀은 B를 처음 만났을 때처럼 나를 안심시키는 것 같다. 만약 세상에 진리라는 게 있다면 꼭 네모난 모양일 것 같은 생각이 든다. 이 손수건 모양처럼, 혹은 문처럼. 나는 내가 어렸을 때 체험하고 배운 모든 것에서 하나의 문을 보았다. 하지만 그 문이 언제나 두 개의 면을 갖고 있으며 밖을 차단하지만, 열린 통로처럼 내부와 외부를 연결시켜주기도 한다는 걸 잊고 있었던 것 같다.

삐걱거리는 오래된 문을 절반쯤 연 느낌이다. 그 틈새로 두 개의 세상이 보이는 듯하다. B가 말한 절대적인 어둠의 세계, 그리고 그 너머에 있을 눈부신 빛의 세계.

누구나 어떤 사람을 만나고 또 헤어지기도 한다. 나는 B라는 한 남자를 만난 적이 있었다. 만약 초상화를 그린다면 꼭 흰 와이셔츠를 입고 있는 모습이어야 할 남자. 그의 죽음은 나에게 머뭇거리다 포기하게 한 것들을 떠올리게 했다. 어떤 사람은 아내가 되고 어떤 사람은 부모가 되고 배우가 되고 죽기도 하고 또 어떤 사람은 글을 쓰기도 한다. 중요한 일을 겪고 났을 때 사람들은 글을 쓰고 싶다는 생각을 하게 된다. 어쩌면 나의 체념은 그를 잃음으로써 완성된 것인지도 모른다. 새 희곡을 한 편 쓰기로 했다 쓰겠다는 생각보다 쓰겠다는 의지가 더 중요한 그런 때가 온 것 같다. 그날 밤, 나는 우리들 중 최고의 저격수였다. 짐을 다 꾸려놓고 검은 유리창에 비친 내 얼굴을 바라보고 있다. 한 달 후, 일 년 후, 우리는 어떤 추억을 갖게 될까. 그리고 나는 이렇게 B에게 속삭인다. 그래도 사람이 가장 아름다울 때는 빛과 뒤섞여 있을 때가 아닐까요? 지금은 다만 밤이 깊었을 뿐.

2007, 여름의 환(幻)

적어도 거짓말에 관해서라면 아우구스티누스가 최고의 이론가이자 분석가인 것 같다. 그는 사람들이 거짓말을 하는 이유를 여덟 가지로 분류했다. 누군가를 종교적으로 개심시키기 위해서, 순전히 악을 행하기 위해서, 속이는 일을 즐기기 위해서, 다른 사람에게는 해를 주면서 누군가에게는 기쁨을 주기 위해서, 아무에게도 해를 끼치지 않으면서 누군가에게 기쁨을 주기 위해서, 흥미를 돋우기 위해서, 생명을 구하기 위해서, 누군가에게 모욕이 일어나는 일을 막기 위해서. 『거짓말에 관하여』란 책을 쓴 후 그는 '어둡고 가시가 돋쳐 다루기 힘든 어려운' 텍스트를 썼다고 술회했다고 한다. 거짓말에 관해서는 쓰기도 힘들지만 하는 것도 힘들며 내 경험에 의하면 거짓말을 한다는 건 때로 지적인 노동에 속하기도 한다. 내가 거짓말을 하는 이유는 아우구스티누스의 여덟 가지 분류 중 거의 모든 사항에 속할 만큼 다양할 때도 있지만 대개는 아무 이유가 없을 때가 많다. 나는 그것이 진정한 거짓말쟁이라고 생각한다. 진정한 거짓말쟁이는 진정한 미식가처럼 혀로 음식을 맛보거나 말을 밖으로 뱉어낸 후 입술이 맞닿은 뒤에 탄성이 이어지는 정교한 소리에 큰 만족감과 기쁨을 느낀다. 아무에게도 해가 되지 않는 거짓말이 왜 나쁜가? 게다가 나는 일 년 중 대개 여름에만 거짓말을 하는 것이다.

가을은 남자의 계절이고 봄은 여자의 계절이라는 말은 정말 사실일까. 내 질문에 남편은 일반적인 얘기라니까 그러네, 귀찮다는 듯 일축해버렸다. 그렇다면 난 일반적인 여자가 아니란 말인가? 나는 고개를 갸우뚱거렸다. 그럼 당신도 가을만 되면 다른 남자들처럼 괜히 센치해지고 마음이 흔들려? 남편은 또 시작이군, 하는 얼굴로 신문을 펼쳐 들었다. 나로 말할 것 같으면 여름에는 필시 아무것도 안 하고 설렁설렁 지낼 게 분명하니까 봄에는 밖에 꽃이 피는지 지는지도 모른 채 일 년 중 가장 열심히 일을 하고 가을엔 지난여름을 돌이켜보느라 반성적인 사고를 하면서 보내게 되고 겨울은 너무나 추워서 발을 동동거리다 보면 금세 지나가버린다. 그러고 보니 일 년에 사계절이나 있다는 게 너무 많은 것 같기도 하다. 바꿀 수 있다면 봄 가을 겨울, 다시 봄 가을 겨울, 이런 순서였으면 좋겠다. 내 인생의 크고 작은 많은 사건들은 모두 여름에 일어났다. 내가 가장 불완전해지는 여름, 이백 개도 넘는 몸속의 뼈들이 서로 달그락달그락거려 자다가도 벌떡 일어나 대문을 열어젖히게 되는 여름, 그 사이로 재빨리 마음이 달아나버리는 여름. 여름만 없었어도 나는 지금보다 더 나은 삶을 살고 있었을지도 모른다는 생각이 들 때가 있다. 사 년 전, 서른다섯에 결혼을 결심한 때도 막 여름이 시작되던 6월이었던 것 같다. 여름만 되면 밧줄 하나가 툭 끊어진 돛폭처럼 나는 균형을 잃어버리고 만다. 그래도 결혼은 좀더 신중하게 생각할 걸 그랬다.

독신인 O가 술에 취해 사랑이 뭐냐?고 물었을 때 나는 사랑이란 말야 결과가 불확실한 모험이라고! 제법 그럴듯한 대답을 한 적이 있었다. 결혼을 결심한 직후였으므로 얼마든지 그 불확실한 모험에 뛰어들 준비가 돼 있는 상태였을 것이다. 그때 O가 그랬다. 그러기엔 우리 나이가 너무 많지 않겠냐? 남편은 나보다 다섯 살이나 더 많았다. 독신으로 살아온 시간도 나보다 많고 결혼이라는 게 진짜 결과가 불확실한 모험으로 가는 첫번째 단계라면 그것에 대한 실패의 두려움 또한 나보다 더 컸을 거였다. 그런 그가 어느 날 반지 두 개를 들고 나타났다. 우리 한번 시험에 들어보자. 청혼하는 말치고는 좀 이상한 데가 있었다. 사랑에 대한 진정한 시험이 시작되는 순간이 바로 결혼이라면서? 내가 그렸던 카툰 생각이 났다. 하트 모양의 커다란 나무 밑에서 남녀가 다정하게 손을 잡고 있는 그림이었는데, 나뭇가지에 앉아 그걸 새침하게 내려다보던 늙은 까마귀 한 마리의 말풍선에 그렇게 써넣은 적이 있다. 그 그림을 기억하고 있었나 보다. 의식 같은 게 필요하잖아, 하면서 그는 내 약지 손가락에 반지를 끼워주었다. 수수한 링 모양의 14K 금반지였다. 마롱, 꼭 당신 같은 걸 골랐네요. 나는 자기 몫으로 준비한 다른 금반지 하나를 그의 손가락에 끼워주었다. 마롱은 그가 어린 시절 중국에서 살았을 때 유모가 그에게 붙여준 중국식 이름이라고 했다. 기분이 좋을 때면 나는 그를 마롱이라고 부른다. 그런데 그거 알아요? 뭐? 의식이 왜 필요한지? 왜? 결의를 새롭게 다지게 하니까. 그때 우리는 웃었을까. 아무튼 현명한 까마귀의 말을 한 번 더 생각해봐야 했다. 그래도 그 순간 이후로 내 손가락에 끼워진 반지는 강력한 힘을 발휘하기 시작하는 것 같았다.

미국 영화배우 험프리 보가트가 마지막으로 출연한 영화는 1956년에 개봉한 「그들이 더 타락할수록」이라는 영화다. 그 일 년 뒤 그는 후두암으로 사망했다. 장례식장에서 그의 넷째 아내 로렌 바콜이 그의 관 속에 금으로 만든 작은 호각을 넣었다. 그녀의 마지막 선물이었다. 거기에는 이런 글귀가 새겨져 있었다. '뭐든 필요한 게 있으면 이 호각을 부세요.' 험프리 보가트와 로렌 바콜이 결혼하기 일 년 전에 함께 출연한 영화 「가진 자와 못 가진 자」에서 그녀가 험프리 보가트에게 했던 바로 그 대사였다. 내가 기억하는 가장 인상적인 마지막 선물이다. 그리고 역시 사랑하는 사람들이라면 첫 선물로는 반지만큼 마음을 흔드는 게 없는 것 같다. 그가 준 반지는 나에게 뭐든 필요한 게 있으면 불 수 있는 호각처럼 든든하고 위로가 되며 그것을 만지작거리거나 들여다볼 때면 마주 잡은 두 손을 새긴 팔찌처럼 내 육체와 마음을 하나로 꽁꽁 묶어버린 듯한 결속감을 느끼게 했다. 그러나 결혼한 지 이 년쯤 지난 어느 날, 손가락으로 반지를 만지작거리고 있다가 나는 문득 예이츠의 시를 떠올리고 있는 자신을 발견하고 있었다. 오, 사랑은 구부러진 것. 그 안에 있는 것을 다 알아낼 현명한 이는 아무도 없다네.

여름이 오면 종이로 만들어진 배를 타고 넘실거리며 강으로 흘러가는 것 같은 기분이 든다. 배가 기우뚱거리고 흔들리면 불안하고 두렵지만 그 끝에 무엇이 있을까, 하는 호기심으로 나는 팽팽하게 부풀어 오른다. 배가 젖기 시작하면 나도 발끝부터 서서히 젖기 시작한다. 그 배를 타고 멀리멀리 나가 한 번도 못 가본 곳, 아직 보지 못한 것을 보고 싶다. 열대야의 뜨거운 바람이 부는 쪽으로 코를 킁킁거리면 농익은 복숭아 냄새, 거꾸로 매달아놓은 꿩고기 같은 육감적인 냄새가 난다. 나는 그쪽으로 성큼성큼 간다. 여름은 일 년 중 나를 가장 용감하고 관능적으로 만드는 계절이며 실수 또한 가장 많이 하게 만드는 계절이다. 내가 그렇다는 걸 남편이 이해해준다는 게 지금은 다행인지 아닌지 모르겠다. 아무튼 모든 것은 정확하게 이해할 수 없으며 완전하게 이해시키기도 힘들다.

절기상의 구분이 아니더라도 나는 본능적으로 여름이 시작되었다는 것을 느낄 수 있다. 이를테면 올해는 B와 전화 통화하던 중에 드디어 여름이 시작되었다는 걸 알아차리게 되었다. 만날 약속을 정하다가 기껏 점이나 뺄 요량으로 피부과에 갈 거였으면서도 B에게는 몸이 아파 며칠 병원에 입원해야 할 거라고 말하고는 날짜를 미루었다. 입원이오? 어디가 아픈데요? 내가 문병 가면 안 돼요? B는 당장 큰 관심을 보였다. 나보다 일곱 살이나 아래인 B는 내 카툰을 담당하는 C신문사 일 년차 신입 기자다. 나한테 다른 마음이 있다는 건 알지만 약혼녀가 있어서 망설여진다. 뭐, 심각한 건 아니에요, 우리 며칠만 더 있다가 만나자. 나는 B를 달랬다. 전화를 끊고 나서 또 거짓말을 하고 있네, 중얼거렸다. 그러고 보니 최음 효과가 있는 향신료 냄새를 흠뻑 맡은 것처럼 정신이 혼미하고 아찔해지며 양쪽 귓속으로 뜨뜻미지근한 바람이 사사사사 불어 들어오는 것 같았다. 발바닥이 간질거리고 가슴도 쿵쿵 뛰기 시작했다. 여름이 시작된 게 틀림없었다.

남편이 거짓말을 하기 시작한 것도 이즈음이다.

내가 진정한 거짓말쟁이라면 남편은 서툰 거짓말쟁이다. 서툰 거짓말쟁이는 그게 거짓말이라는 것을 뻔히 알게 해 상대방에게 고통을 주며 자신은 그렇다는 사실을 전혀 모르는 사람이다. ……반지, 안 보이네? 꾹 참고 있다가 내심 시치미를 떼고 물어보았다. 어? 손 씻느라고 어디 빼뒀겠지 뭐. 허둥거리는 얼굴로 남편은 얼버무렸다. 일주일 후에는 잃어버렸다고 말했다. 거짓말을 잘하는 데도 요령이란 게 있는데 남편은 그걸 몰랐다. 나는 내빼듯 양복 윗도리를 손에 들고 현관문을 빠져나가는 그의 뒷모습을 보면서 한 가지 사실을 깨달았다. 거짓말을 하는 데 필요한 첫번째 조건은 적어도 거기에는 두 사람이 존재해야 한다는 것이다. 그러니까 나 이외의 다른 한 사람이.

남편의 첫인상은 호리호리하면서 어깨가 딱 벌어진 게 꼭 젊은 황소 같은 데가 있었다. 먹는 것도 물고기나 야채같이 조금씩 물어뜯거나 오물거려야 하는 것이 아니라 스테이크처럼 목젖을 크게 울리며 꿀꺽꿀꺽 삼키는 음식을 좋아했다. 어떤 사람은 약간 수줍어하는 데가 있고 정신을 놓고 멍하니 앉아 있기도 잘하고 체격에 비해 유독 젖가슴이 큰 나를 보고 꼭 암소 같은 여자라고 생각하기도 할 것이다. 그렇다면 남들이 볼 때 우린 그런대로 잘 어울리는 커플일지도 몰랐다. 등산화 용품을 전문으로 만드는 회사에 다니는 남편은 동남아시아나 중국 등지로 운동화를 팔러 다녔다. 결혼하고 보니 출장을 자주 가는 게 가장 마음에 들었다. 채이를 낳고 난 후 얼마쯤 지나자 헐렁한 러닝셔츠 바람으로 허여멀건한 배를 드러낸 채 소파에서 잠들어 있는 그가 어쩐지 뿔을 제거당하고 힘없이 쿵 쓰러진 소처럼 보이기 시작했다. O는 그게 대표적인 우리나라 사십 대 남자 모습이라고 퉁을 주었지만 씁쓸하긴 마찬가지다. 그런 그가 다른 여자 때문에 거짓말을 입에 달고 다니기 시작한 게 처음에는 신기하기까지 했다. 출장이 잦아지고 접대 술자리가 전보다 더 늘어난 것만 제외한다면 남편은 크게 달라진 것이 없었다. 휴일에는 채이와 시간을 보내려고 애쓰고 마감을 앞둔 내가 작업실과 주방을 쩔쩔매며 왔다 갔다 하고 있으면 눈치껏 국수도 삶아내고 거실 바닥에 흩어져 있는 레고 블록과 플라스틱 공들도 볼풀에 잘 정리해놓는다. 처음부터 그랬던 것은 아니었지만 언제부터인가 남편과의 섹스는 뭐랄까 공이 늘 아슬아슬하게 홀컵에 못 미치는 그런 느낌이랄까. 그러나 그것도 이젠 큰 문제가 되지는 않는다. 팔베개를 해주기만 하면 나는 언제나 잘 잘 수 있으니까 말이다

여느 때처럼 남편 왼쪽 팔을 끌어다 베려는데 그가 슬며시 팔을 빼내는 것이 느껴졌다. 잠자코 가만히 누워 있다가 다시 팔을 잡아끌었다. 그가 이번에는 노골적으로 팔을 빼더니 벽쪽으로 돌아누워버렸다. 양복 주머니 속에 들어 있던 진주 귀고리 한 짝이 떠올랐다. 그냥 잘까 어쩔까. 나는 어둠 속에서 눈을 말똥말똥 뜨고 있었다. 우리가 지금 서로 사랑하는 걸까 아닐까. 혼자 질문해보았다. 서로 사랑하지 않는 건 아니다.

그렇다면 우리는 행복한가 아닌가. 특별히 불행한 일은 없지만 행복하다고 말하기는 힘들다. 그는 어떻게 생각하고 있을지 모르겠지만 난 이렇게 결론을 내렸다. 우린 아직 서로 사랑하고는 있지만 행복하지는 않다. 그가 결혼반지를 빼서 어딘가 감추고 있는 모습을 상상해보았다. 나는 다시 결론을 수정해야 했다. 사랑하면서 행복하지 못하다면 그건 틀림없이 삼각관계에 빠져 있다는 뜻일 거라고. 자리에서 벌떡 일어나 그의 뒤통수에 대고 이렇게 소리 질렀다. 대체 요즘 왜 그러는 거야? ……자다 말고 갑자기 왜 그러냐? 남편이 되레 버럭 신경질을 냈다. 이젠 그깟 팔베개도 해주기 싫다는 거야 뭐야? 자라 자, 애들도 아니고 맨날 팔베개는. 그는 혀를 차며 이불을 뒤집어썼다. 나는 쿵쿵거리며 거실로 나가서 바닥에 흩어져 있는 주먹만 한 볼풀 공들을 침대 쪽으로 집어던졌다. 그래, 난 애다 애. 볼풀 공들은 색깔도 참 다양했다. 보라색, 파란색, 노란색, 빨간색 공들을 나는 손에 잡히는 대로 그를 향해 날렸다. 나 좀 놔둘 수 없냐. 남편이 자리를 박차고 일어나더니 침대에 흩어져 있는 공들을 내 쪽으로 집어던지기 시작했다. 거짓말을 할 거면 제대로 좀 해, 누가 모를 줄 알아? 그거 술집 마담이 장난하느라고 주머니에 넣어둔 걸 갖고 쩨쩨하게 정말 이럴래? 아프지는 않지만 남편이 나를 향해 주먹을 날리듯 플라스틱 공을 던지고 있다는 게 갑자기 분하게 느껴졌다. 양손에 한꺼번에 세 개씩 공을 집어 올리다가 나는 바닥에 뒹굴고 있는 공을 잘못 밟곤 꽈당 넘어지고 말았다. 넘어지는 순간 헛다리를 짚다가 발목에 더 무리가 간 것 같았다. 발목이 금세 퉁퉁 부어오르는 게 느껴졌다. 공을 내려놓고 허겁지겁 달려와 발목을 살펴보던 남편이 얼음을 가지러 냉장고 쪽으로 달려갔다. 내가 넘어지지만 않았어도 공싸움에선 이길 수 있었는데.

남편이 잠든 것을 확인하고 발목에 얼음 팩을 두른 채 절룩거리며 다용도실 문을 열었다. 세탁기 작동 버튼을 누르고 그 위에 걸터앉았다. 건조기가 돌아가면 그 소음에 맞춰 소리 내서 울기 딱 좋다. 마땅히 혼자 울 데가 없어 이러지도 저러지도 못하는 여자가 세탁기 위에 걸터앉아 다리를 건들거리며 울고 있는 카툰은 나의 대표작이 되었다. 지금 갖고 있는 세탁기는 우리 세 식구가 사용하기 좋은 6.5킬로그램짜리지만 곧 10킬로그램짜리 대형 드럼 세탁기가 필요하게 될지도 모르겠다. 이렇게 자주 혼자 울어야 할 일이 생긴다면 말이다. 울고 싶은 일이 있는데 어쩌다 세탁기가 고장 나 있으면 무척이나 난감해진다. 다음 날 한의원에 갔더니 발목 인대가 늘어났다고 했다. 한 한두 달쯤 침 맞으셔야겠는데요. 생머리를 길게 늘어뜨린 한의사가 심드렁하게 말했다. 아니 하이힐 신고 길바닥에서 넘어진 것도 아닌데. 불평을 하려다 말고 입을 다물고 말았다. 그렇다고 한밤중에 거실에서 남편과 공싸움을 하다가 넘어졌다고 말할 것도 아니었으니까. 그래도 그렇지 이 여름에 이렇게 날마다 침 맞으러 다닐 생각을 하니 울적해졌다. 엄지와 집게손가락으로 툭툭 튕기듯 침을 놓던 한 의사가 양반 다리를 하고 앉을 수 있으면 그땐 다 나은 거예요, 위로하듯 말했다. 양반 다리는커녕 지금은 절룩거리지 않을 수만 있다면 다행일 것 같다.

술도 잘 못 마시는 B가 맥주 세 병을 마시고는 시퍼렇게 부어오른 발목을 마사지해주겠다고 고집을 부리지만 않았어도 모텔까지 가진 않았을 것이다. 그럼 뭐 그냥 키스나 할까? 하다가 처음으로 그만 B와 해버리고 말았다. 그것보다 더 부끄러운 건 술에 취한 채 내가 두 번이나 B를 '당신'이라고 부른 것이다. 잠에서 깨어난 내가 이불을 머리끝까지 뒤집어쓰자 B는 이불 속으로 파고들어와 등허리를 감싸안으며 선생님, 너무 귀여워요, 콧소리를 냈다. 나는 남편이 출근하기 전에 집에 들어가 변명을 하는 게 나을까 아니면 아예 출근 시간이 지난 후에 들어가서 시치미를 떼는 게 나을까 궁리하느라 머리가 터질 지경이었다. 여름이니까 또 으레 그러려니 여겨주면 좋을 텐데. 그러나 올여름은 남편도 그냥 지나가주지 않을 것 같다. 남편에게는 O를 만난다고 해두었으니 술을 마시다가 내친김에 밤기차를 타고 정동진에 갔다 왔다고 할까? 아니면 술에 너무 취해서 전화한다는 것도 깜박하고 O의 집에서 자버렸다고 할까? 아무튼 이럴 때는 남편을 충분히 이해시킬 수 있는 거짓말을 만들어내야 한다. 누구에게도 해가 돼서는 안 될 거짓말을 해야 할 때가 바로 이런 순간이다.

내가 어렸을 때 삼촌은 야구장에 갈 때마다 나를 데리고 다녔다. 삼촌은 야구도 좋아했지만 술 마시면서 야구 보는 건 더 좋아했다. 삼촌은 내 치마 속에다 살짝 술병을 숨겨서 들어가고는 했다. 입구에서 반입이 금지된 물건이 있나 없나 검사하는 사람한테 삼촌은 언제나 아무것도 없다니까요, 하고 당당하게 말했다. 그건 내가 배운 첫 거짓말이기도 했다. 삼촌은 야구를 즐겁게 관람할 수 있을 만큼만 술을 마셨으므로 비록 술병을 갖고 들어가긴 했지만 아무에게도 피해를 주지는 않았다. 되레 삼촌과 나는 야구를 볼 수 있어서 행복했다. 그때 삼촌에게 배우게 된, 아무에게도 피해를 주지 않는 거짓말을 나는 유산처럼 물려받게 되었다. 그래도 전화 한 통쯤은 해주고 외박하는 게 나을 뻔했다는 후회가 든다. 이렇게 방어적인 입장에서 하는 거짓말은 아무리 잘해봐야 들통 나기 십상이니까, 그러는 틈에도 간밤에 B가 재미 삼아 하자고 해서 처음으로 해본 다섯 자 토크 생각이 나서 킥킥 웃음이 나왔다. 시퍼렇게 부은 발목을 주무르다 말고 B가 먼저 시작했다. 지금행복해? 그래행복해. 여행갈래요? 내가예쁘니? 당신바보다.

아우구스티누스가 거짓말의 이론에 해박한 철학자라면 쇼펜하우어는 거짓말이 사람들의 악의적이고 섣부른 호기심에 대항하는 비상수단이라고 옹호한 철학자이며 니체는 위선은 인정하지 않지만 거짓말하는 사람을 이해한 최초의 철학자이다. 그는 소나기가 몰려와 비를 뿌릴 때 자신의 외투 속으로 몸을 숨긴 채 비를 맞으며 걸어가는 사람 이야기를 하면서 진리, 혹은 진실을 찾는 듯이 행동하는 사람들의 태도를 비아냥거렸다. 어떤 사람은 진실이 아닌 것을 두려워하고 어떤 사람은 거짓말을 한 것이 들통 날까 봐 두려워하며 또 어떤 사람은 기만당하는 것을 두려워한다. 그러나 니체의 주장이 맞다면 모든 사람들이 거짓말 때문에 두려워하는 가장 큰 이유는 결국 자신이 손해를 보게 될까 봐서라고 한다. 그리고 그것 때문에 생겨난 게 위로하기 위해 하는 거짓말, 선한 목적으로 하는 거짓말인 것이다. 어쩌면 거짓말의 탄생이라는 것은 나약한 자기 자신을 보호하기 위한 수단으로서 태어난 것은 아닐까 하는 생각이 든다. 혼자 있을 때도 나는 약하고 둘이 있을 때도 약하고 사랑이 없을 때도 약하고 사랑이 있을 때도 나는 약하다. 그러자 의사는 피식 웃으며 사람은 다 약해요, 라고 성의 없이 대꾸했다. 나 때문에 이제는 여름만 되면 자신도 모르게 안절부절못하게 된 남편의 권유로 의사를 찾아간 적이 있었다. 한 시간 상담 시간 동안 의사는 사십 분 동안 내 이야기를 듣고 오 분 동안은 사람은 누구나 다 약해요, 라는 들어도 그만 안 들어도 그만인 코멘트를 해주곤 나머지 십오 분 동안은 약에 대해서만 설명했다. 나는 곧 상담을 그만두고 말았다. 의사 눈에 나라는 사람은 세상 물정 모르고 봄바람 난 기혼 여자에 불과할 테니까.

그래도 일 년 중 여름이 5월 6월 7월 8월, 이렇게 사 개월밖에 안 돼서 정말 다행인 것 같다. 만약 여름이 육 개월이나 혹은 그보다 더 길게 지속된다면 나는 어떻게 되었을까. 육아나 집안일은커녕 멍한 눈으로 길거리를 헤매느라 만신창이가 되었겠지. 카툰 속의 내 여자들처럼 말이다. 의사를 찾아가는 대신 나는 '앨리스의 거울'이라는 제목의 그림을 한 장 그렸다. 거울, 즉 부드러운 어떤 하나의 막을 통과하면 지금 자신이 살고 있는 세계와는 전혀 다른 한 세계가 나온다. 신비한 것은 그것이 분명히 존재하는 또 하나의 세계라는 것이다. 그 거울 속으로 한 여자가 걸어 들어간다. 여기와는 다르지만 분명히 존재하는 거울 저편의 고요한 삶. 지금껏 한 번도 느껴보지 못한 삶. 그런 것이 누구에게나 필요할 것 같다. 물론 나에게도 그런 것이 필요하고 특별히 뜨거운 바람이 훅훅 끼쳐오는 여름이면 더욱 그런 것이다. 혹시 남편에게도 그런 게 필요한 것은 아닐까. 나는 남편의 거짓말에 속아 넘어가주는 척하기로 했다. 그동안 남편도 나에 관한 한 알고도 모르는 척 보고도 못 본 척하고 넘어가준 일이 많았을지도 모를 테니까. 그리고 무엇보다 중요한 것은 지금은 우리 두 사람 다 누가 먼저 진실을 말하게 될까 봐 불안해하고 있기 때문이다. 거짓말이 필요한 순간이 있는 것처럼 진실을 진실이 아니라고 말해야 하는 순간이 있다. 진실을 말하는 것은 불편하고 때로 고통스럽다. 인간의 양심은 아주 유연한 고무공 같아서 거기에는 틀림없이 타협의 길이 존재할 것 같다. 내가 원치 않는 일이 정말로 일어나게 될까 봐 두렵다는 말을 해도 좋을지 모르겠어, 마롱. 건조하고 매혹적이며 몽롱한 이 여름을 즐길 틈도 없이 나는 처음으로 어서 지나가버렸으면, 하고 바라게 되었다.

장마가 끝나고 본격적인 무더위가 시작되었다. 방충망에 달라붙어 악착같이 울어대는 매미 때문에 잠을 자는 것도 더 어려워졌다. 아는 사람들은 모두 휴가를 떠났고 마감에 쫓길 일도 없어졌다. 일상이 갑자기 단조로워진 것 같았다. 매일 오전에는 채이에게 책을 읽어주거나 놀이터에 가고 오후에는 침 맞으러 동네 한의원에 다녔다. 한의사는 한번 다친 데는 자꾸 다치게 되어 있으니 늘 조심하라고 주의를 주고는 했다. 의사가 침을 놓는 동안 나는 두통이 심해졌다는 둥 밥맛이 떨어졌다는 둥 푸념을 늘어놓기도 했다. 여의사는 네네 지금은 여름이니깐, 하곤 그만이었지만 다음 날이 되면 나는 또 똑같은 소리를 반복하고 있었다. B를 만나러 나가는 일이 아니면 외출도 거의 하지 않게 되었다. 남편은 열흘 동안 필리핀으로 출장을 다녀온 후로 줄곧 야근이다 회식이다 하며 밤마다 요령껏 늦게 귀가했다. 잠든 남편의 손가락을 무심코 만지다가 잠에서 깨어날 때가 있다. 반지가 끼워져 있던 약지 손가락은 희미한 자국을 남긴 채 여전히 텅 비어 있었다. 남편이 누워 있는 침대 곁에는 언제든 밖으로 뛰쳐나갈 수 있도록 바지가 구두에 끼워진 채로 놓여 있는 것만 같다. 다시 혼자가 된다면 어떻게 될까. 나는 여전히 나일 테지만 그러나 틀림없이 예전의 나는 아닐 것이다.

채이가 없어졌다는 전화를 받았을 때 나는 B와 지하 술집 바에 나란히 앉아 있었다. B는 겨우 서른 초반이지만 조용조용히 술을 마실 줄 알았고 남의 이야기에 귀 기울일 줄도 알았다. 그리고 바텐더가 잠시 저쪽으로 자리를 비우면 재빨리 내 입술에 입을 맞출 줄도 알았다. 술김에 나는 못 이기는 척 오래오래 입을 맞추었다. 눈을 감고 있어서 그런 걸까. 이렇게 혀를 얽고 있으면 누구라도 이 사람보다 친밀할 수 없을 거라는 착각이 들어서 좋다. 내가 B보다 젊었을 때는 한 번의 입맞춤으로 새로운 미래를 결정할 뻔한 적도 있을 만큼 순수한 시절도 있었는데, 우물쭈물하는 사이에 그 시간들이 다 지나가버렸다는 게 섭섭하기 짝이 없다. 더 마실까? B의 대답도 듣지 않고 마티니 두 잔을 더 시켰다. 오늘, 늦게 들어가도 돼요? B가 물었다. 올리브를 입에 넣고 혀로 굴리고 있는데 오후 세 시부터 다섯 시간 동안 채이를 돌봐주는 아주머니가 다급한 목소리로 휴대전화를 걸어왔다. 애가 낮잠 자는 줄 알고 손빨래를 하고 욕실에서 나와보니 안 보이더라고 했다. 나는 혹시 애 아빠가 일찍 들어와서 놀이터에 간 건 아닐까요? 물어보았다. 아주머니는 우는소리를 내며 얼른 집으로 오라고 하곤 전화를 끊어버렸다. B가 멀뚱멀뚱한 눈으로 나를 쳐다보고 있었다. 채이가 없어졌대. ……채이가 누군데요?

 나보다 먼저 집으로 달려온 남편은 다용도실에 있었다. 남편은 나를 쏘아보면서 채이가 거기 있었다고 말했다. 여기서 뭘 하고 있었는데? 여기 들어가서 자고 있더라. 남편은 공을 차듯 발로 세탁기를 쿵쿵 걷어차며 말했다. 당신 대체 애한테 뭐라고 한 거야? 채이가 왜 여기 와서 자고 있느냔 말야? 난 그냥…… 그냥 뭐? 세탁기가 좋다고 했어. 엄마가 제일 좋아하는 데라고. 나는 말을 얼버무렸다. 이제 겨우 복숭아가 이뻐, 엄마가 이뻐, 아빠가 이뻐, 라고 말하기 시작한 이십일 개월짜리 딸이 내 말을 이해할 수 있을 거라는 생각은 미처 하지 못했다. 혼자 중얼중얼거리는 말들을 그 애는 다 알아듣고 있었던 것일까. 뭐? 세탁기가 좋다고? 애한테 그런 거짓말을 왜 하는 거냐 대체? 아직도 화가 나 있는 남편은 이번에는 플라스틱 공이 아니라 손에 잡히는 대로 청소기나 총채 같은 걸 나에게 집어던질 기세였다. 거짓말한 게 아니야. 그 말, 사실이란 말이야. 내 말은 목구멍에 걸려서 잘 나오지 않았다. 엄마가 제일 좋아하는 장소에 와서 몸을 웅크린 채 세상모르게 쿨쿨 자고 있는 채이의 모습이 떠올랐다. 그래도 세탁기 속에 들어가는 게 좋다는 말을 한 건 아니었는데. 하긴 세탁기 위에 걸터앉아 우는 모습은 한 번도 보인 적이 없으니까. 하마터면 정말 큰일 날 뻔했네. 나는 히죽거리며 남편 팔을 잡아끌었다. 채이 여기 들어 있는 줄 모르고 아줌마가 그냥 세탁 버튼을 눌렀으면 어쩔 뻔했어, 이제 찾았으니까 됐잖아. 그걸 지금 말이라고 하냐? 애 놔두고 대체 어디서 어떤 놈이랑 마신 거야? 진짜 계속 이럴 거냐? 더 이상은 못 참겠다는 듯 남편은 손을 번쩍 들어 내 머리를 후려쳤다.

흐르던 강물도 바다가 가까워지면 속도를 늦추며 상류부터 운반해온 토사를 쏟아낸다. 거기가 밀물과 썰물이 교차되는 지점이다. 강물과 바다가 하나가 되는 순간이다. 그러나 딱히 거기가 어디라고 눈에 보이게 표시를 할 수 있는 것은 아니다. 계절이 바뀌는 것은 강물이 바다를 만나는 순간만큼이나 불확실하고 모호한 데가 있었다. 때 아니게 기승을 부리는 늦더위가 여전히 지속되고 있기는 했지만 그건 강렬하고 단호하며 힘을 발산하는 듯한 한여름 걸징의 너위와는 완연히 다른 느낌이라는 것을 나는 느낄 수 있었다. 처서가 지난 일요일 오후에 오랜만에 대청소를 하기로 했다. 옷장 하나가 덜렁 놓여 있는 옷방을 비우고 거기를 채이 방으로 만들 생각이었다. 거실 바닥에 흩어져 있는 레고 블록이나 자리를 차지하고 있는 볼풀만 치워도 집 안이 한결 넓고 정돈돼 보일 것 같았다. 남편은 인심을 쓰듯 아예 작은방에 있는 내 작업대를 거실로 옮기라고 했지만 싫다고 했다. 카툰은 사방이 막히고 원하면 문을 닫아걸 수도 있고 좀 비좁은 듯한 곳에서 그려야 할 것 같다. 맨 처음 그림을 시작했을 때 그랬던 것처럼 말이다. 남편과 채이가 장난감을 옮기는 동안 나는 총채를 들고 집 안 곳곳 먼지를 털다가 신발장 위에 바싹 마른 라벤더 한 묶음이 놓여 있는 것을 발견했다.

한 달쯤 전인가, 강원도로 취재를 다녀오던 길에 B가 허브 농장에서 따와 누런 서류봉투에 담아왔다. 아침에 꺾어왔다는 라벤더는 우리가 만난 저녁에는 이파리가 바스락거리며 떨어질 만큼 말라 있어서 그가 실망했던 게 생각난다. 지금은 손끝만 스쳐도 이파리와 보라색 꽃잎이 가루처럼 떨어져 내린다. 마지막으로 B를 만났을 때, 그가 전화를 받느라 자리를 비운 사이에 벗어둔 양복 주머니에 손을 집어넣어본 적이 있다. 역시 그의 약혼반지는 그 주머니 속에 들어 있었다. 언제부터인가 B는 나를 만날 때마다 반지를 뺐다. 잊고 온 날은 내가 화장실 간 사이, 혹은 입술을 고치는 사이에 슬쩍 빼는 것을 보기도 했다. 보고도 못 본 척하느라 그만두라는 소리도 못했다. B가 다시 무연한 얼굴로 내 옆에 앉자 나는 웃으며 B가 좋아하는 다섯 자 토크나 할까? 하고 운을 떼었다. B가 어, 정말? 하며 내 옆으로 바싹 다가앉았다. 그래, 그럼 자기부터 시작해봐. 기다렸다는 듯 B가 말했다. 우리뭐할까? ……그만만날까? 무슨일있어? 그건아니야. 내가싫어요? 그것도아냐. 그럼왜그래? 사랑하니까. 뭐라고했어? 사랑하니까. …… 그만만나자. B와는 그렇게 다섯 자 토크를 하면서 헤어졌다. 이제 그가 피앙세 몰래 다른 여자를 만나거나 반지를 빼는 일은 없었으면 좋겠다는 생각을 하면서 말이다. 돌이켜보면 여름에 더러 잘한 일도 있었던 것 같다. 지난해 여름에는 세 번 만난 어떤 사진작가한테 빨려들듯 한눈에 반했던 적이 있었다. 누굴 기다리는 동안 가슴이 그렇게 쿵쿵쿵 뛰는 것도 생전 처음이었다. 자신의 인생에서 가족을 첫째로 소중하게 생각하는 그런 부류의 남자였다. 누군가 밖에서 내 남편을 본다면 아마 그와 비슷한 생각을 하게 되지 않을까. 나는 그 사진작가를 단념했다. 그가 생각날 때면 우리 동네 단골 술집에 그가 키핑해준 앱솔루트를 혼자 한 잔씩 마시며 아, 이런 소용없는 마음, 보고 싶은 마음, 취해서 흥얼흥얼 중얼거리다 들어왔다. 그를 잊는 데 보드카 한 병을 혼자 다 마시는 시간만큼 걸렸다. 그러자 곧 가을이 시작되었고 나는 다시 수줍고 얌전한 사람으로 돌아왔다. 만길 때마다 파삭파삭 부서져버리는 라벤더를 조심조심 쓰레기통에 쓸어 담았다.

이제 채이도 볼풀에 들어가서 놀기에는 너무 컸고 텐트처럼 자리만 차지하는 것 같아서 볼풀을 아예 치워버리기로 했다. 마지막으로 남편과 채이가 볼풀 속에 들어가 삼백 개도 넘는 오색 공들 속에서 서로 장난치고 있는 모습을 디카로 몇 장 찍다가 나도 그 안으로 들어가봤다. 세 식구가 들어가 앉기에는 비좁고 답답했지만 몸을 받쳐주는 플라스틱 공들이

작은 손들처럼 간지럽고 안도감을 주었다. 커다란 비닐봉지에 공들을 담기 시작했다. 그러자 볼풀 바닥이 드러났다. 잃어버린 줄 알았던 현관 열쇠, 동전들, 단추, 채이의 머리핀들이 거기 있었다. 그리고 동그랗고 반짝거리는 것. 어! 남편과 나는 동시에 소리쳤다. 남편의 결혼반지였다. 볼풀 바닥에서 잽싸게 반지를 집어 들고는 거봐 이제 내 말 믿지? 남편이 의기양양하게 말했다. 남편 말대로 양복 주머니 속에 들어 있던 진주 귀고리는 단골 술집 마담이 장난을 하느라 넣어두었을지도 모르고 출장과 외박이 잦아진 건 책임져야 하는 일이 더 늘었기 때문일지도 모른다. 나는 그럼 당신 말 믿지, 내가 누굴 믿겠어, 라고 대꾸한다. 이게 올여름에 하는 마지막 거짓말이길 바라면서. 그러나 정말로 궁금한 게 있다. 모든 사람들이 언제나 진실만을 말한다면 어떻게 될까. 짐짓 그런 생각에 빠져 있는 나를 남편이 한쪽 발을 뻗어 가슴께를 툭 건드리며 말했다. 야, 당신 양반 다리 하고 앉았네?

중국으로 출장을 떠난 이튿날 저녁에 남편에게서 전화가 왔다. 천안문 앞에서 배추 한 통을 줄에 묶어 질질 끌고 다니는 남자를 보았다고 했다. 나는 그 사람이 배추 장수가 아니라 아마 행위예술가일 거라고 남편에게 말해주었다. 예술은 너무 어려워. 남편은 혀를 츳 찼다. 내 그림은 이해하지? 라고 묻자 남편은 당신 그림은 그게 그림이야 만화지, 했다. 그리고 한마디 더 덧붙였다. 만화라서 더 좋다고. 나는 나의 친구이자 남편의 여동생인 O의 소식을 전해주었다. 컵라면에 물 붓는 선이 있는 게 다행이라고 여길 만큼 요리를 못하고 관심도 없는 그녀가 최근에 요리 학원에 등록했다. O가 새로 만난 남자가 그 요리 학원의 강사다. 수화기를 붙잡고 남편과 나는 낄낄거리며 웃었다. 다음에 O를 만나면 사랑이 뭐냐고 한번 물어봐야겠다. 전화를 끊기 전에 남편은 약간 머뭇거리더니 자기 전에 냉동실 문을 열어보라고 했다. 냉동실은 왜? 팔베개 잘 하고 자라고. 남편은 전화를 끊었다. 나 이외의 다른 한 사람은 거짓말할 때만 필요한 게 아닐지도 모르겠다. 당신도 외로우면 외롭다고 말해. 내가 진심으로 들어줄 테니까. 신호가 끊긴 수화기에 대고 나는 혼잣말을 했다.

두 번뿐이기는 했지만 의사를 만난 것은 효과가 있었을지도 모른다. 의사는 여전히 심드렁한 얼굴로 그게 다 지루해서 그런 거라고 말했다. 그때는 흘려들었던 말이 지금 생각난다. 그때 나는 내가 지루하거나 무료하거나 혹은 심심하다는 생각 같은 건 전혀 하지 못했으니까. 이제야 그 말이 생각난다면 어쩌면 내가 지루했었는지도 모르겠다. 여기서 더는 큰 변화가 생길 것 같지 않은 내 일상이. 여름은 너무 길잖아요. 의사가 그 말도 했던 것 같다. 일 년에 넉 달씩이나 차지하고 있으니 여름이 너무 길긴 길다. 하지만 이제 나는 알 것 같다. 여름이 없이는 가을과 겨울이 시작될 수 없고 계절은 언제나 봄 여름 가을 겨울로 흘러갈 거라는 사실을. 사랑을 하면 두려워지는 것처럼 여름이 되면 여전히 나는 넋이 나간 채 한여름 밤의 꿈처럼 훌쩍 어딘가 날아갔다 오고 싶어 하겠지만 가을이 되면 다시 제자리로 돌아올 것이다. 다만 한 가지, 여름엔 미래를 두려워하지 않을 수 있어서 좋았다. 하여튼 이러니저러니 해도 정신을 잘 차리고 있어야 할 텐데. 나는 한숨을 폭 내쉬며 잠든 채이 방문을 닫고는 냉동실 문을 열어본다. 물을 채워 넣고 팔목 부분을 야무지게 동여맨 분홍색 고무장갑이 빵빵하게 얼어 있었다. 이걸 베고 자란 말이지, 마롱? 남편 팔이 아니라 꼭 아기 코끼리 코같이 생겼다. 그걸 목 밑에 베고 눕는데 이런, 눈물이 나와버린다.

마흔에 대한 추측

나로 말할 것 같으면 꽤나 탐구적인 사람이다. 이런 유형의 가장 큰 특징은 인생에 대해 언제나 반성하려고 노력한다는 점이다. 만약 내 삶의 가장 큰 목표를 반성하는 삶으로 세웠다면 나는 철학자가 되었을 것이다. 철학자가 되는 대신에 나는 시인이 되었다. 열세 살 때는 나 자신이 자랑스럽게 느껴졌다. 나침반의 북을 가리키는 모양의 휘장을 단 걸스카우트였기 때문이다. 막 시인이 되었던 스물여덟 살 때에도 나 자신이 자랑스러웠다. 그 후로 나를 그렇게 느꼈던 적은 한 번도 없는 것 같다.

　아무래도 직업을 선택하는 일에 좀더 신중했어야 했다. 일이 우리를 권태와 빈곤으로부터 보호해준다고 주장한 사람이 누구였는지 모르겠다. 권태와 빈곤, 그 모든 것을 나는 다 경험하고 있는 중이다. 그런데 시를 쓰는 일을 과연 직업이라고 말할 수 있을까. 더군다나 일 년에 단 한 편도 못 쓰고 있다면 말이다. 자신의 의지로도 더 이상 글을 쓰지 못한다는 건 입구가 컴컴한 자루 속으로 쑥쑥 빨려 들어가는 듯한 느낌이다. 게다가 마치 기다렸다는 듯 좋지 않은 일들이 계속 벌어지면 의지를 완전히 상실해버리고 마는 것이다. 나는 아무 데서나 휴휴, 한숨을 내쉬었다. 재빨리 다시 탐구적인 사람의 태도로 되돌아갈 필요가 있었다. 반성이 지나치면 대부분의 시간을 자기 회의와 연민에 빠져 지내게 된다. 여기에 탐구주의자들의 맹점이 있다. 그런 데다가 나는 어떤 일을 마치고 나면 그다음에 해야 할 일이 무엇인지 반드시 알고 있어야 한다고 강박적으로 생각하는 태도까지 갖고 있었다.

심리학자라면 이럴 때 인간은 모두 커다란 심리적 자루를 등 뒤에 짊어지고 있으며, 그걸 제거해버리고 나면 좀더 홀가분해질 수 있을 거라고 나를 설득할 것이다. 실존주의의 제1원칙은 인간은 그 스스로가 만들어가는 것을 빼고 나면 아무것도 아니라는 것이다. 궁리 끝에 나는 내 자루에 관해 누군가와 대화할 필요가 있다고 판단했다.

타인에게 내 모습이 어떻게 비치는가, 하는 문제는 내가 실존주의자인가 아닌가 하는 문제보다 훨씬 더 중요하게 느껴졌다. 병원을 가는 일조차 쉽지가 않았다는 말이다. 만약 약속 시간보다 빨리 도착하면 불안정해 보일 것이고 늦게 도착하면 적대적으로, 또 제시간에 딱 맞춰 도착하면 충동적으로 보일지도 몰랐다. 시시콜콜한 행동 하나하나에도 의미를 부여하기 좋아하는 사람들이 바로 상담 전문의들이니까 말이다. 나는 삼 분쯤 늦게 병원에 도착했다.

"우울증에는 크게 네 가지 종류가 있습니다."
 나는 앞으로 일주일에 한 번씩, 금요일 오후 다섯 시에 만나게 될 닥터 현이라는 남자의 목소리를 허투루 듣고 있었다. H의 소개로 오긴 했지만 계속 만나게 될지는 더 두고 봐야 알 것 같다. 우울증의 첫째 원인은 유전적인 문제 때문에 뇌에 이상이 있는 경우라고 했다. 둘째는 각성제나 알코올 등의 부작용이며 셋째는 아직 해결되지 못한 어릴 때의 상처나 과거의 어떤 문제라고 했다. 그것은 아마 프로이트의 해석과 관련된 것이라고 나는 속으로 비약하고 있었다. 넷째 원인은, 이것 봐요? 듣고 있습니까? 모나미볼펜으로 내가 무릎 위에 올려놓고 있던 쿠션을 쿡쿡 찌르며 닥터가 주의를 주었다. 아뇨, 앞으론 잘 들을게요. 기가 죽어 대꾸하면서도 또 이런 생각에 빠진다. 실수하거나 혹은 옳은 길을 가는 게 아니라면 내 옆구리를 살짝 찔러주는 누군가가 있어주었으면 좋겠다고 말이다. 넷째 원인은 지금 이 순간, 일상에서 벌어지고 있는 고민 같은 것들 이를테면 이혼이나 파산, 혹은 금전적인 문제, 도덕적이며 윤리적인 딜레마라고 했다.
"어때요? 첫번째 케이습니까?"
"아닌데요. 집안에 그런 내력이 아무도……"
"아, 시간도 아까운데 짧게 짧게 말합시다. 그럼 두번째?"
"……아니오."
"그럼 세번째?"
"설마요."
"흠, 그럼 네번째군."
"저기, 다섯번쨴 없어요?"

 치료사에게도 스타일이란 것이 있다. 닥터 현은 무심하지도 세심하지도 않았다. 그 태도를, 나는 그가 모든 개인적인 문제를 정신적 원인으로 몰아붙이고 싶어 하지 않는다는 의미로 해석했다. 그것이 옳은 판단이었는지 그른 판단이었는지는 시간이 더 지나봐야 알게 되겠지만 말이다. 약물 치료는 하지 않겠다고 닥터 현은 말했다. 다른 환자들에게도 그러는지 아니면 단지 나라는 환자에게는 약물 치료가 필요 없다고 한 말인지 얼른 이해가 가지 않았다. 약물은 일시적으로 증세를 완화시킬 뿐입니다. 목소리가 위압적이라 잠깐이라도 다소곳한 척 듣고 있어야 할 것 같은 기분이다. 하긴, 지금 나에겐 리튬이나 프로작 같은 항우울제가 필요한 것은 아니지 않은가. 내내 집 안에 갇혀 혼자 살 게 아니라면 약물은 바깥 세상에서는 대개 아무런 위력도 발휘하지 못한다는 것이 내 생각이다.

어떤 일에 대한 결정은 뜻밖에 순식간에 이루어질 때가 있다. 한PD라는 사람에게 전화가 걸려왔을 때, 나는 주춤주춤 딴생각에 빠져들기 시작했다. 그것은 대부분 닥터 현과 내가 나누었던 상담 내용에 관한 것이었다.

세번째 상담에서 닥터 현은 나에게 친구들에 관해 이야기해보라고 말했다. 그것은 그가 나에게 처음으로 던진 실용적인 질문이기도 했다.
친구들?
닥터 현이 볼펜으로 쿡 찌른 것마냥 가슴이 뜨끔해지는 것을 느꼈다. 내 친구들, 소설 쓰는 동갑내기 H만 제외하고 대부분 나보다 나이가 많다. 많아도 훨씬 많다. 사십 대 중반으로 접어든 시 쓰는 M과 O, 오십 세가 넘은 영화감독 Y, 환갑을 넘긴 친구들도 여럿 있다. 뿐만 아니라 운전면허증 같은 것을 반납해야 하는 나이가 다가오는 친구도 있다. 말이 좋아 친구다. 그중에서도 화가인 K 생각이 났다.
그에게 입을 한번 아, 하고 벌려볼 수 있겠느냐고 말한 적이 있다. 맥주를 홀짝홀짝 마시다가 서로 할 말도 떨어지고

해서 별생각 없이 한 소리였을 게다. 아니면 육십 세가 넘은 사람의 구강은 어떤지 궁금했을지도 모른다. 지금은 불쑥 그런 말을 꺼낸 나도 이해가 잘 안 되지만 그렇다고 아무렇지도 않게 자 봐라, 하며 입을 아, 하고 바로 코앞에서 벌려 보인 K도 이해가 안 되기는 마찬가지다. 까맣게 죽은 잇몸과 잇몸 사이, 치아와 치아 사이 끝에 금을 박아 반짝이던 어금니 하나가 선명하게 떠오른다. 그렇다고 그 금빛이 검은 입속을 압도하는 것도 아니었지만. 이가 숭숭 빠진 머리빗을 본 것 같아 나는 그만 고개를 돌려버렸다. 한 시절 가장 가깝게 지내던 K와 그 후 더는 만나지 않게 된 이유를 지금 생각해도 잘 모르겠다. 내가 그의 입속을 들여다봤기 때문일까. 지금은 사과할 수도 돌이킬 수도 없는 일이 되어버렸다. 육 개월 전, K는 타고 있던 버스가 전복되는 바람에 세상을 떠났다. K를 생각할 때마다 그 검은 입속과 그 입 끝에 대롱대롱 애처롭게 매달려 있던 분홍빛 목젖이 떠올랐고, 그러면 나는 하는 수 없이 찔끔찔끔 눈물을 흘리곤 하는 것이다.

"그러고 보니, 동갑이나 동년배 친구는 거의 없는 모양이죠?"

"……!"

그게 무슨 문제가 될까? 아직도 K에 대한 생각에 빠져 있느라 나는 제대로 물어보지도 못했다. 또래 친구들을 사귀어보라는 권유로 닥터 현은 그날 상담을 끝냈다. 권유형이어도 이상하게 명령형으로 들리는 어투가 흠이라면 흠이다. K가 죽은 것도 어쩌면 토끼 때문일지도 모른다는 생각을 간신히 떨쳐내며 나는,

"도대체 그런 진단이 저한테 무슨 도움이 된단 말예요?"라고 반박했다.

전체적으로 보면 내 인생은 크게 잘못 진행된 것 같지는 않다. 자동차도 없고 작업실도 없고 시인으로서 인기도 없고 비록 여태 한 살림을 꾸리지도 못했지만 없는 것보다는 있는 게 더 많을지도 모르고, 다행히 아주 많은 것을 바라는 편도 아니다. 그러나 약간의 변화가 필요하다고 느꼈다. 나는 내 삶을 냉정하게 돌아보기 시작했다. 왜냐하면 나는 올해 삼십구 세가 되었고 이제 칠 개월 후면 마흔 살이 되기 때문이다. 만약 내 구두 속에 돌멩이 한 개가 들어간 정도라면 구태여 카운슬링 같은 건 필요 없었을 것이다. 구두를 벗어 그냥 흔들기만 하면 문제가 해결될 테니까.

닥터 현의 진단이 나에게 내적 자극으로 작용한 것만은 틀림없어 보였다. 나는 한PD라는 사람에게 그럼 내가 MC를 맡게 될 책 읽어주는 프로그램의 PD가 여자인가 남자인가, 물었다. 한PD라는 여자가 귀가 떨어져 나가게 큰 소리로 웃으며 바로 자신이 그 프로그램의 PD이며 구성작가도 여자라고 했다. 여자에게 관심 있으신가 봐요? 그녀가 농담을 걸었다.

얼떨결에 네, 라고 대답했다. 그 대답이 프로그램 섭외를 승낙한 것처럼 들렸나 보다.

목소리 테스트는 전화로 충분한 것 같아요. 좋네요, 전화 목소리.

……!

방송국에 한번 나오시죠. 시간, 언제가 괜찮아요?

*

타인에게 친화적이고 관대하며 게다가 능동적인 사람들을 보면 더럭 겁부터 난다. 나는 잘하는 것도 별로 없는 사람인데 중요한 것은 꼭 더 못한다. 인간관계를 유지하는 일이 글쓰는 일만큼 어렵게 느껴질 때가 많다. 특히 남녀관계 같은 것 말이다. 그것을 유지하기 위해서는 보통의 관계보다 두 배 이상의 노력이 필요하다는 것을 경험으로 깨닫고 있었다. 그것은 매우 정교하고 복잡한, 일종의 생명체의 결합 같다. 글쓰기와 연애의 공통점이 있다면 언제나 마음먹은 대로 잘 안 된다는 것이다. 결과를 짐작할 수도 없다. 김선생이 전화를 걸어와 P라는 사람을 한번 만나보지 않겠느냐고 넌지시 떠보았을 때 나는 한동안 잊고 있던, 그 관계에서만 느낄 수 있는 일상의 유익한 윤활유 같은 것이 어렴풋이 떠오르는 걸 느꼈다. 그리고 책 한 권의 무게. 저는 괜찮은데요, 선생님. 뒤로 한 발 빼자 김선생이 호통 치듯 쯔쯔, 혀를 크게 찼다.

"선생님, 듣고 계신 거예요?"
"네? 아, 흥미로운 이야기군요."
"얘기, 아직 본격적으로 시작도 안 했는데요."
"전 뭐랄까, 다수의 에피소드를 다층적인 서사 구조로 전달하는 방식을 아주 좋아합니다."
"에피소드, 이제 하나밖에 안 나왔는데요."
"그러니까 음, 결국 P를 만났다는 거죠?"

아니라고 말하고 싶지만, P라는 건축가를 딱 두 번 만났다. 눈썹이 새카맣고 키가 훌쩍 큰 게, 아버지 생각이 났다. 두번째 만났을 때 손을 잡았다. 나는 내 손을 쥐고 있는 그의 한쪽 손의 무게를 가늠해보았다. 이 정도면 아주 적당할 것 같았다. 그러나 세번째 만남은 이루어지지 않았다. 내 탓도 P의 탓도 아니다. 출장에서 돌아오는 날 하겠다던 전화를, 벨이 한 번만 더 울리면 그때 받아야지 했는데 전화가 그만 맥없이 끊기고 말았다. 병원에 삼 분 먼저 갈까 조금 늦게 갈까 딱 맞춰 갈까, 망설이던 것과 별로 다른 마음이 아니었을 거다. P는 다시 전화를 걸어오지 않았고 나는 한 달쯤 더 전화를 기다리다가 포기했다. 나만큼이나 소심하기 짝이 없는 사람인가 보다. 한 번만 더 전화하지. 아쉽지만, 단념했다.

헤어지고 나서 생각해보니 김선생이 그와 나를 소개해줘야겠다고 생각한 계기가 더 인상적이다. 어느 날 김선생이 P에게 전화를 하면 그는 삼청동쯤 어느 찻집에서 차를 마시고 있다고 하고 나에게 전화를 하면 세종문화회관 옆 스타벅스에서 혼자 책을 보고 있더라는 것이다. 삼청동과 광화문, 거리도 가까운데 젊은 사람들이 왜 따로따로 앉아 있는 거예요? 니체 전공에 기독교 신자인 김선생은 인간이 너무 혼자 오래 있으면 그것도 안 좋아요, 안 좋아, 라며 으름장을 놓았다.

이따금 나처럼 어디선가 혼자 찻집에 앉아 있을 P 생각을 한다. P를 만난 것은 생전 처음 해본 소개팅 같은 거였다. 그 만남을 통해서 한 가지 쓸쓸하지만 자명한 깨달음을 얻게 되었다. 이제 내가 소개로 누군가를 만난다면 상대는 이미 한번쯤 결혼에 실패한 사람일 확률이 높은 나이가 됐다는 것이다. P 역시 마찬가지였다.

"그러니까, 읽다 만 책이 돼버렸군요."

닥터 현이 말했다.

그게 아니라요, 한 번도 같이 못 자본 책이 돼버린 거죠.

사실대로 말하면 닥터 현이 정말 나를 이상한 여자 취급을 할 것 같다. 책 한 권의 무게는 책에 따라 다 다르다. 그것은 사람의 손도 마찬가지다. 아버지는 나를 재울 때 그 두껍고 큰 손으로 내 가슴을 토닥토닥 두드리며 자장가를 불러주었다. 잠든 것 같아 손을 치우면 어린 내가 귀신같이 알고는 눈을 반짝 뜨더라는 것이다. 내가 완전히 잠에 곯아떨어질 때까지, 아버지는 한 손은 내 가슴에 올려놓은 채 다른 한 손으로 밥을 먹고 양말을 신어야 했다. 여러 가지 시도 끝에 아버지가 마지막으로 고안해낸 것은 내 가슴에서 손을 치우는 대신 슬쩍 책 한 권을 올려놓는 것이었다. 그 방법은 매우 성공적이었다. 내가 성장함에 따라서 책 한 권은 얇은 시집에서 동화책으로, 국정 교과서에서 사륙배판 소설책으로 그리고 사전으로, 점점 더 두껍고 무거운 책으로 바뀌긴 했지만 말이다. 소설책에서 사전으로 넘어가던 무렵에 아버지는 세상을 떠났다. 시인이 되고 싶었으나 평생 목수로 살았던 아버지가 내 가슴에 맨 처음 올려놓은 책이 시집이었던 것은 당연한 선택이었을지도 모르겠다. 요즘도 나는 자기 전에 읽던 책을 그대로 가슴에 펼쳐놓은 채로 잠들고는 한다. 연애를 할 때는, 물론 남자의 손을 끌어다 가슴에 척 올려놓고는 쿨쿨 자버리는 것이다.

나는 무겁고 큰 책이 좋다.

P를 두번째 만나 손잡았을 때, 그 손을 내 가슴에 올려놓는 상상을 했었다. 한 이백오십 페이지짜리는 됐을 텐데. 나한테 이런 버릇이 있다는 이야기는 역시 닥터 현한테 하지 않는 게 좋겠다. 그러나 이따금 P의 전화를 받지 못하게 된 것도 혹시 그 토끼 때문이 아닐까 하는 의혹에 빠지곤 한다는 얘긴, 아무래도 해야 할 것 같다.

"P하고는 이게 다예요."

다수의 에피소드랄 것도 없이 닥터 현이 원한, 최근의 내 남자 이야기는 거기가 그만 끝이었다.

남자 문제로 나의 대인관계를 파악하려는 닥터 현의 의도는 성공한 것 같아 보이지는 않았다. 그러나 나는 그의 충고를 마음에 담아두었다. 그것은 내가 한PD, 그리고 구성작가인 성연씨를 만났을 때 그들에게 보다 신중한 태도로 접근할 수 있게 해주었다. 그건 소극적인 태도와는 다른 것이었으며 내가 동년배 친구들을 사귀는 데도 큰 도움이 될 것처럼 보였다.

매주 수요일 오후, 나는 우면동에 있는 교육방송국에 갔다. 프로그램의 제목은 '오디오북'이었다. PD와 구성작가, 책 선정을 도와주는 출판평론가, 그리고 내가 선정한 책들을 MC인 나와 전문 성우가 함께 읽어주는 삼십 분짜리 라디오 프로그램이었다. 시간을 많이 써야 하는 것도 아니고 한 달 출연료도 일 년 동안 매달 시를 발표하고도 받을 수 없는 금액이어서 나로서는 사실 거절하기 힘든 제안이기도 했다. 게다가 PD도 구성작가도 모두 여성이라고 했으니, 닥터 현의 충고를 떠올린다면 오랜만에 일이 순조롭게 돌아간다는 느낌을 받기까지 했다.

시를 쓰지 못하는 대신, 나는 책 읽어주는 여자가 되었다.

삼 년 전에, 다른 작가들과 함께 독일 슈투트가르트라는 도시에서 낭독회를 한 적이 있었다. 백 명도 넘는 청중들 앞에서 내 시를 낭독해본 건 그때가 처음이었다. 그때 나는 마이크를 통해 내가 아, 하고 발음하면 아-아-아-하-하하-하하하, 하고 저쪽까지, 저 먼 데까지 꽃씨처럼 팔랑거리며 날아가는 시의 언어들을 보았다. 나는 목을 길게 빼곤 언어들이 날아가는 방향을 지켜보고 앉아 있었다. 사사사사, 어디선가 바람이 부는 것이 느껴졌다. 작은 원을 그리던 글자들, 나는, 나는, 너는, 너는, 산, 바람, 구름, 나무……, 같은 글자들이 커다랗고 유연한 동심원을 그리며 실내를 가득 메우고 있었다. 내가 읽어주는 책들이 더 멀리까지 날아가는 것 같았다.

한PD가 이작가! 하고 부르면 구성작가인 성연씨와 내가 동시에 돌아본다. 결국 우리는 구성작가인 이성연씨를 '구작가'라고 줄여 부르기로 했다. 에이, 구씨가 뭐예요, 구씨가. 나중에 '평화주의자'라고 결론이 난 성연씨가 투덜거리는 시늉을 한 번쯤 했다. 드라마작가가 되는 게 꿈인 성연씨는 회의를 할 때나 자신의 의견을 이야기할 때, 언제나 한 번 이상 말하는 법이 없었다. 방송일을 하면서부터 생긴 버릇이라고 했다. PD한테 같은 말을 두 번 한다는 것은 잘릴 걸 각오해야 한다는 뜻이라니까. 그 버릇 때문에 싫은 게 있어도 남자

친구한테 한 번 이상은 말하지 않게 된다고 한다. 직업병이죠, 뭐. 그러면서 그녀는 또 하하 웃었지만 돌아서서 생각해보니 같이 따라서 웃을 만한 일은 아니었던 것 같다.

최시한의 『모두 아름다운 아이들』과 아모스 오즈의 『나의 미카엘』, 심노숭의 『눈물이란 무엇인가』, 이태준의 『무서록』, 그리고 김교빈·이현구의 『동양철학 에세이』를 낭독하고 나자 한 달이 훌쩍 지나갔다. 이승우의 『생의 이면』 낭독을 마친 날은 밤 아홉 시가 넘어 있었다. 마을버스가 있는 정류장까지 한PD 자동차를 얻어 타고 가기로 했다. 운전석에 오르는 한PD의 까만 바지 뒷주머니에 조그맣고 알록달록한 미키마우스가 붙어 있었다. 웃음이 새나오려는 것을 참았다. 옷 어딘가에 늘 만화 캐릭터가 붙어 있다는 것을 최근에 발견했다. 헤어스타일이며 옷도 딱 십 년 전에 멈춰버린 사람 같다. 그날 저녁, 내처 그 차를 타고 나는 한PD와 구작가를 따라 한 모임에 따라가게 되었다.

*

"서서 하는 놀이 중에서 가장 재미있는 게 뭔지 아세요?"
"글쎄요."
"그럼 앉아서 하는 놀이 중에서는요?"
"……?"

상담이 계속된다면 언젠가 닥터 현하고 섹스에 관한 이야기도 하게 될까? 나는 그 질문에 배드민턴이라고 대답했다. 앉아서 하는 놀이 중 가장 재미있는 것은 잠자기. 그러자 어이가 없다는 듯 운전석에 있던 한PD가 나를 돌아봤다. 아니, 소파에 앉아서 말예요. 뒷좌석에 앉아 있던 구작가가 한 손으로 입을 가리며 큭, 웃고 있었다.

"골프하고 마작이래요, 선생님."

"아, 난 또."

"혹시, 마작 같은 거 해보신 적 있어요?"

"뭐, 화투는 제법 칩니다만."

나는 미소 지었다. 내 담당 의사에게 나 자신이 뭔가 가르쳐줄 게 있다는 게 신기하게 느껴졌다. 이제 닥터 현이 다른 제안을 한다면 조금 더 용기 있게 그것을 실천해볼 수 있을지도 모른다. 처음에는 또래 친구들을 사귀라는 말이 불가능한 일처럼 여겨졌으니까. 그날, 한PD의 자동차를 타고 내가 따라간 곳은 마작을 하는 모임이었다. 그 모임에는 한PD나 구작가 말고도 다른 여자들이 더 있었다. 마작은 네 명이서 하는 게임이니까.

[마작의 기초]
1. 용어를 알고 있어야 한다.
2. 족보를 꿰고 있어야 한다.

3. 버린 패들의 연관성을 짐작할 줄 알아야 한다.
4. 표정 관리를 잘해야 한다.
5. 패기와 배짱이 필요하다.
6. 상대방의 생각을 꿰뚫어 볼 줄 알아야 한다.

"뭐, 화투랑 다를 게 없구만요."
"제 생각엔요, 일곱번째가 제일 중요한 거 같아요."
"뭔데요?"
"목소리를 내지 마라!"
"그런데, 왜 마작 같은 걸 합니까?"

모임에 간 첫날, 나도 그런 질문을 했다. 그러자 그 자리에 먼저 와 있던 한PD의 대학 동창이라는 수형이라는 여자가 고개를 갸우뚱거리더니 말했다. 그런 것을 물어보는 사람은 아무도 없어.

"사교적인 게임이니끼요."

나는 기어들어가는 목소리로 말했다.

"그럼, 보나 마나 못하겠네. 번번이 지죠?"

닥터 현은 안타깝다는 듯 말했다.

마작은 짝을 맞추는 경기다. 열네 개의 정해진 규칙에 따라 가장 먼저 짝을 맞추는 사람이 승자가 되는 게임이다. 실제로 내가 직접 게임에 참여해본 적은 몇 번 안 된다. 닥터 현 말대로 사교를 못해서 그럴 수도 있지만 우선 나는 패기와 배짱이 없고 상대방이 버린 패들의 연관성을 짐작할 줄도 몰랐으며 더군다나 남의 생각을 꿰뚫어 볼 줄도 몰랐다. 그저 내 손에 들어온 패를 읽기에 급급했고, 어떤 것을 먼저 버려야 할지 선택하지 못한 채 전전긍긍하기 일쑤였다. 모임은 한PD와 구작가, 만년 시간강사라는 수형과 화학을 공부한다는 주원, 나까지 포함해 다섯 명이었다. 그 네 명이 마작을 하는 동안 나는 천천히 차를 마시면서 주로 게임을 관람하는 역할을 했다.

 녹음을 마친 수요일 저녁이면 이제 자연스럽게 한PD의 자동차를 타고 그 모임에 나가게 되었다. 나에게는 역시 마작을 하는 것보다는 그 판을 읽는 편이 훨씬 더 흥미로웠고 거기서 새로운 사실을 발견할 수도 있었다. 닥터 현은 마작이 화투와 비슷하다고 했지만 내 생각에 마작은 책읽기와 비슷한 데가 있었다. 마작을 할 때는 집중해야 하고 사고해야 한다. 그것은 책을 읽을 때도 마찬가지다. 그래야 그 틈에서 발견이라는 것을 할 수 있게 되니까. 마작에서는 전략만 잘 세우면 좋지 않은 패를 가지고도 상대를 이길 수가 있었다. 그리고 승자가 되기 위해서는 패를 우선 잘 버릴 줄 알아야 하는 것이 중요했다. 무엇보다도 내가 좋아한 것은 한꺼번에 패를 섞을 때 나는 그 달그락달그락, 하는 소리였다. 중국말로 마작은 참새라는 뜻이다. 패를 섞을 때, 눈을 지그시 감고 있으면 이른 아침 막 날갯짓을 시작하는 수천 마리 작은 참새

떼들의 경쾌하고 소란스러운 소리가 귓가에 들려오는 것 같았다. 내 귀는 생동감으로 붉게 달아올랐다. 판이 펼쳐지면 나는 새 책을 집어든 것처럼 호기심과 흥분이 생기는 것을 느꼈다.

갑자기 친구들이 생기자 어리둥절해졌다. 나는 여러 사람을 한꺼번에 만나는 데 익숙하지 않다. 어딜 가도 틈만 나면 도망갈 구실을 마련하느라 진땀을 흘리곤 한다. 우선 나는 그녀들의 이름을 신중하게 외워야 했다. 한꺼번에 이렇게 여러 명의 친구가 생긴 적이 없기 때문이다. 이름 옆에 그녀들의 특징적인 형용사를 갖다 붙이자 한결 외우기가 쉬워졌다. 여자1: 쌀쌀맞은, 속을 모르겠는 한PD. 여자2: 수동적인, 충실한 구작가. 여자3: 호기심이 많은, 불안한 수형. 여자4: 탐구적인, 관대한 주원.

"그럼 이시인은 여자 5인가?"

닥터 현이 정말로 궁금하다는 표정으로 물었다. ……나? 여자5에 관한 적당한 형용사가 생각나지 않는다. 여자1, 2, 3, 4를 모두 섞어놓은 게 나 같기도 했고 아닌 것 같기도 했다. 나는 어떤 사람이지? 닥터 현은 슬쩍 내 시선을 피했다. 그 사실을 말해준 사람은 뜻밖에 수형이었다.

이작가는 척 봐도 4번 타입이네.

마작 모임에 나간 지 한 달쯤 지난 후였다. 내가 형용사를 붙여서 친구들을 외운 것처럼 수형은 몇 번 몇 번 타입으로 사람들을 분류하나 보다 생각했다. 패를 만지작거리고 있던 구작가가 저는 9번이래요, 했다. 나는 7번, 주원이 덧붙였다.

4번이 어떤 타입인데?

어, 개인주의자!

수형이 망설이지도 않고 야무지게 말한다.

닥터 현에게 P의 이야기를 했던 날, 사실 나는 P보다는 J에 관해 이야기하고 싶었다. 나에게 상처를 준 사람은 전화를 다시 하지 않았던 P가 아니라 J였으니까. 지난겨울, 엽서 한 장이 날아왔다. 엽서를 보낸 사람이 이 년 전, 어떤 잡지 인터뷰 때문에 만난 적 있는 사진작가 J라는 것을 알아차리는 데 한 이 분쯤 걸렸던 것 같다. 인화한 사진을 전해준다기에 한 번 더 만나 저녁을 함께 먹은 기억이 있다. 엽서를 받은 후로 심야 통화를 두어 번쯤 하게 되었다. J는 우울증 때문에 병원에 다니기 시작했다고 했다. 우울증에 걸리면 본능적으로 주위 사람들에게 신호를 보내게 된다. 이를테면 죽고 싶다, 는 말은 나를 좀 붙잡아줘, 라는 뜻인 것이다. J가 나에게 신호를 보낸 거라고 짐작했다.

나 같은 타입은 남자를 만날 때 특히 신중해야 할 필요가 있다. 왜냐하면 나는 잘생기고 괜찮은 남자에게는 실컷 콧대를 세워 속 태우게 만들다가도 어딘가 아픈 데가 있다고 말하는 남자에겐 속수무책이기 때문이다. 애인이라고 말할 것 같으면 이제껏 딱 두 명 있었는데 두번째 남자하고는 그 남자가 부부 싸움 끝에 부인이 집어던진 욕실용 슬리퍼에 정통으로 맞아 왼쪽 눈두덩이 시퍼렇게 돼서 우리 동네로 나를 찾아온 날 밤 그만 관계를 맺고 말았고 그대로 일 년 반 동안이나 애인으로 지낸 일도 있다.

11월이 시작되던 날 저녁에 J를 만났다. 약 때문에 시도 때도 없이 자꾸만 잠이 쏟아진다고 했다. 기왕 먹기 시작했으면 꾸준히 먹는 게 중요하다고 나는 충고해주었다. 그날 밤 역시 J랑 자버리고 말았다. 그 뒤로 몇 번 전화가 왔다. 한 달 후부터는 아예 전화가 오지 않았고 내 쪽에서 전화를 걸어도 신호만 가다 끊겼다.

오랫동안 나는 J를 이해할 수 없었다. 혹시 자살을 해버린 것은 아닐까, 걱정이 됐다. 화가 치밀기도 했다. 시간이 지날수록 그게 점점 슬픈 기억으로 변해가는 게 이상했지만 말이다. 만약 우연히 다시 만나게 된다면 어쩐지 내가 사과라도 해야 할 것 같은 기분이 들기도 한다. 우울증에 걸린 사람들은 일단 그 증세가 회복되고 나면 자신이 우울증에 걸렸다는 이야기를 털어놓았던 사람들, 신호를 보낸 사람들에게 연락을 일절 끊어버리는 경향이 있다는 사실을 나는 그 뒤에 알게 되었다. 신문에서 J가 첫 개인전을 연다는 단신을 본 것이 지난 2월의 일이다.

그런데 이상한 일이다. 닥터 현은 내 상담 의사인데, 하지 않게 되는 이야기들이 생긴다. J와의 일을 극복한 것이 쉽지 않은 일이었는데도 말이다. 아무튼 시를 쓰지는 못했지만 나는 방송일을 하면서 수입이 약간 생기기도 했고 마작 모임을 통해서 친구들을 만나게 되면서부터 내 상태가 조금씩 나아지고 있는 거라고 스스로 판단했던 것이다. 그래서 J가 그랬던 것처럼, 나는 사라져버렸다. 더 이상 병원에 가지 않았다.

*

물론 나에게는 여전히 문제가 많다. 만약 누군가 나를 지켜본다면 입고 있는 옷 위에다 언제나 내가 서너 겹의 조끼를 더 껴입고 상대방과 마주 앉아 있다는 걸 눈치 챌 수 있을 것이다. 경계심이 많다는 것은 좋게 말하면 신중하다는 뜻이지만 나쁘게 말하면 편협하다는 뜻이다. 특히 대인관계에서는 더욱 그렇다. 고치려고 애써본 적도 있지만 잘되지 않았다. 그래서 나는 단점을 지니고 살아가는 법을 익히는 게 바로 단점을 극복하는 거라는 사고방식을 갖게 되었다. 이런 것도 닥터 현에게는 말하지 않았다. 한PD와 구작가를 따라 마작 모임에 나가기 시작했지만 수형과 주원이라는 여자들과 무람없이 가까워지지는 않았다. 그녀들이 서로 어떤 관계로, 어떻게 모임을 만들게 되었는지도 잘 모른다. 특별히 나를 난처하게 만드는 것은 아니었지만 내가 보기에 조끼를 입고 있는 건 그녀들도 마찬가지였다.

한 사람을 신뢰하게 되는 데 필요한 것은 무엇일까. 나에게는 주로 상대방과의 구체적이며 개별적인 한 일화를 통해서이다. 그리고 그것은 대개 이미지로부터 온다.

한PD와 나, 수형과 주원, 이렇게 넷이서 마작을 두고 있었다. 구작가는 이어폰을 꽂고 소파에 기대앉아 있었다. 우리는 주로 수형의 집에서 모였다. 내 패는 대개 좋지 않았다. 원하는 패가 언제나 있는 것도 아니였으며 때로는 좋은 패를 먼저 버려야 할 때도 있었다. 그러나 나는 역시 무엇을 버리는 것에 대해 큰 어려움을 겪고 있었다.

분별과 요령이 없기는 마작을 둘 때도 마찬가지라니까요.

푸념을 하다 말고 주위를 둘러보았다. 참, 닥터 현은 지금 여기 없지. 머쓱해진 채 찻잔을 집어든다는 것이 그만 들고 있던 잔을 떨어뜨리고 말았다. 찻잔이 테이블에서 떨어지는 시간은 고작해야 0.05초? 길어야 1초를 넘지 않을 것이다. 나는 내 손가락 사이를 빠져나가 바닥으로 막 곤두박질치려는 찻잔을 보았다. 사기로 만들어진 찻잔은 이제 곧 거실 바닥으로 떨어져 수십 개의 파편으로 무참하게 박살이 날 것이었고 버릇처럼 나는 앞으로 일어날 일에 대해 나쁜 예감을 갖게 될 것이었다. 그래서 찻잔이 바닥에 닿기도 전에 이미 나는 우울해지기 시작한 나 자신을 우두커니 바라보고 있었다.

테이블과 바닥, 그 중간쯤 찻잔이 떨어지고 있는 순간, 순식간에 찻잔을 휙 낚아챈 사람이 바로 주원이었다. 마치 수면 위에서 적절한 때를 기다리다가 물고기 한 마리를 낚아챈 것처럼 재빨랐고 정확했으며 손목의 스냅은 유연하기 짝이 없었다. 접혀 있던 부채를 착, 소리 나게 펼치듯 새끼손가락부터 화르르 오므리는 그녀의 손. 눈앞으로 새 한 마리가 스쳐 지나가는, 채 0.05초도 안 되는 사이에 일어난 일을 연속 촬영하듯 나는 하나도 빠짐없이 지켜보고 있었다. 깨지기 일보 직전이었던 찻잔은 주원의 위풍당당한 손바닥, 손가락 사이에 안전하게 걸렸다. 찻잔을 잡았다, 라기보다는 찻잔을 구했다, 라는 표현이 훨씬 더 적절할 것 같았다.

그걸, 어떻게 잡을 수가 있어요?

나는 얼이 쑥 빠진 채 물었다.

실험을 하다 보면 별별 일이 다 일어나거든요.

주원은 웃었다. 그녀 실험실 책상 위에 놓여 있을 투명 비커와 시험관 같은 것들이 떠올랐다. 그러고 보니 게임을 시작한 지 얼마 안 되었다는데도 패를 누구보다도 가장 민첩하게, 가장 빨리 섞는 사람이 그녀라는 게 떠올랐다. 나는 이제 내 손 안으로 들어온 찻잔을 새알처럼 가만히 쥐어보았다. 찻잔은 이제 안전하다. 더 이상 나쁜 예감에 사로잡히지 않아도 된다. 내 맞은편에 앉아 무심한 얼굴로 제 패를 읽고 있는 그녀는 만약 다른 것이 떨어진대도 그 손으로 민첩하게 다 건져

올릴 수 있을 것 같았다. 그것이 내가 주원이라는 여자를 신뢰하게 된 계기였다.

H의 시상식 날이었다. 톡톡한 춘추 코트를 입고 진땀을 흘리면서 나는 사간동을 향해 뛰듯이 걸었다. 청명이 지났는데도 하늘은 여전히 젖빛으로 탁했고 사방에선 흙먼지가 날리고 있었다. 어디 꽃집이라도 없을까? 주위를 두리번거렸다. 시상식은 이제 겨우 십 분 남았다. 서둘러 지하도 계단을 올라갔다.

시상식장 입구로 난 지하도 계단에 한 아주머니가 한데 엉겨 꼬물꼬물거리고 있는 애완용 강아지 같은 것들을 팔고 있는 것이 눈에 들어왔다. 개나 고양이가 아니라 검은색, 흰색, 회색의 실타래처럼 보였다. 한때 H가 고양이 한 마리를 키웠던 적이 있었다는 게 떠올랐다. 상을 받는 사람이 그래도 H인데 빈손으로 갈 수가 없기.

아주머니, 거기 그 하얀색 한 마리 주세요. 귀가 좀 긴, 그놈이요.

나는 강아지가 담긴 플라스틱 박스 손잡이에다 목에 감고 있던 연두색 스카프를 풀러 리본처럼 묶고는 모양을 냈다. 시상식장 입구에 서서 손님들에게 인사를 건네고 있던 H에게 의기양양하게 그 선물을 건넸다.

만약 H가 나의 가장 가까운 친구라고 생각한다면, 나는

H가 왜 그때 기르던 고양이를 포기했었는지도 기억하고 있어야 했다. 설령 그것이 나에게는 중요한 일이 아니라고 해도 말이다. 그러니까 나는 H의, 내게 필요한 부분만 기억하고 있었던 것이다. 내가 4번 타입, 즉 개인주의자라는 수형의 말은 사실일 가능성이 큰 것 같아 보인다.

그날 내가 H에게 선물한 것이 귀가 좀 긴 강아지가 아니라 흰색 토끼였다는 것을 이 주나 지나서야 알게 되었다. 게다가 H에게 동물 알레르기가 있다는 사실 또한. 나는 개인주의자인 데다가 무심하기까지 한 사람일까. 그것도 가장 가까운 친구에게조차 말이다. 그런데,

토끼를 사다니.

한PD에게 전화가 걸려왔다.
시간이 되면 다같이 모여서 병원에 갈까 하구요.
나는 구두 뒷굽이 보도블록 틈에 끼는 바람에 중심을 잃고 휘청 넘어지는 주원을 상상했다. 그때 누군가는 잽싸게 그녀를 잡아주었어야 했는데. 매일 아침이면 학교 실험실에 나가 날렵한 손놀림으로 비커와 유리관들을 다뤄야 할 그녀가 앞으로 한 달 동안이나 깁스를 하고 있어야 한다고 했다. 나는 바닥에 떨어지려는 찻잔을 집어준 그녀의 손을 떠올렸다. 그녀가 팔을 다친 건 역시 나 때문이다. 그 생각이 머릿속에서

떠나질 않았다. 그런데도 고작해야 나는,

한동안 마작은 못 하겠네.

이런 말밖엔 하지 못했다.

수형이 병원에 더 남아 있기로 하고 한PD와 구작가, 나는 밖으로 나왔다. 함께 영화를 보러 갈 마음이 아니어서 독립문에서부터 광화문 쪽으로 혼자 터벅터벅 걷기 시작했다. 내가 좋아하는 루소나 랭보, 키르케고르 같은 많은 예술가들과 철학자들은 걷는 것을 즐기고 좋아했다. 그런데 나는 걷는 것이 왜 좋은지 잘 모르겠다. 아무리 걸어도 대답을 찾을 수가 없는데.

어떤 좋지 않은 일이 생기면 그게 나 때문이라는 생각에서 벗어나기 힘들다. 더 나쁜 일이 생길지도 모른다는 불안감으로 확대된다. 나를 안정시켜줄 만한 것이 필요하다. 프로작은 싫다. 그날 밤, 눈에 띄는 책 중에 가장 무거워 보이는 것으로 골라 그것을 활짝 펼쳐서는 가슴 위에 올려놓고 불을 껐다. 한 시간이 지나갔다. 그동안 많은 일들이 있었다. 어쩔 수 없는 일들도 있긴 했다. 또 한 시간이 지나갔다. 하지만 피할 수 있는 일들도 있었다. 때로는 아무리 무거운 책도 위로가 안 될 때가 있다. 나는 440쪽 양장본에 가로세로 242×176밀리미터나 되는 움베르토 에코의 『미의 역사』를 침대 밖으로 밀쳐버렸다.

가까워지지는 않았지만 수형에게는 배울 점들이 많았다. 마작을 둘 때, 상대방이 버릴 패를 이용해서 내 패를 맞추는 방법이나 이것이다, 하는 패가 들어올 때까지 침착하게 기다리는 태도 같은 것들 말이다. 그리고 수형은 우리에게 왜 에니어그램이 필요한지에 대해서도 가르쳐주었다. 에니어그램이라는 것은 '아홉 개의 점이 있는 그림'을 뜻한다. 고대 수도자들 사이에서 구전되던 에니어그램은, 인간은 아홉 가지 성격 유형으로 분류되며 어떤 사람이라도 그중 하나를 가지고 태어난다는 걸 기본 원리로 삼고 있는 심리학의 한 분야라고 한다. 그 아홉 가지란 것은,

1. 개혁가
2. 돕고자 하는 사람
3. 성취하는 사람
4. 개인주의자
5. 탐구자
6. 충실한 사람
7. 열정적인 사람
8. 도전하는 사람
9. 평화주의자

이다. 수형의 말이 그냥 척 보기만 해도 나는 그중에 4번이라는 것이다. 그렇다면 4번, 개인주의자란 어떤 타입일까.

민감하고 안으로 움츠러드는 유형. 생각이 많고 소심함. 다른 사람들과는 기본적으로 다르다고 생각함으로써 자신의 정체성 유지. 자신에게 특별한 재능과 특별한 결함이 동시에 있다고 여김. 사회적인 기술이 부족하지만 자신의 감정을 이해하는 사람들과는 깊은 관계를 맺기를 바라고 있음. 통찰력이 있기는 하지만 현실적이지 못하기 때문에 생활에서 어려움을 겪음. 자신을 끊임없이 다른 사람과 비교함. 너무 효율적이거나 너무 행복한 것은 옳지 않다고 생각함. 예술적인 작업을 통해 간접적으로 자신의 어두운 감정을 표현함으로써 문제를 해결하려고 함. 만성적이고 장기적인 우울증과 무력감을 갖고 있음.*

인간의 마음은 두뇌의 화학 작용에 커다란 영향을 미친다. 나는 질문했다. 내가 지금 우울하다고 느끼는 것은 인생의 의미를 상실했기 때문일까. 아니면 처음부터 그 의미를 찾지 못해서일까. 나는 갈팡질팡했다. 게다가 나는 또 지금까지 한 번도 느껴보지 못한 어떤 낯선 감정을 느끼고 있었고 그것에 대해 대화할 수 있는 사람이 필요했다. 나는 다시 닥터 현에게 갔다. 왜냐하면 나는 스스로의 상처를 치유하려고 끊임없이 노력하는, 4번이기 때문이다.

---

* 돈 리처드 리소·러스 허드슨, 『에니어그램의 지혜』, 한문화, 2000.

*

"저는 사실 다리가 짝짝이예요."

"보기엔 괜찮은데요."

"구두 점원 말로는 왼쪽 종아리가 1.5센티나 짧대요."

"걸을 때 절뚝거리진 않죠?"

"그럼요, 겨우 1.5센티인데요."

"또 있어요?"

"남들 앞에서 입을 벌리고 밥 먹는 게 어려워요."

"그럼 햄버거 같은 건 절대로 못 먹겠네."

"샌드위치도요."

"또요?"

"이젠 더 이상 젊지도 않아요."

"또요?"

"E한테 아직 화가 나요."

"E가 누굽니까?"

"첫번째 남자친구요."

"남자관계가 꽤 복잡하군."

"겨우 두 명 갖고 뭘 그러세요."

"또요?"

"시가 안 써지면요, 뺨을 때려요."

"그러면 좀 낫습니까?"

"그럴 리가요, 선생님."

"또 해봐요."

"뭐를요?"

"나한테 아직 안 한 말."

"……"

"나를 할아버지나 할머니로 생각해봐요."

"선생님을요? 왜요?"

"노인들한텐 지혜 같은 게 있잖아요."

"그러고 보니 늘 나이 든 사람하고 얘기하는 게 편했던 것 같아요."

"거봐요."

"이 년 전인데요, 토끼를 치어 죽인 적이 있어요."

"쩨쩨하게 왜 그래요? 뭐 토끼를 죽이기도 하고 돼지를 죽이기도 하고 그러면서 사는 거지."

"무주로 넘어가던 국도였는데요, 한밤중이었어요."

"치고 그냥 지나갔어요?"

"아뇨, 차를 세웠어요."

"난 사슴 한 마릴 치고 지나간 적도 있는데요 뭐."

"그걸 먹지는 않았죠?"

"에이."

"차에 치였는데, 토끼가 정말 깨끗하게 죽었더라구요."

"그래서요?"

"요릴 했어요."

"죽은 토끼로?"

"네. 엄마랑 저랑 신경통을 앓고 있었거든요."

"먹었어요?"

"고추장이랑 대파랑 감자를 넣고 푹푹 전골을 끓여서요."

"그래, 신경통에 효과가 좀 있었습니까?"

"일 년 전에 엄마가 돌아가셨어요."

"토끼 때문이라."

"그 후에 좋지 않은 일들이 연달아 일어났어요. 시도 못 쓰고. 사람들이 죽고 다치고."

"그래서, 지금 가장 두려운 게 토낍니까?"

"그때 그 죽은 토끼를 자동차에 실을 때, 칡잎 뒤에 또 한 마리 토끼가 숨어서 줄곧 제 쪽을 쳐다보고 있었어요. 그 빨간 눈으로요. 그 빨간 눈이, 저를 계속 따라다니는 것 같아요."

"그 눈이, 정말 토끼 눈이라고 생각해요?"

"……?"

"H한테 선물로 토끼를 사줬다면서요?"

"강아진 줄 알았어요."

"아니죠?"

"……네."

"토낀 줄 알면서 그럼 이작가가 왜 그 토끼를 샀는지 알겠어요?"

마흔에 대한 추측 235

"선생님은 아세요?"

"그러지 말고 좀 열어봐요, 이작가."

"뭘요?"

"자신을요."

"……"

"이작가가 두려워하는 게 그 토끼는 아닐 겁니다."

"그럼 뭘까요 선생님?"

"정말 우린 서로 늘 질문만 하는 거 같군."

"그런데 제가 왜 토끼를 산 걸까요, 선생님?"

그날 닥터 현은 그동안 나에게 한 번도 하지 않았던 자신의 이야기를 들려주었다. 심리학을 전공하게 된 것은 타인에 대한 두려움이 계기가 되었다고 했다. 게다가 활자에 대한 심각한 두려움이 있어서 아직도 혼자가 아니고서는 책을 읽거나 신문을 볼 수가 없다고 말했다. 그런 결함을 갖고 있는 사람이 닥터라는 것이 신기해서 나는 열기를 잃은 노란빛의 태양이 서서히 지는 창문을 등지고 앉은 그를 말끄러미 쳐다보았다. 그런데 그는 왜 나한테 이런 이야기를 하는 것일까. 그 역시 오늘은 나를 할머니쯤으로 생각했는지도 모르겠다. 지혜가 있다면 나눠주고 싶지만 지금은 그럴 여유가 없다. 내가 왜 토끼를 샀는지에 대해 생각하는 것만으로도 벅차니까.

닥터 현은 우리가 줄곧 두려움을 갖고 행동하면 그 두려움이 현실이 되는 법이라고 말했다. 내가 줄곧 토끼를 갖고 행동했기 때문에 토끼가 현실이 되었다는 이야기였다. 그 결론은 닥터 현의 개인적 경험에서 나온 것일까. 그리고 그는, 토끼는 내 두려움의 원인이 아니며 거기에는 또 다른 두 가지 두려움의 원인이 숨어 있다고 말했다.

"그게 뭔데요?"
"다음 시간에 얘기합시다. 그리고 참, 다음 상담 시간이 마지막이 될 것 같군요."
"……왜요, 선생님?"
"그동안 상담자가 이작가밖에 없었거든."

나는 게임에 몰입했다. 운과 기술의 묘가 적절하게 섞여 있기 때문에 처음 시작하는 사람도 고수를 이길 수 있다는 게 마작의 아이러니라고 했다. 나는 한 번도 상대를 이겨본 적이 없었다. 한 번쯤, 상대를 이겨보고 싶었다. 패를 잡고 있으면 사방에서 쉬지 않고 바람이 불었다. 나는 흔들리지 않는 마음, 자신감으로 꽉 찬 마음을 가지려고 노력했다. 만약 이런 나를 닥터 현이 본다면 쩨쩨하게 겨우 마작 갖고 그러네, 비아냥거렸을 것이다. 그런데도 어쩌다 좋은 패가 들어오면 눈치도 없이 왔다 왔어! 라고 그가 내 옆에서 소리치는 것 같았다.

신뢰가 생기자마자 닥터 현과는 헤어지게 생겼다. 나는 그와의 상담을 통해서 내 문제를 극복했거나 해결했다고는 생각하지 않는다. 그는 좋은 의사가 아니었을지도 모르며 나 역시 마찬가지였을지도 모른다. 한 이야기보다는 하지 않은 이야기들이 훨씬 더 많았으니까. 그러나 그와의 상담을 통해서 나는 나한테 일어난 한 가지 변화에 주목했다. 그것은 내가 다른 사람의 말을 귀담아듣기 시작했다는 것이다. 개인주의자답게, 나는 언제나 내가 가진 문제가 가장 중요했으며 타인의 이야기를 듣기보다는 내 이야기를 하는 것, 누군가 내 이야기를 듣고 있는 상태를 훨씬 더 익숙하게 여겨왔었다. 닥터 현과 이야기를 나누는 동안 나는 내가 그런 사람이었다는 걸 깨닫게 된 것이다. 귀를 열자, 이야기가 들렸다. 세상에는 아주 많은 이야기들이 있었고 그것은 생각보다 가까이 있었다.

 H에게 전화가 걸려왔다. 내가 선물로 토끼를 건넸을 때처럼 머뭇거리는 목소리로 더 이상은 토끼를 기를 수 없을 것 같다고 했다. 자고 일어나 보니 토끼가 H의 소설책 모서리를 다 갉아 먹어버렸다는 것이었다. 그 많은 책들 중에서 하필이면 바로 H의 책을 말이다. 게다가 알레르기도 있어서⋯⋯ H는 미안해했다. 나는 웃을 수도 울 수도 없어서 어어어, 하고만 있었다. 토끼도 배가 고프면 책을 먹나 봐. H는 웃으려고 했다. 내가 아는 H는 소심한 데다가 대단한 운명론자이기까지 하다. 그런 H가 토끼가 갉아 먹은 자신의 책을 보며 무슨 생각을 했을까. 게다가 오랫동안 글을 못 쓰고 있기는 H도

마찬가지인데. 나는 H에게 나 때문이야, 라고 말하려고 했다. 닥터 현은 나에게 분석적이고 명상적이며 생각이 많다고 했다. 그것은 나의 장점이며 내가 아직 모르고 있는 나 자신의 일부라고 지적해주었다. 나 때문이야라고 말하는 대신, 나는 고개를 갸우뚱거리며 이런 질문을 던졌다.

나는 무엇을 피하고 싶은가?

*

수요일 저녁 모임은 여전히 지속되었다. 석 달 전과 달라진 것이 있다면 패를 잡고 있어도 이제는 누구도 표정을 숨기지 않는다는 것이다. 수형은 날이 갈수록 게임이 재미가 없어진다고 투덜거렸다. 마작을 두는 시간보다 패를 잡은 채 그저 이야기를 나누게 되는 시간이 훨씬 길어졌다. 아이가 죽고 나자 벽에 손바닥 자국만 남았다는 이야기를 할 때의 한PD는 배의 어딘가 한쪽이 단단하게 당기는 듯한 표정을 하고 있다. 십 년 전 죽은 아이가 가장 좋아했던 만화 캐릭터가 미키마우스였을까. 한때 같이 일했던, 지금은 죽고 없는 한 아나운서의 라디오 방송을 MP3로 다운받아 듣고 있다는 말을 할 때 구작가 또한 비슷한 표정을 짓고 있었다. 그녀들의 이야기를 들을 때마다 나는 화장실을 들락거리거나 찻물을 다시 덥

힌다며 수선스럽게 몸을 움직였다. 그러고는 누군가 이야기를 마치면 누구한테나 토끼 같은 이야기가 있는 거로군, 하고 말해 모두를 알쏭달쏭하게 만들기 일쑤였다.

구작가가 MBC 신인방송작가 공모에 당선되었다는 소식을 듣던 날, 축하 파티를 하기 위해 모두 다시 수형의 집으로 모였다.

9번에서 8번으로 바뀌는 순간이야!

수형은 구작가에게 그런 말로 축하 인사를 하여 사람들을 웃겼다. 그러니까 '평화주의자'가 '도전하는 사람'으로 바뀌는 순간이라는 이야기였다. 그러나 나는 구작가가 어쩐지 도전하는 사람보다는 평화주의자인 채로 남아 있는 게 더 어울릴지도 모른다는 생각이 들었다. 그녀가 아직도 귀에 이어폰을 꽂고 있는 것을 볼 때면 더욱더 말이다. 그날 처음으로 나는 수형의 침실에 들어가보게 되었다. 한쪽 벽에는 커다랗고 동그란 원이 그려져 있었다. 그게 바로 아홉 개의 점으로 이루어진 에니어그램이라고 수형은 말했다. 나는 그 그림을 자세히 들여다보았다. 아홉 개의 점으로 구분되어 있기는 했지만 그 아홉 개의 점들은 분명히 한 개의 원 속에 모두 포함되어 있었다. 아홉 사람이 둥글게 모여 서로 양손을 잡고 있는 것처럼, 4번 옆에는 3번과 5번이, 9번 옆에는 1번과 8번이 있었다. 그러니까 우린 모두 한 개의 원 속에 포함되어 있는 거로군. 수형이 얼굴을 찡그린 채 고개를 끄덕였다.

자신에게 문제가 있다는 걸 깨달은 사람들이 할 수 있는 여러 가지 일들이 있다. M은 종교를 가졌으며 Y는 먼 데로 떠났고 나는 닥터에게 갔으며 수형은 에니어그램에 빠졌다. 나는 고개를 끄덕였다. 그 모든 것은 나를 알아가는 과정, 즉 자기 발견의 과정일 테니까.

내 나이에 다른 사람들은 뭘 하고 있을까?

나는 밤늦도록 마작을 두었다. 패를 읽거나 패를 숨기는 것은 여전히 잘하지 못했지만 마작을 하고 있는 이 순간, 내 손에 쥐고 있는 이 패가 지금 이 순간으로서는 가장 현실적이며 가장 난처하기도 하고 가장 힘들고 그리고 가장 중요하다는 사실을 알아차렸다. 지나간 패에 미련이 남아 뒤돌아보는 순간, 지금 내가 갖고 있는 것을 잃어버리게 될지도 모른다. 만약 내가 이 순간을 즐기고 싶다면 지금 내 앞에서 일어나는 일들을 정확하게 파악하고 이해하려는 노력이 중요하지 않을까. 그날 밤, 나는 이제 더 이상 마작을 두지 않게 될지도 모른다는 느낌이 들었다. 바로 마작의 즐거움을 깨닫는 그 순간에 말이다. 테이블을 치운 수형의 거실 바닥에 흩어져서 모두 잠이 들었다. 잠결에 문득 무거운 책 하나가 가슴에 올려져 있는 것 같아 눈을 떠보았다. 주원이 아직 깁스를 풀지 않은 오른팔을 내 가슴에 척 올려놓고 잠들어 있었다. 나는 힘을 빼고 주원의 오른팔에 몸을 맡겨보았다.

내가 무의식적으로 기다리고 있는 사람.

닥터 현은 그 사람은 바로 내 감정의 혼란을 처리해줄 수 있는 사람이며 그래서 내가 만나는 대부분의 사람들이 나이가 많은 연장자들이라는 것이다. 그러나 나는 그 사람들에게 부모 역할이나 내 문제를 해결해달라고 요구해서는 안 된다는 것이다. 내가 언제나 대인관계에 어려움을 겪는 이유는 그들도 바로 문제를 갖고 있다는 사실을 내가 명심하지 않는 부주의한 마음 때문이라고 진단했다.

누군가 코를 고는 소리가 나직하게 들려왔다. 이건 너무 무겁군그래. 나는 주원의 팔을 슬쩍 밀어내며 픽 웃었다.

닥터 현이 말한 두 가지 두려움은 첫째 타인들이 나를 어떻게 평가할까에 대한 두려움이며 둘째는 내가 아무것도 아닌 사람이 되는 것에 대한 두려움이었다. 그 두려움들이 바로 나를 최상의 상태에서 글 쓰는 것, 나만의 방식으로 글 쓰는 것과 내가 나인 채로 존재하는 것을 방해하는 가장 큰 요소라고 지적하였다. 만성적인 우울과 장기적인 무력감, 그리고 다른 사람과 멀리 떨어져 있으려고 하는 행동도 바로 이런 이유 때문이었다. 닥터 현이 나에게 내려준 처방은 긍정적인 일과표를 만들어보라는 것이었으며 어느 날 불쑥 영감이 떠오르기를 기다리지 말고 잘 안 되더라도 다시 글쓰기를 시도해보라는 것이었다. 세상과 잘 연결되어 있을 때 영감은 더 잘 떠오를 것이라는 게 닥터 현의 판단이었다. 그런 판단을 나는 닥터 현이 내 친구인 H에게도 해주었을지 궁금하다.

내가 가진 두 가지 문제점을 닥터 현이 지적해주고 나자 서로 더는 할 말이 없는 것처럼 느껴졌다. 그러나 나는 새로운 불안감이 나에게 서서히 다가오는 것을 느꼈다. 상담이 끝나는 것을 알리는 정각 여섯 시 시계 소리가 들렸을 때, 나는 그 낯선 불안감이 용기를 주듯 내 앞에 딱 버티고 있는 것을 느꼈다. 나는 내가 할 수 있는 일에 대해 생각했다. 그리고 이렇게 이야기를 시작했다.

"자루를 짊어지고 있다면, 홀가분해질 수 있는 방법을 찾아야죠, 선생님."

"무슨 말이에요, 이작가?"

"왜 이 일을 그만두시려고 하는데요?"

"뭐, 설명하기가 쉽진 않군요."

"저는 삼 개월 동안이나 그 설명하기 쉽지 않은 얘기들을 했어요."

이젠 선생님 차례예요.

"권태스러운가요?"

"조금은."

"불안하기도 하죠?"

"뭐, 조금은."

"위기에 빠진 느낌이 들 때가 있죠?"

"상담자로서 내가 적절한 사람인가, 생각하고 있다고 할까, 꽤 오랫동안."

"버려야 할 패. 제가 이런 것에 대해 생각하고 있다면요?"

"글쎄, 난 마작 같은 건 못 둔다니까."

"토끼 말예요. 앞으로 나아가기 위해선 버려야 할 패가 있는 거라구요."

"이젠 더 이상 토끼 핑계는 안 댈 것 같군."

"제가 어떻게 이런 생각을 할 수 있었을까요?"

"……?"

"제가 왜 여기 다시 오게 된 줄 아세요 선생님?"

"변덕스러우니까 그렇지."

"제가 위기에 빠졌다고 생각했었잖아요."

"벌써 오래된 일처럼 말하는군."

"아직 일어나지도 않은 일과 미래에 대한 불안감 때문에 말이에요."

"그랬죠."

"그런데 위기에 빠졌다고 느낀 순간, 무력감과 권태가 슬그머니 사라지는 걸 느꼈어요."

"흠, 어째서요?"

"저 자신한테 질문을 했죠."

"어떤?"

"그렇다면 나의 무력감과 권태는 목적의식이 사라져버렸기 때문에 온 것일까?"

"아무튼 작가들이란."

"아이러니컬하게도 위기에 빠지자 나를 보존하고 나를 지켜야겠다는 절박함을 다시 느끼게 된 거예요."

"그러니까 그게 이작가의 새로운 목적의식이 됐다는 말이로군."

"그렇죠."

"……"

"선생님이 가진 무력감과 권태는,"

"목적이 사라졌기 때문인가?"

"그게 사라졌다면 이젠 자신에게 위기 같은 거 느끼시겠네요?"

"좀 쉴까 해서. 이작가 치료도 거의 끝난 것 같고."

"그렇다면 이제 위기에 빠진 자신을 지켜야겠다는 생각이 들겠네요?"

"글쎄."

"그런 걸 우리가 시장 같은 데 가서 살 수는 없는 거겠죠?"

"그거 내가 이작가한테 한 말 같은데."

"잘 기억하고 계시면서."

자세히 보면 내 코는 살짝 휘었다. 첫번째 애인이었던 E와 사랑이라는 것을 할 때, 그가 어느 날 나를 너무 세게 껴안는 바람에 코뼈가 어긋나버리고 말았다. 그때는 아픈 줄도 몰랐다. 코뼈가 어긋나게 꽉 껴안던 그런 사랑도 결국에는 끝나버리고 말았다. 그런데도 나는 지금 망설여진다. 나에게는 아직 닥터가 필요한 걸까 아니면 한 남자가 필요한 걸까. 나는 타협적인 어조로 말을 돌렸다.

"토끼, 잘 크고 있어요?"

"H가 그래요? 그 녀석. 말하지 말라고 했더니."

"H한테 전화했더니, 오빠가 벌써 갖고 가버렸어! 라던걸요."

"뭐, 집에 갉아 먹을 책 같은 것도 없으니까."

어떤 대답을 얻었는가는 어떤 질문을 했는가에 따라 달려 있다고 했다. 닥터 현에게 보다 신중하게 질문해야 할 필요가 있었다. 망설이다가 나는 이렇게 질문했다.

"앞으로 저는 어떤 사람을 만나야 할까요?"

닥터 현의 대답은 간결했다.

나를 정확하고 정직하게 비춰줄 수 있는 사람. 내가 보지 못하는 부분에 대해서 우정을 갖고 직설적으로 말해줄 수 있는 사람.

그 사람은 누굴까?

볼펜을 쥐고 있는 닥터 현의 두꺼운 손을 나는 마치 지금부터 내가 새로 읽어야 할 새 책처럼 쳐다보았다. 나는 내가 이제 실존주의자라는 것에 동의한다. 개인적인 자유, 의미 있는 삶, 책임을 강조하는 삶. 역시 나는 그런 것에 관심이 많기 때문이다. 그러나 그 문제에 대면하는 일은 언제나 불안을 야기하며 그 장애를 인식하는 것이 중요하다. 만약 내가 올바른 실존주의자가 된다면 내 목적은 그 일을 실천하는 데 있을 것이다. 그리고 그 목적은 닥터 현의 말처럼 외부의 힘으로 만들어지는 것은 아닐 것이다. 나는, 결코 사라지지 않는 꿈에 대해 생각했다. 또한 내 질문이 이렇게 바뀌었다는 사실을 알아차렸다.

나는 무엇을 얻고 싶은가.

마흔이 되면 내가 어떻게 달라질지 궁금하다. 여전히 글이 안 써진다고 투덜거릴 것이고 내가 아무것도 아닌 존재가 되는 것에 대한 불안감을 떨치지 못할 것이며 어딜 가서는 마작을 둘 때 그랬던 것처럼 행운이 오는 좋은 자리, 이를테면 남쪽과 동쪽, 굴뚝이 있는 쪽, 겨울에는 따뜻한 불이 있는 쪽으로 기웃기웃 눈치 보면서 먼저 앉으려고 애쓰고 있을 것이다. 나는 크게 달라지지 않을 것이다. 그러나 한 가지 분명한 것은 어떤 일이 나에게 세게 부딪쳐 왔을 때 적어도 그것이 토끼 때문이라는 생각은 더 이상 하지 않게 될 것 같다. 좀더 유연해진다면 좋겠다. 내가 갖고 있는 신념이란 게 고착되어 있다면 스스로를 새롭게 발전시켜나갈 수 없을 테니까 말이다. 추구하고 부딪쳐봐. 나는 잠깐 망설인다. 지금 내가 느낀 이 새로운 불안감을 닥터 현한테 말해도 될까. 그것은 어쩌면 이제 다시 닥터 현을 만나지 못하게 될지도 모른다는 데서 오는 불안감이라는 걸.

지금 말해도 될까?

달걀

비행기를 탄 지 일곱 시간쯤 지나면 창문을 깨고 뛰어내리고 싶은 충동에 휩싸인다. 손톱만 한 크기도 못 되는 육각형의 벌집 속에 몸을 웅크린 채 고개를 쑤셔박고 있는 느낌이다. 중앙아시아 상공을 지나면서부터는 애써 뭔가를 읽는 것도 알코올의 힘을 빌려 잠을 청해보려는 노력도 모두 포기하고 말았다. 그러자 지금부터 내가 가장 집중해야 할 일은 바로 이 비행기 창문을 깨부수고 뛰어내리는 일처럼 느껴지기 시작했다. 생각하고 말 것도 없이 물론 이것은 불가능할 것이다. 비행기 창문을 깨는 일보다는 바로 그 불가능하다는 사실을 확인하는 것에 더 매달리고 싶은지도 모르겠다. 아무튼 지금 나에게는 몰입할 어떤 것이 필요하다. 헤어진 여자들, 그리고 불과 열흘 전에 새로 만난 여자. 나는 내가 여자들에 관해 쓰게 될까 봐 두렵다. 그러다가 결국엔 이모 이야기를 하게 될까 봐. ……가비. 지금은 그녀 생각만 하기로 하자.

창문의 크기는 가로세로 한 뼘을 약간 넘었다. 고작 이 정도라면 깨지 못할 것도 없다. 게다가 이건 유리로 만들어진 것도 아니고 아크릴판이다. 손톱 끝으로 툭툭 창문을 두드려보았다. 불가능해 보였던 일이 뜻밖에 쉽게 풀리는 듯해 보일 때가 있다. 그러나 나는 곧 입을 다물어버리고 말았다. 창문의 모서리가 모두 둥글다. 둥글다는 것, 그것은 곧 내가 이 창문을 결코 깰 수 없을 거라는 뼈아픈 실패의 기록을 간직한 저 창문의 의지이기도 한 셈이다.

1950년대 초에 영국에서 세계 최초로 제트 여객기를 개발한 적이 있다. 계속 잘 운행되던 비행기가 몇 년 뒤부터 추락하기 시작했는데 그 이유는 바로 버스 창문처럼 각지고 네모난 비행기 창문의 모양과 크기 때문으로 밝혀졌다. 각이 진 부분으로 동체에 작용하는 엄청난 힘이 집중되어 수년 동안 금이 가듯 서서히 틈이 벌어지다가 한순간에 퍽, 터져버리고 말았던 것이다. 높은 고도와 압력으로부터 오는 모든 힘에 골고루 균형을 갖춰 대응하기 위해서 그 후로 모든 비행기의 창문은 둥글게 디자인되었다. 설령 비행기 창문이 사각형으로 만들어져 있어도 나는 이것을 깨지는 못할 것이다. 하늘을 날기 위해서는 비행 중에 새나 다른 어떤 물질이 와서 부딪혀도

깨지지 않을 만큼의 강도를 가져야 할 테니까 말이다. 비행기 창문에서 손바닥을 떼어냈다. 창문은 이미 직경 삼 밀리미터의 얼음덩어리를 공기총에 장전하여 쏘아 올린 강도의 시험을 거쳤다. 객실 창문보다 더욱 강력한 충격에 견뎌야 하는 조종실 창문 역시 이 킬로그램 정도 나가는 죽은 닭을 압축 대포로 쏘아서 유리의 강도를 측정하였을 것이다. 앞으로 다섯 시간을 더 날아 인천공항에 착륙할 때까지 나는 어떻게 해도 여기서는 빠져나갈 수 없을 것 같다. 나는 담요를 눈썹까지 푹 뒤집어쓰곤 속으로 쓰게 웃었다. 삼백 톤도 훨씬 넘는 이 거대한 무게의 비행기가 고작 이 킬로그램도 채 안 나가는 새들 앞에서는 벌벌 떨 수밖에 없으니 말이다. ……그런데 닭이라니, 이런이런.

여자들에 관해서는 그만 생각하자.
가비, 그녀의 이름이다.

수년 전에 한 여자와 꽤 오랫동안 교제라는 걸 한 적이 있다. 시간이 아무리 오래 흘러도 그 여자를 잊을 수는 없을 것 같다. 왜냐하면 뭐든지 꼭 세 번씩은 되풀이해서 말하는 여자였으니까. 이를테면 배고프다는 말도 언제나 나 배고파요, 배고파요 배고파요, 조르듯이 세 번씩 말했다. 샹송을 잘 부르던, 목소리가 퍽 매력적인 여자였지만 사실 그럴 때의 목소리를 듣기 좋았다고는 지금도 말하기 어렵다. 그러나 그녀가 사랑을 고백하던 첫 순간에 나는 몸이 떨릴 정도로 흥분했다. 사랑한다는 말도 그녀는 세 번, 당신을 사랑하게 되었어요 당신을 사랑하게 됐어요 당신을, 사랑해요, 라고 했으니까 말이다. 눈물이 찔끔 날 것만 같았다. 혼자서 오래 공을 들인 여자였다. 제작 2팀 박PD가 부친상을 당했을 때 그녀가 운전하는 자동차를 타고 수원병원 영안실에 간 적이 있었다. 삼십 분만 기다려줄 거예요, 삼십 분, 진짜 삼십 분만이라구요, 그녀는 못 박았다. 문상을 하고 바로 나올 작정이었으나 얼떨결에 소주까지 한 잔 받아 마시게 되었다. 그날 그녀를 한 시간이나 기다리게 만들고 말았다. 한마디도 하지 않은 채 그녀는 거칠게 운전을 했다. 나는 차창 밖으로 고개를 돌린 채 딴생각에 빠져 있었다. 결국 그녀가 가로수를 들이받는 사고를 내고 말았다. 이제 더는 안 되겠어. 찢어진 이마를 손바닥으로 누르며 그녀가 돌연히 말했다. 어쩐 일인지 그 말만은 딱 한 번만 했다. 그날 밤 자동차 안에서 내가 떠올리고 있었던 건 언젠가 나를 세 시간이나 기다려준 사람도 바로 그녀였다는 것이다. 그게 불과 일 년 전의 일이었다.

어떤 여자와 헤어지게 돼도 그건 모두 다 내 책임이라는 생각이 든다. 이상한 것은 내 의지로 한 여자를 떠난 경우에도 시간이 흐르고 나면 결국은 내가 버려진 거라는 쓸쓸함을 떨쳐버릴 수 없게 된다는 것이다. 지금 갑자기 뭐든 세 번씩 말하곤 했던 그 여자를 떠올리게 된 것은 그것이 가장 최근에 있었던 나의 연애 기록이기 때문이다. 아무리 많은 것을 주어도 여자들은 언제나 더 많은 것을 요구했다. 그들은 해준 것이 너무나 많은 사람에 대한 두려움을 알지 못하는 것처럼 보였다. 그리고 떠날 때 여자들은 이렇게 말하곤 했다. 어떻게 나한테 이럴 수가 있어요?

체크아웃을 마치고 호텔 정문 앞으로 나갔을 때 눈에 익은 흰색 밴이 주차되어 있었다. 아침 일찍 떠난 줄 알았던 가비가 운전석에 앉아 있었다. 출국 수속을 마치고 스타디움처럼 타원형으로 생긴 테겔 공항을 한 바퀴 돌고도 시간이 남아 하는 수 없다는 얼굴로 나는 기웃기웃 카페를 찾아 들어갔다. 가비가 과일주스와 콜라를 주문했다. 열흘. 나는 가비 뒤에 서서 날짜를 헤아려보았다. 날마다 빵과 맥주를 마셨고 때 아닌 감기를 앓기도 했으며 비가 내리는 날에는 그 거리에서 가장 크고 검은 우산을 사 쓰곤 오랫동안 걸어 다녔다. 그리고 가비가 있었다. 딱 열흘. 이걸로 끝이야. 나는 단숨에 주스를 들이켰다. 그녀와 보냈던 이백사십 시간을 꿀꺽 목구멍 깊숙이 삼켜버리려고 했다. "또 언제 올 거지?" 나는 이를 악물고 못 들은 척했다. "흠, 다시 오게 될걸." 조금도 웃지 않고 가비는 말했다. 우리가 처음 만나던 순간에도 그녀는 나에 관한 것이라면 모두 단도직입적으로, 의기양양하게 말했다. 그녀와 헤어지고서야 든 생각이지만 그럴 때의 가비는 흐름이 수없이 바뀌는 굴곡을 모두 지나 곧 바다를 만나는 지점에 이른 강물처럼 힘차고 확신에 차 보였다.

내 손바닥으로 작고 동글동글하게 생긴 것을 가비가 조심스럽게 내려놓았다. "이게, 뭐지?" 나는 채도가 다른 갖가지 푸른색으로 칠해진 그것을 재빨리 테이블 위로 내려놓았다. "달걀이잖아." 일 분쯤 망설였다가 잔뜩 주눅 든 목소리로 말했다. "난, 이런 것은 먹지 못해." 나는 비참해지는 것을 느꼈다. 나에 대해 언제나 가비가 그러했듯 이번에도 역시 당신은 언젠가 달걀을 먹을 수 있게 될 거야, 라고 예언해주기를 기다렸다. "부활절이니까." 가비가 말했다. 그녀가 담배 한 대를 다 피우는 것을 지켜보고 있다가 비행기 티켓을 들고 자리에서 일어났다. 내 주머니 속으로 가비가 그 파란색 달걀을 불시에 쑥 집어넣었다. 무슨 돌덩이라도 짊어진 사람처럼 나는 휘청거리기 시작했다.

*

이모의 이름을 밝히는 것은 좋은 생각 같지는 않다. 그녀는 한때 이름을 날린 적이 있는 유명한 탁구선수였기 때문이다. 이모를 존중해야 할 의무가 나에게는 있다. 1973년인가 한국이 아시아 탁구기구에서 고립된 적이 있었다. 우리나라가 가입한 아시아탁구연맹이 국제탁구연맹으로부터 인정을 받지 못해 해체 위기에 놓이게 되었기 때문이다. 탁구 치는 것 이외에 다른 살 궁리를 한 적이 없던 이모로서는 인생 최고의 위기를 맞은 것 같던 시절이었다고 한다. 왜냐하면 그때만 해도 이모는 그 이후에 벌어질, 이모 인생을 뒤바꾸어놓을 만한 사건에 대해서는 전혀 알 수가 없었으니까 말이다. 이모는 곧 다시 탁구를 칠 수 있게 되었다. 그해 4월에 이모는 제32회 유고 사라예보 세계탁구선수권대회에서 이에리사, 박미라 같은 선수와 출전하여 여자단체 세계 제패라는 신기록을 세웠다. 바운드의 정점을 포착하여 전력으로 결정타를 쏘아 올리던, 주먹을 불끈 쥔 이모의 사진도 아마 그 대회 때의 어느 한 장면이었을 것이다. 그것이 이모의 마지막 시합이 되고 말았다. 내 의지도 이모 자신의 의지도 아니었다. 그때 만약 내가 무언가를 결정할 수 있는 의식이 있었다면 나는 기꺼이 혼자 사는 삶을 선택했을 것이다. 나는 겨우 더듬거리며 사자를 '따자'로 펭귄을 '뱅긴'으로 발음하던 두 돌밖에 되지 않은 어린아이였다. 이모는 선수로서 갑자기 은퇴하기에는 미련이 남을 스물일곱 살이었다. 한순간에 우리는 이 세상에 단둘만 남겨지게 되었다. 그런 일들이 우리에게도 일어났다. 부모가 어떻게 죽게 될 것인가, 단 한 번도 그런 상상을 해볼 틈도 없이 말이다.

담요를 깐 라면박스에 나를 담아 바퀴가 달린 밀차에 올려놓고 이모는 새벽이면 생선을 떼러 수산시장으로 갔다. 나는 덜커거리는 밀차 위의 라면박스 안에서 잠을 자고 우유를 먹고 이모가 큰 소리로 들려주는 동화를 듣고 눈에 띄지 않게 살금살금 성장했다. 무심코 발을 쭉 뻗으면 라면박스가 찢어졌기 때문에 하루 종일 몸을 알처럼 둥글게 말고 있었다. 키가 작은 편은 아니었지만 유난히 손발 놀림이 빠르고 몸이 유연한 나를 이모는 클라이머로 만들고 싶어 했다. 아직 스포츠 선수에 대한 미련을 버리지 못한 모양이었다. 그 다음에 이모는 나를 피아니스트로 키우고 싶어 했다. 어림도 없어요, 이모. 나는 피아노 건반 위에서 자꾸만 힘없이 미끄러지는 손가락 끝을 내려다보며 자포자기하고 있었다. 이모는 내 손가락에 밴드를 둘둘 감아주었다. 이번에는 이모도 쉽게 포기하지 않았다. 방바닥에 놋그릇을 엎어놓고 손끝으로만 그릇을 잡아 올리게 하는 훈련을 시켰다. 그래야 손끝의 힘이 길러진다는 것이었다. 나는 무거운 놋그릇을 번번이 떨어뜨리기 일쑤였다.

이모의 꿈은 이루어지지 않았다. 그러나 이모는 나를 위해 삼만 번도 넘게 밥을 지었고 기도했으며 밤에는 울었다. 지금도 길을 가다가 벽에 구멍이 나 있으면 손가락이라도 집어넣고 살짝 매달려보는 것은 아마 그 시절의 영향 때문일 거다. 이따금 후회가 들 때도 있다. 나는 어디든 잘 매달리는 그런 사람이 될 수도 있었는데 말이다.

 사람은 무엇으로 이루어졌을까. 누군가를 만날 때마다 해독하기 어려운, 끊임없이 결합하고 떠다니면서 다른 구름에 붙었다가 또다시 흩어지곤 하는 변화무쌍한 구름들을 보고 있는 것 같은 착각이 든다. 나로 말할 것 같으면 아주 어렸을 적부터 이모의 눈물과 기원으로 만들어진 사람이었던 것이다. 그러므로 순종하지 않는 삶이라는 건 애초부터 나에게는 불가능한 것이었다.

 짧은 고수머리와 길고 가는 허리와 맨발의 군청색 스니커와 웃는 눈과 꼭 다문 입술과 검은 손톱과 말보로 레드와 서툰 모국어와 그리고 밤의 마리화나로 이루어진 사람. 지금 여기에 있는 것은 내가 본 가비에 불과할 뿐이다. 내가 알고 있는 가비. 나는 그녀에 관해 고작 이렇게만 이야기해서는 안 될 것 같다. 그녀를 이해할 수 있는, 아직 내가 발견하지 못한 가장 정교한 눈금을 찾아야 할지도 몰랐다. 마음을 단단히 먹고 나는 주머니 속으로 손을 밀어 넣어보았다. 둥글고 매끈한 것이 손바닥 안에 착 감긴다.

 오직 한 가지에만 집착하는 실어증 증세가 있는 한 여자가 자신이 사랑하는 남자의 밥상을 온통 달걀 요리로만 채우는 것을 텔레비전에서 본 적이 있었다. 달걀찜, 달걀장조림, 달걀국, 달걀어선, 달걀야채튀김, 달걀샐러드. 그 여자가 내 이모가 아닌 게 정말 다행이었다. 달걀을 좋아하지 않는 그녀의 남자는 밥상을 달게 받아먹는 시늉을 했다. 내가 아는 사람들 중에서도 그 여자처럼 한 가지 행동이나 물건 등에 집착하는 강박관념 같은 증세를 보이는 사람들이 더러 있었다. B의 이야기는 다음에 하기로 하자.

나는 아토피 피부염을 앓았고 그것의 원인은 단백질 때문이라고 했다. 달걀뿐만 아니라 우유나 치즈, 빵이나 과자 같은 것도 먹을 수가 없었다. 궁한 살림을 혼자서 책임지는 것 외에도 이모는 달걀이 안 들어간 이유식과 반찬을 만들기 위해 궁리해야 했다. 성장한 후에는 우유나 치즈 같은 것은 먹게 되었으나 나는 여전히 달걀만큼은 전혀 먹지 못하는 사람이 되어 있었다. 살아 있는 동안 이모는 단 한 번도 나를 향해 이런 달걀도 못 먹는 놈, 이라고 말한 적이 없었다. 그러나 나는 스스로 자신을 향해서 그런 비난의 말을 종종 퍼붓곤 하였다. 실제로 나는 내가 단지 달걀을 못 먹는다는 이유만으로 한 여자와 헤어진 경험이 있다. 돼지고기를 못 먹는다는 것과 달걀을 못 먹는다는 것에는 생각보다 엄청난 차이가 있다. 달걀을 못 먹는다는 것은 수없이 많은 사람들로부터 끊임없는 추궁과 의혹을 받는 것과 동시에 이해받지 못한다는 말과 크게 다르지 않았다. 십 년 전 내 육체를 구성했던 거의 모든 세포는 죽고 이제 새로운 것으로 대체되었으며 남아 있는 그 시절의 것이라고는 아마도 뇌세포뿐일 것이다. 그러나 달걀을 다시 먹어볼 엄두는 나지 않는다. 사람들은 높이에 대한 두려움과 달걀에 대한 두려움이 어떻게 다르다고 생각할까.

3월 넷째 주의 베를린은 온통 달걀로 뒤덮여 있었다. 그것도 모자라 웬 토끼들까지.

일은 뜻대로 진행되지 않았다. 인터뷰 약속과 촬영 시간을 다 잡아놓았던 그 성악가는 돌연 베를린 필하모닉 공연장에서의 공연을 취소해버렸다. 어렵게 다시 그의 형인지 대변인인지 하는 사람을 통해 성악가가 이스탄불로 날아가버렸다는 소식을 듣게 되었다. 그는 나흘만 기다려달라고 했다. 두 명의 현지 도우미 중에서 충실하고 영리한 소년처럼 통역과 운전을 담당했던 사람이 바로 가비였다. 나흘이 지나도 우리는 그를 만날 수 없었다. 방송 70주년 기념으로 특별 기획한 '세계를 이끌어나갈 50인' 중에 선정된 성악가였다. 그를 촬영해가지 못한다면 프로그램은 펑크가 날 수밖에 없게 될 거였다. 애가 타는 건 우리 쪽이었다. 기다리는 일밖에 할 수 없는 상황이 벌어졌다. 오후에는 베를린에 산 지 십칠 년이 넘었다는 가비를 따라 포츠다머플라츠니 반제 호수니 하는 곳으로 관광을 다녔고 저녁에는 호텔 바에서 맥주를 마셨다. 일주일이 지나자 칠 년 동안 줄곧 그렇게 살아왔던 것처럼 그 일상이 익숙해지기 시작했다. 스태프들은 늘 새벽을 넘겨서까지 맥주를 마셨고 나는 자정쯤이면 실내용 슬리퍼를 질질 끌고 혼자 방으로 돌아왔다.

그날도 그런 날 중 하루였다. 다만 다 함께 관광을 가는 일은 그만두기로 했다. 부활절 연휴가 시작되는 첫날이었으므로 관광을 하기에는 좋지 않다는 게 가비의 의견이었다. 나는 혼자 시내로 나갔다. 선물을 파는 상점들, 그것도 색색깔을 입힌 달걀이나 은박지 금박지로 포장한 토끼 모양의 초콜릿을 파는 곳이 아니라면 거의 대개가 문을 닫고 있었다. 나는 걸음을 멈추고 서서 마치 프리즘을 통과한 백색 광선처럼 다양한 스펙트럼으로 존재하는 그 형형색색의 달걀들, 그러나 한 꺼풀만 벗겨내면 너무도 건전한 흰색으로 존재할 것이 틀림없는 달걀들을 물끄러미 바라보곤 등을 돌렸다. 커피를 사 마시는 것조차 쉽지 않았다. 간신히 도넛 파는 데를 발견해내고서야 커피 한 모금을 마실 수 있었다. 다른 거리 역시 마찬가지였다. 하루 종일 수천 개의 달걀들을 피해 도망 다닌 느낌이었다. 가비가 내 방으로 올라온 건 바로 그날 밤이었다.

네 시간 후면 나는 집에 도착하게 될 것이다. 가비가 사는 곳으로부터 점점 멀어지고 있었다. 미련이 남은 눈으로 다시 한 번 창문을 쏘아보았다. 작고 모서리가 둥근, 타원형의 저 비행기 창문이 꼭 내 주머니 속의 달걀을 닮은 것도 같았다. 졸리고 창백한 가비. 나는 눈을 감았다. 한 번쯤, 그녀를 안

아볼 수도 있었다.

*

 어느 날 아침 B는 주차장에 차를 대다 말고 뒷좌석에서 킥킥대는 웃음소리를 들었다. 아연한 눈으로 B는 뒤돌아보았다. 출근길에 아이들을 어린이집에 데려다주고 온다는 걸 깜박 잊고는 직장까지 그냥 데리고 온 것이다. K가 상당히 오랫동안 아내의 칫솔을 사용한 것이 발각되어 심하게 잔소리를 들었다는 이야기를 듣고 모두 함께 실소했던 적이 있었다. 나이 탓이지 뭐냐. 회사 로비에 내려갔는데 왜 거길 갔는지 전혀 생각이 안 나 머쓱했다는 H가 말했다. 그때 B는 우리들처럼 웃어넘기지 않았다. 나는 B의 잔에 술을 따라주었다. 시간이 지날수록 기억이 희미해진다는 사실을 B는 믿고 싶어 하지 않는 것 같았다. 나는 B에게 어떻게 말해야 할지 몰라서 우리 뇌가 그나마 시간을 인식하고 어떤 기억이 먼저인지 순서를 정확히 알고 있다는 사실이 얼마나 신기한지에 관해 이야기했다. 만일 나의 뇌가 냉장고에 음식이 들어 있다는 사실과 내가 그 음식을 다 먹었다는 사실의 순서를 모른다면 하루에도 몇 번씩이나 냉장고를 열어 그 사실들을 확인해야 할 테니까. 그러나 그런 이야기로 B를 설득하지는 못한 것 같았고 내가 듣기에도 썩 적절한 위로는 아니었던 것 같았다. B나

나나 시간에 따라 정돈되지 못한 과거의 경험들 때문에 곤혹스러운 경험을 겪고 있었으니 말이다. 나는 두려워. B가 말했다. 뭐가? K가 간판 불을 끄고 술을 더 내왔다. 계속 이렇게 살게 될까 봐.

수학을 가르치던 B는 결국 사표를 냈다. 그것도 모자라 가진 것을 모두 부인에게 주곤 주머니가 달린 등산용 조끼 하나를 걸치고 집을 나왔다. K와 H, 그리고 나는 B를 말리지 못했다. 일 년만 나 좀 내버려둬라. B는 우리들에게 쐐기를 박았다. B는 K와 H, 나의 집으로 번갈아가며 거처를 옮겨 다녔다. 한동안 연락이 끊기는 때도 있었지만 아무도 그가 어디서 무엇을 하는지 알지 못했다. 차라리 택시를 한 대 사주는 게 어떨까? K가 진지하게 그런 의논을 해오기도 했다. 한동안 B가 나타나지 않으면 불안해지는 건 모두 마찬가지인 것 같았다.

B는 각종 테이프에 집착했다. 그의 조끼 주머니에는 다양한 테이프들이 잔뜩 들어 있었다. 동석한 K의 아내 치맛단이 뜯어졌을 때도 그는 조끼 왼쪽 주머니에 든 양면테이프를 꺼내 감쪽같이 치맛단을 고정시켜주었고 H 집의 수도관에서 물이 샐 때는 알루미늄테이프를 붙여 막아주었다. 내가 이사를 하던 날에는 초록색 덕트테이프로 짐을 싸주기도 했다. 그럴 때의 B의 표정을 뭐라고 표현해야 좋을지 모르겠다. 아무튼 B에게서 테이프를 빼앗는 것은 불가능한 일처럼 보였다. 이사를 하거나 수도관이 새지 않아도 우리는 더 자주 B를 찾게

되었다. 그 무렵 나는 종종 집을 비우게 되었다. 이모의 병수발을 든 사람도 주로 그때 우리 집에 머물고 있던 B였다. 이모가 죽고 난 후 나는 B에게 시간이 지날수록 기억이 희미해지는 게 당연하다고 말한 것을 후회했다. 그게 자연현상이라는 말 같은 것도 하지 말았어야 했다. 우리는 그때 망각에 대해서 이야기할 것이 아니라 그것을 일으키는 원인에 대해 좀더 진지하게 이야기했어야 했다.

베를린에 도착한 것은 3월 14일 월요일 저녁이었다. 불규칙하게 솟아오른 잿빛 적층운들이 하늘을 뒤덮고 있었다. 곧 비가 쏟아질 것만 같았다. 체크인을 하고 일행들과 함께 호텔 식당으로 내려갔다. 얼핏 스물대여섯쯤 돼 보이는, 먼저 기다리고 있던 두 명의 여자들이 자리에서 일어났다. 두 번 눈여겨보지 않으면 기억하지 못할 평범한 얼굴이었다. 그것이 그중 한 여자, 가비의 첫인상이었다. 앞으로 우리와 열흘 동안 함께 지내게 될 거라고 자신들을 소개했다. 짧은 머리를 한 여자가 맥없이 희미하게 웃었다. 가비가 내 맞은편 자리에 앉게 되었다. 입이 짧은 여자였다. 절반도 더 남긴 음식 접시를 종이 냅킨으로 덮어놓는 것을 나는 무심코 바라보고 있었다. 그녀가 나를 보고 말했다. "나갈까?"

나는 그것이 어쩌면 자멸적인, 일 분도 안 돼서 후회하고 말 행동이라고 생각했으나 달리 대응할 방법이 없어서 냉랭한 얼굴로 비척비척 그녀를 따라 밖으로 나갔다. 우리는 주차장 벽에 등을 기대고 말없이 서 있었다. 꼭 이런 어둠과 습기 속에서 한 치 앞도 안 보이는 습지를 걸었던 적이 있었다. "날씨가 계속 이런가?" 나는 참을 수 없다는 듯 진저리를 치며 물었다. 그녀는 미친 듯이 담배를 피워대고 있었다. 밤새도록 줄곧 이렇게 밖에서 어깨를 덜덜 떨며 납득할 수 없는 만족감에 가득 찬 얼굴로 서 있을 작정인 것 같았다. 어쩌겠다는 거지? 나는 조바심을 숨긴 눈으로 그녀를 바라봤다. 응집력 있게 크고 까맣게 뭉친 눈, 어떤 것이 와도 저항하지 않을 것 같은 눈, 한 번도 새를 새장에 짐승을 우리에 가둬본 적이 없는 눈. 그리고 새의 뼈처럼 텅 비어 있는 눈. 풀어진 눈.

그 눈은 줄곧 나를 쫓아다녔다. 그건 나 역시 마찬가지였다. 열흘. 거의 대부분의 시간을 나는 가비를 피해 다니기 위해 노력했다. 한 공간에 있는 것만으로도 서로 만족했다. 식당이나 공원 같은 곳에 있어도 우리는 늘 일정한 거리를 유지하려고 애썼다. 그러나 마치 서로의 보디가드라도 된 것처럼 상대에게 시선을 떼지는 않았다. 방심도 하지 않았다. 한번은 함께 우르르 몰려간 박물관에서 내가 잠깐 자리를 뜬 적이 있었다. "대체 어딜 갔다 온 거지?" 주위를 아랑곳하지 않은 채 가비가 버럭 소릴 질렀다. 일행들은 친밀하면서도 존중하지 않는 태도로 가비를 대했다. 그것은 아마 애완용 개나 고양이를 대하는 태도와 비슷한 걸 거라고 나는 생각했다.

닷새쯤 지난 후 술이 오른 틈을 타서 가비를 구석으로 몰아붙이고는 이름을 물어본 적이 있었다. 가비가 그 텅 빈 눈을 위로 치뜨곤 몹시 난처한 기색을 했다. 정말로 생각이 나지 않는다는 얼굴이었다. "너한테선 늘 이상한 냄새가 나." 나는 비아냥거렸다. 그녀의 귀를 잡아끌어 음탕한 말을 내뱉어주고 싶었다. 나를 한 대 올려 치고 싶었는지도 몰랐다. 나는 그녀가 입은 스니커를 덮고도 땅에 끌리는 면바지의 주머니 지퍼를 거칠게 열고는 비닐봉지에 든 마리화나를 꺼내 눈앞에 대고 흔들어 보였다. "고작 이런 걸로 너의 불안과 상심을 치유할 수 있을 거라고 생각하나?" 친밀하면서도 존중하지 않는 태도로 가비를 대하기는 나도 마찬가지였던 것이다. 매서운 눈으로 우리는 서로 노려보았다.

어머니가 남긴 것들 중에 이모가 유난히 아낀 것은 장롱이나 사진첩 같은 것이 아니라 무겁고 큰 가마솥이었다. 거기다 밥을 지을 때마다 둥글고 딱딱한 누룽지가 생겼다. 나는 누룽지의 크기를 보고 살림을 짐작하는 버릇이 생겼다. 누룽지는 커졌다가 작아졌다가 그리고 식후에 세 사람이 먹을 분량만큼 늘 일정한 크기를 유지해갔다. 생선을 파는 일을 그만두고 이모는 요리사 자격시험 준비를 시작했다. 마지막 시험을 보는 날 시험 재료로 가자미가 나왔다. 그걸로 무엇을 만들어야 할지 하도 막막해서 이모는 가자미 앞에서 막 울었다고 한다. 십 년 동안 생선을 팔던 여자가 말이다. 이모는 그 시험에서 떨어졌고 다시 생선을 팔고 가마솥에다 밥을 짓기 시작했다. 우리는 뒤에 산이 있고 커다란 마당이 있는 집으로 이사를 가게 되었다. 닦고 쓸고 문지르기에는 내가 너무 커버리자 이모는 이제 그 대상을 새집으로 옮겨간 것처럼 보였다. 더 큰 집으로 옮겨갈수록 나는 이모에게서 자유로워지는 것을 느꼈다. 비록 이모가 원하던 클라이머나 피아니스트가 되지는 못했지만 나는 직장을 갖게 되었고 여름이면 이모와 둘이 휴가를 떠나기도 했으며 큰 개를 사다 기르기도 했다. 이모는 여전히 세 사람 분량의 누룽지를 만들었다. 이 평화가 끝난 날을 지금도 나는 정확하게 기억하고 있다.

편집을 끝내놓고 새벽이 다 돼서야 퇴근하던 길이었다. 그 늦은 시간에 이모는 마루 끝에 나와 앉아 있었다. 무슨 일 있어요, 이모? 이제는 새소리만 듣고도 가까운 곳에 뱀이 있다는 것을 눈치 채고 어떤 뿌리를 먹을 수 있는지 어느 나무줄기 속에 달콤한 물이 채워져 있는지 구별해낼 수 있는 나의 늙은 이모가 퀭한 눈을 들어 나를 올려다보곤 이렇게 말했다. 글쎄 누가 우리 집 대문을 뜯어 가버렸구나.

나는 방금 막 내가 들어온 마당을, 대문이 있던 자리를 흘긋 바라보았다. 처음부터 대문 같은 것은 없었던 양 그 자리는 깨끗해 보였다. 대문은 완벽하게 사라져버렸다. 사흘 동안 이모는 자리에서 일어나지 못했다. 대문이 아니라 아직 훼손된 적 없던 이모 몸의 일부가 뜯겨 나간 것처럼 보였다. 그날 이후였을까. 이모는 서서히 기억을 잃어가기 시작했다. 그것도 가장 최근의 기억부터 말이다.

*

한 사람은 원하고 한 사람은 그것을 원하지 않을 때, 두 사람 사이에서는 어떤 일이 일어날까. 요구와 저항과 압박과 위협과 그리고 마침내 한 사람의 굴복, 그리고 그 후에는 그것들의 반복이 계속될지도 모른다. 그것이 지금껏 내가 만난 여자들과 나의 관계였다. 이모와 나의 관계였다. 이모가 어떤 요구나 위협도 하지 않았다는 것, 압박과 질책이 아니었을지도 모른다는 것을, 내가 느낀 저항과 굴복은 책임감과 의무를 회피하기 위해 스스로 만들어낸 두려움이라는 사실을 깨닫게 된 건 바로 이모의 질병 때문이었고 그때는 이미 모든 것이 늦었다.

처음에 그것은 아무것도 아닌 일에서부터 시작된 것처럼 보였다. 우리는 단지 이사를 했을 뿐이다. 대문이 사라졌다는 것이 이모에게 어떤 영향을 미칠 것인지 돌아볼 틈도 없이 나는 적절한 기회를 잡은 사람처럼, 직장에서 너무나 멀어 불편하기 짝이 없었던 그 집을 당장 부동산에 내놓았고 혼자 서울 한복판에 있는 아파트를 알아보러 다녔다. 일은 일사천리로 진행되었다. 대문이 사라진 후 무기력해진 이모를 포장이사 차에 덥석 태워 이사를 감행했다. 그날 밤, 이모가 나를 불렀다. 여기가 어디냐? 나는 여기가 바로 지금부터 우리가 새로 살게 될 집이라고 설명했다. 그 말을 세 번쯤 했을 때 비로소 이모가 고개를 끄덕거렸다. 우리가 하루를 기억하는 것이 아니라 어떤 한순간을 기억하는 게 사실이라면 나는 그날 밤의 이모 표정을 영원히 잊지 못할 것 같다. 여전히 아연한 얼굴로 이모가 나를 돌아보며 더듬거렸다. 새, 새집, 새집이라고. 정신이 아찔해질 만큼 비통에 잠긴 목소리였다.

이모의 뇌 기능은 급속히 떨어졌다. 유전적인 원인 외에도 새로운 환경에 갑자기 노출된 혼란과 부재가 가장 큰 원인이라고 담당의가 말했다. 나는 그 말을 믿지 않았다. 기억력이 떨어지는 것, 자꾸만 망각하려고 하는 건 이모 자신의 의지처럼 보였기 때문이다. 이모는 이제 겨우 예순 살이 약간 넘었을 뿐이었다. 대문을 도둑맞은 집의 모든 사람들이 이런 병 따위를 앓거나 하지는 않을 것이었다. 나는 분노로 머리가 터져 나갈 것만 같았다. 이모의 의지는 물속에 검은 잉크 한 방울이 떨어지는 것처럼 서서히, 그러나 순식간에 이루어졌다. 퇴근하기가 무섭게 나는 집으로 돌아왔다. 이모, 우리 집 주소가 뭐지? 전화번호는? 이모 나이는? 내가 태어난 해가 언제지? 하는 어처구니없는 질문들을 이모의 얼굴에 내 얼굴을 들이대고는 진지하게 퍼부어댔다. 그럴 때마다 나는 깜짝깜짝 놀랐다. 이토록 늙은 이모의 얼굴을 본 적이 없기 때문이었다. 나는 곧 태어날 새끼들을 보호하기 위해 입을 닫지도 못할 정도로 많은 알을 물고 있는, 알이 부화할 때까지는 먹이를 넣을 수도 없는 농어의 벌린 입을 떠올렸다. 퍼붓듯 쏟아대는 내 질문에 간신히 꾸물꾸물 대꾸할 때마다 입속의 그 알들이 모두 썩어버린 것처럼 축축하고 비리고 역한 냄새가 폐로부터 깊숙이 이모의 입속에서 풍겨나고 있었다. 치매의 냄새였다. 손쓸 새도 없이 이모는 수정이 불가능한 삶으로 진입하기 시작했다. 자신의 이름도 내가 누구인지도 모르게 된 것이다.

땀에 젖은 내 머리카락을 쓰다듬던 이모가 문득 손을 멈추더니 내 귀에 대고 속삭였다. 이쁜 우리 장군, 이모가 동화책 읽어줄까? 잠든 척하고 누워 있던 나는 자제력을 잃지 않기 위해서 입술을 꼭 깨물었다. 우리가 맨 처음 만난 순간으로 되돌아간 이모에게 나는 새된 목소리로 칭얼거렸다. 제발요, 이모. 나는 그 아기 토끼 이야기는 정말로 싫단 말이에요. 그 말을 한 것은 그때가 처음이었다. 우리에게 남은 시간이 정말 없을 테니까.

내 방으로 가비가 처음 전화를 걸어왔다. 달걀들을 피해 슈트라세 거리에서 쫓기듯 돌아온, 그날 밤이었다. "잠깐 올라가도 될까?" 나는 싫다고 했다. "십 분이면 돼." 전화를 끊자마자 나는 전화가 울리기 전부터 가비를 기다려왔다는 사실을 인정하지 않을 수 없었다. 정말로 딱 십 분 후에는 자리를 털고 일어날 사람처럼 그녀는 침대 끝에 엉덩이를 살짝 걸치고 앉았다. "마땅히 피울 만한 데가 없어서." 나는 그녀가 담배 속을 털어내고 그 속에 마리화나를 채워 넣는 것을 지켜보았다. 가늘고 긴 손끝에 이빨로 씹어댄 듯한 손톱이 불안정하게 매달려 있었다. 그런 손으로는 마늘 하나 까기도 어려울 것이다.

한 시간 후에 가비는 한때 스트립댄서가 되고 싶었던 적이 있었다고 말했다. 왜 스트립댄서가 되지 못했느냐고 물어보았다. 딱히 궁금했던 것도 아닌데 어쩐지 꼭 물어봐줘야 할 것 같은 기분이 들었기 때문이었다. 가비가 내 방에 온 순간부터 나는 난처해하고 있는 것 같았다. "내가 좋아하는 어떤 댄서가 혼자 옷을 벗고 춤추는 동작들을 애완 고양이나 개가 오 분 이상 지켜볼 수 있다면 그때 무대로 진출하라고 충고했어." 가비가 옷을 벗고 춤을 출 때 가비의 고양이는 바닥에 떨어진 가비의 옷 뭉치 속으로 슬그머니 기어들어가 잠이 들었다고 했다. "남의 충고가 필요할 때도 있어." "넌 왜 이 일을 하는 거니?" "여기서 돈을 받으면 아프리카로 여행을 떠날 거거든." 가비가 가장 길게, 가장 말을 많이 한 날이었다.

그리고 그날이 우리가 단둘이 있었던 처음이자 마지막 밤이기도 했다. "좀 릴랙스해져봐." 스트립댄서가 되고 싶었다는 말은 사실이 아닐지도 몰랐다. 나는 가비의 충고를 받아들이고 싶었으나 여전히 막대기처럼 뻣뻣하게 굳어 있었다. 두 시간 후에 가비는 내 이름을 까맣게 잊어버렸다. 나는 가비가 건네주는 담배를 받아 깊게 빨아들였다. 좋은 흙과 좋은 빛을 받아 만들어진 대마였다. "너 나한테 그렇게 반말을 하면 안 돼, 이 꼬마 아가씨야." 맥 빠진 목소리로 나는 중얼거렸다. 내가 하고 싶었던 말은 그게 아니었을 텐데. 반짝이는 가비의 입술이 내 뺨에 닿을 듯 가까이 있었다. 그녀의 턱을 잡아 내 입술로 가져가다 말고 나는 고개를 틀었다. 가비의 입술 안쪽도 다른 여자들처럼 깊고 검은 구멍으로 이루어져 있을까 봐 겁이 났다. "내가 아기 토끼 이야기 해줄까?" 가비가 히죽 웃었다.

아기 토끼 한 마리가 있었어. 엄마 품에서 멀리 벗어나고 싶었지. 그래서 엄마한테 나는 멀리 도망가버릴 거예요, 라고 말했어. 그러자 엄마가 말했어. 네가 도망가버리면 엄마는 쫓아갈 거야. 넌 엄마의 소중한 아기니까. 아기 토끼가 말했어. 엄마가 쫓아오면 난 물고기가 되어 헤엄쳐 달아날 거예요. 네가 물고기가 되면 엄마는 어부가 되어 너를 낚을 거야. 엄마가 어부가 되면 난 높은 산에 있는 바위가 될 거예요. 네가 높은 산에 있는 바위가 되면 엄마는 산 타는 사람이 되어 네가 있는 곳까지 올라갈 거야. 엄마가 산 타는 사람이 되면 난 비밀의 정원에 핀 크로커스가 될래요. 네가 비밀의 정원에 핀 크로커스가 되면 엄만 정원사가 되어 널 찾아낼 거야. 엄마가 정원사가 되어 날 찾으면 난 새가 되어 훨훨 날아갈 거예요. 네가 새가 되어 날아가면 엄마는 네가 돌아와 쉴 수 있는 나무가 될 거야, 바람이 될 거야. 그러자 아기 토끼가 말했어.[*] 아이참, 차라리 그냥 여기서 이모 아들 할래요. 그러자 이모가 다정하게 말했어. 자, 당근 줄게.

가비는 잠들어 있었다. 밤새 쑥을 태운 듯한 향기롭고 무거운 냄새가 방 안을 꽉 채우고 있었다. 그러다가 너는 네가 무엇을 원했는지, 무엇이 되고 싶은지조차 잊어버리게 될 거야. 결국 너 자신이 누구인지조차 모르게 될 거야, 가비. 뇌 속으로 동시에 수천 개의 메시지가 쏟아져 들어오는 것 같았다. 창문을 모두 열어두었다. 침대 끝에 몸을 구부리고 누운 가비를 바로 눕혀 베개를 대주고 천천히 양말을 벗겼다. 가비의 열 개의 발가락. 진화가 낳은 결과물인 그것을 유심히 들여다보았다. 그날 밤, 그녀는 그녀의 꿈을 꾸었다. 나는 내 꿈을 꾸었다. 나를 만난 맨 처음의 기억으로 돌아갔어도 병든 이모는 혼자가 될 거라는 맹렬한 불안감에서 벗어나지 못했다. 난 이제 아무 데도 안 가, 걱정하지 마 이모. 꿈속에서 나는 중

---

[*] 마거릿 와이즈 브라운의 『아기토끼 버니』 중 일부를 발췌 인용함.

얼거렸다.

*

나는 자신이 유년의 기억에 집착한다는 사실을 알아차렸다. B나 이모처럼 최근의 기억이 사라지는 걸 경험한 적이 없다는 것이 다행으로 느껴졌다. 유년의 기억에 집착하는 것은 이모가 아프기 때문일 거라고 스스로를 위로할 수 있었다. 그리고 처음에 그것은 몹시 자연스러운 현상처럼 보였다. 어쨌거나 나는 이모와 그 시절에 관해 대화라는 것을 주고받아야 했으니까 말이다. 후퇴하는 이모의 기억 속에서 내가 알지 못했던 시간을 재발견하기도 했다. 이모의 기억에 따라 때로 씁쓸함과 역시 또 갚을 수 없는 부채감 때문에 가슴이 짓눌리는 경험을 하기도 했다. 이모와 내가 한 가지 공통적으로 기억하고 있는 내 유년의 기억은 바로 내가 아주 많이 아팠을 때였다. 대여섯 살쯤으로 기억하고 있다. 한동안 나는 원인을 알 수 없는 병에 시달렸다. 열에 들뜬 채 의식을 잃어가고 있었다. 내 병을 고치기 위해서 이모는 사방팔방 뛰어다녔다. 보름달이 뜨는 밤에 이모는 배를 한 척 빌려 나를 태우고 먼 바다로 나갔다. 이모는 새벽이 올 때까지 활활 타오르는 횃불을 내 머리 위로 높이 치켜들곤 성난 사람처럼 서 있었다. 내 몸에 악귀 같은 것이 붙어 있다고 믿는 사람 같았고 실제로 그랬는

지도 모르겠다. 그날 이후로 나는 차츰 기력을 회복한 것이 사실이니까. 그러나 지금 이렇게 이모가 아픈데, 나는 이모를 위해서 해줄 수 있는 어떤 일도 찾아내지 못하고 있었다.

의사의 말이 아니더라도 이제 이모에게 남은 시간이 얼마 없다는 것은 명확해 보였다. 내가 두려워하고 있던 건 정작 이모의 죽음이 아니라 죽기 전에 이모가 나에게 보여줄 태도, 혹은 나에게 마지막으로 남길 위협적인 비난의 말 같은 것은 아니었을까. 나는 평생 이모에게 갚을 수 없는 부채감으로 짓눌려왔고 그것은 때로 나도 모르는 사이에 불가피한 원망으로까지 이어지곤 했다. 나는 죽어가는 이모에게 '내가 그동안 너한테 어떻게 했는데' 혹은 '나한테 어떻게 이럴 수가 있니'라는 말을 듣게 될까 봐 이모가 죽기 전부터 벌벌 떨고 있었다. 이모가 나를 키워준 순간부터, 우리가 함께 살았던 그 모든 시간 또한 나는 내내 이모의 인생을 망쳐버렸다는 죄책감과 그 죄책감에서 비롯된 의무감과 두려움으로 평생 짓눌려 있었다는 말을 해야 할지도 몰랐다. 그것은 죽어가는 사람에게 할 적절한 이야기는 아닐 것이었다. 밥 먹는 것도 대변을 가리는 것도 불가능한 이모를 집에 두고 나는 집을 자주 비웠다. 나 대신 B가 묵묵히 그 일을 해내고 있었다.

2월 첫째 주 금요일 밤이었다.

며칠 만에 집에 돌아온 나는 이불을 끌어당겨 이모의 목 언저리까지 덮어주었다. 안녕히 주무세요, 이모. 정작 하고 싶은 말은 이모가 죽을 때까지 한 마디도 하지 못할 것 같았다. 이모가 한 손으로 내 귀를 잡아당겨 이모 입술로 바싹 끌어당기고는 말했다. 난 아직도 잠잘 땐 탁구공이 훅, 튀어올랐다가 내려오는 꿈을 꾼단다. 또렷한 눈으로 이모는 방긋 한 번 웃었다. 나는 그것이 이모의 마지막 말이라는 것을 알아차렸다. 이모, 미안했어요. 이모가 그 말을 듣지 못할까 봐 나는 큰 소리로 말했다. 눈을 감은 채 이모는 또 한 번 살며시 웃었다. 미안하다는 말이 아니라 그날 나는 고마웠다는 말을 했어야 했는지도 모른다. 그 말을 이모가 더 마음에 들어하지 않았을까. 이모는 단 한 번도 나에게 '내가 그동안 너한테 어떻게 했는데,' 혹은 '니가 나한테 어떻게 이럴 수가 있니'라는 말 같은 건 한 적이 없었는데 그동안 나는 왜 그토록 두려워했던 것일까.

장례를 치르던 날 건조한 미풍이 불어왔다. 맑은 하늘에 희고 깨끗한 구름들이 느리게 흘러갔다. 눈물 대신 나는 하늘을 올려다보면서 저건 바람의 연, 날씨의 힘, 그리고 비의 희망이라고 중얼거렸다. 구름을 두고 하는 소리라는 걸 이모는 알 것이다. 나의 작별 인사라는 것도. 친구들은 한 접시의 쌀과 꽃으로 부조를 했다. 유일한 자식이었던 나는 이모의 죽음 앞에 보자기에 싸고 있던 닭 한 마리를 허공으로 날렸다. 그것이 이모의 저승길을 안내해줄 거라는 믿음을 갖고 말이다.

이모가 죽은 지 한 달 후, 나는 베를린에서 가비라는 여자애를 만난 것이다. 그리고 그녀와 헤어진 후 돌아온 서울에서 나는 낯선 동네로 이사 오면서부터 이모가 겪게 된 혼란과 부재를 지금에야 겪고 있는 것 같다. 냉장고에 음식이 들어 있다는 사실, 내가 방금 밥을 먹었다는 사실, 이모가 죽었다는 뼈아픈 사실 같은 것도 종종 잊어버리곤 하는 자신을 발견하고 있었다. 그러자 최근에 유년의 기억에 집착한다는 사실에 끔찍한 병을 선고받은 사람처럼 정신이 번쩍 나고 조급해졌다. 그러나 갑자기 시작된 혼란의 원인이 이모의 죽음 때문인지 아니면 만난 지 열흘 만에 헤어지게 된 가비 때문인지 알 수 없었다. 명백한 건 지금 나는 무엇이 나를 때리고 갔는지조차 알 수 없다는 것이다.

비상회의는 성악가 대신 노벨물리학상을 받은 일본 과학자를 섭외하는 것으로 결론이 났고 제작 3팀이 촬영을 위해 일본으로 떠나자 나는 휴직을 신청했다. B처럼 나에게도 시간이 필요하다는 것을 느끼고 있었다. 일 년만. 내 자신에게 혼자 하는 말이 내 귀에는 이모에게 하는 말처럼 들렸다. 여전히 나는 이모를 의식하고 있는 모양이었다. 하루 종일 잠을 자는 날이 많았다. 낙타가 나타나는 꿈을 자주 꾸었고 어느 날에는 내가 가비에게 당근을 줄까? 라고 속삭이는 꿈을 꾸기도 했다.

B가 식당을 개업하던 날 K와 H, 나는 집에 있는 의자들을 모두 식당으로 가져가야 했다. 다른 것은 다 준비한 B가 의자들은 깜박 잊었다고 했다. H는 아내 몰래 화장대 의자와 알루미늄 정원의자 등을 가져왔고 K는 제 술집에서 좌우로 회전이 되는 바텐의자와 다용도실을 뒤져서 찾아낸 플라스틱 비치체어들을 가져왔다. 집 안을 둘러봐도 마땅한 의자가 눈에 띄지 않아서 하는 수 없이 나는 두 개 있는 식탁의자 중 하나를 뺐다. 크고 두꺼운 오크 원목으로 만들어진 식탁은 지금은 아무것도 기억할 수 없는 나의 아버지가 먼서기로 있을 때 쓰던 책상이었다고 했다. 사고가 난 후에는 살림을 정리하던 이모가 그것을 어머니의 장롱과 가마솥과 함께 우리가 살게 될 집으로 옮겼다. 거기에 0.5센티미터쯤 깊게 타들어간 선명한 다리미 모양의 흔적이 남아 있었다. 이모의 기억력이 현저히 떨어지던 무렵에 일어난 사고였다. 나는 움푹 타들어간 다리미 자국 위에다 내 손바닥을 겹쳐놓았다. 내가 아무리 깊은 망각에 빠진다고 해도 이 흔적은 나로 하여금 영원히 이모를 떠올리게 만들 것이었다. 그러니까 B가 아니라면 나로서는 누구에게든 함부로 내줄 수 있는 의자는 아니었던 셈이다.

  B는 나에게 너무나 촌스러운 의자를 가져왔다고 핀잔을 주더니 예의 그 조끼 주머니에서 초록색 전기테이프를 꺼내 의자 다리를 둘둘 싸버렸다. 검은 흑빛이 도는 의자에 싼 초록색 테이프가 곧 근사한 스트라이프 무늬로 변했다. B는 또

K가 가져온 의자들을 노란색 야광테이프로 장식했다. B의 식당에 온 손님들은 제각각 다른 모양의 의자들에 흥미를 보였다. 누군가는 자신의 의자를 하나씩 새로 들고 오기도 했다. 헤어진 B의 아내와 아이들도 제가 쓰던 의자들을 들고 왔다. 일주일도 채 지나지 않아 B의 식당에는 디자인도 크기도 높이도 제멋대로인 수십여 개의 의자들이 생겼다. 나는 B가 주방 뒤에 숨어서 흐뭇한 얼굴로 식당을 둘러보는 것을 본 적이 있다. 의자를 깜박 잊었다는 것은 B의 새로운 아이디어일지도 모른다는 생각이 그때 들었다. 5월이 막 시작되려던 참이었다. 그날 나의 빈집으로 한 사내의 창백한 얼굴을 스케치한 팩스 한 장이 날아들어왔고 그것이 바로 나의 얼굴이라는 것을 알아차리는 데 십 분쯤 걸렸다. 솜씨가 좋은 편은 아니었다. 지금은 아무것도 하고 싶은 게 없지만 딱 하나 하고 싶은 게 있다면 그림을 그리고 싶다고 말했던 그녀였다. 그 끝에 은빛 갈고리처럼 그녀, 가비의 이름이 휘갈겨져 있었다.

*

비행기를 탄 지 일곱 시간쯤 지나면 창문을 깨고 뛰어내리고 싶은 충동에 휩싸이기는 하지만 언제나 그런 것은 아니다. 나는 천천히, 깊은 숨을 쉬었다. 무엇이 나를 때리고 갔는지조차 알지 못한 채 바닥에 쓰러져 있을 수만은 없었다. 나는 한 사람은 원하고 한 사람은 원하지 않을 때의 경우만 생각했기 때문에 한 사람도 원하고 다른 한 사람도 바로 그것을 원할 때가 있다는 걸 전혀 알지 못했다. 요구와 저항과 압박과 위협과 그리고 마침내 한 사람의 굴복, 그리고 그 후에는 그것들의 반복이 계속되는 관계 말고도 이 세상에는 내가 모르는 것으로 가득 찬 관계가 존재할지도 몰랐다. 이것이 착각이 아니라 인식이 될 수 있을까. 그런 질문을 던진 채 5월 11일 목요일, 오후 2시 50분 프랑크푸르트행 LH 713에 탑승했다.

떠나기 전에 B의 식당에 가서 꽤 값이 나가는 크롬 스틸로 마무리된 가정용 의자 몇 개를 주문해주고는 내가 준 식탁의자를 도로 찾아왔다. 쩨쩨한 놈. 뒤에서 B가 피식 웃었다. 누가 올지도 몰라. B를 향해 소리쳤다. 의자를 도로 식탁에 갖다놓았다. 저녁을 먹고 나면 가끔 이 식탁에서 허리를 구부린 채 이모와 탁구를 치기도 했다. 그런 시간은 다시 돌아오지 않지만 이모와 함께 보냈던 시간들이 전부 다 사라져버리는 건 아니었다. 가비에게 아직 하지 못한 말들이 많았다. 가비를 만난다면 불 앞에서 젖은 머리를 말리던 이모, 고작 가자미 앞에서 뚝뚝 눈물을 흘리던 나의 아름다운, 언제나 자신을 맨 마지막에 놓았던 이모에 대해서 말하게 될지 모른다. 나는 본래의 나에 대해서, 가비에 대해서 이야기해야 한다. 가비가 원하는 것, 내가 원하는 것. 그리고 그것을 가비가 선택할 수 있도록. 둘로 쪼개어진 가장 친밀한 관계가 될 수 있다면 말이다. 나는 달걀에 대해서도 이야기해야 할 것이다. 비행기를 타기 전에 식탁의자를 도로 가져다 놓는 것 말고 한 가지 일을 더 했다. 가비에게 줄 마땅한 선물이 생각나지 않아 달걀 한 판을 사다 삶고는 식을 때까지 기다렸다가 그 위에 페인팅을 했다. 가비가 나에게 준, 지금 내 주머니 속에 든 이 달걀처럼 갖가지 푸른색으로 덧칠을 해보기도 했고 빨강과 노랑으로 물방울무늬를 그려넣기도 했다. 달걀을 만지고 삶고 그 위에 그림을 그리는 일, 그러니까 달걀을 다루는 일은 생각했던 것만큼 어렵거나 곤혹스럽지는 않았다. 단지 내가 그림에 전혀 소질이 없는 사람이라는 사실을 다시 한 번 확인했을 뿐.

환각과 망상과 환상이라는 감각의 변화를 통하지 않고서도 가비는 내 얼굴을 정확하게 기억하고 있었고 그것은 나도 다르지 않았다. 그 얼굴은 내 이모처럼 내가 나 자신을 돌아보게 될 때면 언제나 보게 되는 그런 사람이 될지도 몰랐다. 달걀. 그것은 내가 아주 어렸을 적, 이모가 나에게 준 최초의 음식이었다. 가장 강력하며 가장 침투력이 강한, 가장 근원적인 나의 두려움 말이다. 그러나 그 두려움은 어쩌면 나를 지켜나가기 위한 하나의 생존 방법 같은 것은 아니었을까. 나는 내 주머니 속에 든 가비의 달걀을 만지작거렸다. 냄새도 맡아보고 흔들어보기도 했지만 그 달걀이 진짜 달걀인지 아니면 베를린 거리의 수많은 다른 달걀들처럼 초콜릿이나 나무로 만들어진 달걀인지 모른다. 그것을 깨보기 전까지 나는 알 수 없을 것이다. 가비를 만나면 우선 그것부터 물어봐야 할지도 모르겠다. 비행기는 지금 고비 사막을 지나고 있다. 이제 다섯 시간이 지나면 나는 목적지에 도착하게 된다. 비행기 창문을 위로 밀어올렸다. 만 천 킬로미터의 고도 속에서 잘린 반구 같은 적운들 위로 가장 높고 가장 가벼운 구름들이 양떼처럼 무리 지어 있었다. 눈물이 차오르는 것이 느껴졌다. 매번 입술을 꼭 깨물어야 한다면 이 눈물은 어디로 흘려보내야 할까. 기체가 덜컥 흔들렸다. 좌석벨트를 다시 매고는 허리를 똑바로 펴고 앉았다. 누군가 지금 저 밑에서 이 킬로그램짜리 죽은 닭을 쏘아 올린다고 해도 이 창문은 깨지지 않을 것이다. 나는 안전하다. 그래도 정신을 바짝 차리고 있어야 한다. 이 모든 걸 다 잊지 않으려면 말이다. 아직은 그녀를 만나기 전이니까.

해설

원의 현상학, 책의 존재론

차 미 령

> 삶은 아마도 둥글 것이다.
> ―빈센트 반 고흐

공간들

소설의 한 주인공은 말한다. "좀더 유연해진다면 좋겠다"(「마흔에 대한 추측」, p. 247). 아니나 다를까, 다섯번째 창작집 『풍선을 샀어』에서 조경란은 지금까지 그녀가 펴낸 책들 중에서도 가장 유연한 면모를 보여준다. 절정의 기량에 이른 소설가가 빚어낸 이 책의 가편들에는 담담한 여유가 있다. 우리는 한 공간에서 또 다른 공간으로 옮아가며, 이 담담함이 어떤 상처와 어떤 갈등과 어떤 꿈과 어떤 열망을 거쳐 얻어진 것인지를 차곡차곡 확인하게 되리라. 앞에서 문으로, 문에서 원으로, 원에서 점으로, 점에서 책으로…… 이 여행의 순서는 물론 순차적이지 않다. 인물들은 어딘가로 떠나고, 어딘가에서 왔으며, 누군가를 떠나보내고, 또 누군가를 만난다. 그들이 이동하는 공간들에서, 그리고 그들이 만들어가는 공간들에서, 우리는 이제 무엇을 읽게 될 것인가.

남자들, 눈에 눈물이 고이다

지금 여기 눈물을 떨어뜨리는 두 남자가 있다. 한 남자는 부화를 앞둔 작은 달팽이 알을 앞에 두고 눈물을 훔치고 있고, 다른 한 남자는 프랑크푸르트행 비행기 안에서 주머니 속의 달걀을 만지작거리며 눈물이 차오르는 것을 느낀다. 모두 「달팽이에게」와 「달걀」의 마지막 장면들이다. 한 방울의 눈물이 맺히기까지 이들에게 무슨 일이 있었던가. 두 남자는 그때껏 함께 살던, 부모의 여자형제의 장례를 치렀다. 고모와 이모를 떠나보내기 전까지 남자들에게 죽음은 단 한 가지 길만을 가리키고 있었다. 「달팽이에게」의 주인공은 열한 살 때 아버지의 익사체를 목격했고 「달걀」의 주인공은 두 살 때 이미 양친을 잃었으며, 이들의 마음을 장악하고 있는 그 원초적 체험은 알게 모르게 이들의 인생에 검은 그늘을 드리웠다. 하지만 두 남자는 또 다른 죽음을 통해서 지금까지와는 다른 생이 가능할지도 모른다는 사실을 어렴풋이 예감하게 된다. 그러니 두 남자가 흘리는 눈물은 사랑하는 이를 떠나보내는 자의 슬픔이 응축된 것인 동시에, 미지의 세계를 앞에 둔 새로운 열림의 눈물이기도 하다.

그 열림이 어떤 모습을 하게 될지 그들도 우리도 아직은 모른다. 불투명하게 변해가는 알들에서 부화된 달팽이가 먼 바다로 향할 수 있을지 없을지, 갖가지 색으로 채색된 달걀이 깨보기 전까지는 진짜인지 아닌지 확신할 수 없듯이. 하지만 그들 안에서 무언가, 시작되고 있다.

그 시작에 이르기까지의 면면을, 주인공들이 그들 곁의 여인들과 맺는 관계의 굴곡으로부터 접근해보면 어떨까. 「달팽이에게」의 주인공 남자 곁에는 자신이 누구인지 말해준 여인들, '미연씨'와 고모들이 있다. 혼외관계인 미연과 그는 한 번 헤어진 적이 있는 사이이다. 미연의 가족들을 향한 죄책감으로 결별을 선언했던 남자는 그러나 일 년 만에 그녀와 다시 만나기 시작한다. 두 명의 고모 중 한 사람인 하지가 알츠하이머 진단을 받던 즈음이다.

우리가 흔히 치매라 통칭하는 알츠하이머는 두려운 질환이다. 불치병에 가까운 데다가, 그 환후도 웬만한 인내심을 가진 사람이 아니면 견디기 힘들다. 그러나 알츠하이머가 끔찍한 것은 물리적인 고통 때문만은 아니다. 스스로가 누구인지도 모르는 당신은, 당신이 살아온 인생을 무(無)로 돌리려

하는 당신은, 당신 곁에서 당신을 돌보는, 당신을 사랑하는 내가 누구인지조차 모른다. 그것보다 슬픈 삶의 아이러니가 있을까. 그 아이러니는 인간의 것이지만, 동시에 불가항력적이다. 그 불가항력 앞에서 인간이 할 수 있는 일이란 마지막 순간을 기다리는 일밖에는 달리 없지 않겠는가. 그러나 하지의 여동생 요지는 포기하지 않는다. 요지 고모가 어려서부터 "일종의 치매"를 앓았던, 정신이 온전치 못한 때문일 수도 있다. 하지만 우리는 그것 때문이 아니라는 것을 안다. 남자가 요지 고모에게서 본 것은 이와는 다른 것이다.

마침내는 밥 먹는 법마저 망각해버린 하지 고모에게 먹고 마시기를 수차례 시범해 보이다 체중을 불려버린 요지 고모의 에피소드가 우리를 먹먹하게 하는 것은 "병에 맞서 싸워 이길 수 있는 것은 인간이 가진 사랑뿐"(p.65)이라는 그녀의 굳은 믿음 때문만은 아니다. 요지 고모가 지금 싸우고 있는 것은 알츠하이머라는 병, 혹은 그 병구완의 고통만이 아니기에 그렇다. 우리는 질문을 바꾸어야 한다. 왜 그녀는 하지가 회복할 수 있다고 '믿는가'가 아니라 '믿어야만 하는가'로. 요지는 "태어날 때부터 한 몸"과도 같았던 언니라는 존재가 점점 지워져가고 있다는 사실, 그리고 마침내는 완전히 사라져버릴 것이라는 바로 그 공포와 싸우고 있다. 베란다 아래로 수박 한 덩이를 내동댕이치는 요지 고모의 아픈 얼굴이 우리에게 일러주는 것은, 돌이킬 수 없는 이별이 그녀에게도 확실해진 이후, 사랑의 힘으로 바로 그 사랑과 싸워야 하는 역설적인 진실이다.

지금 방 안에는 요지 고모와 하지 고모 사이의, 죽어가는 자와 남아 있는 자 사이의 긴밀한 신뢰감으로 가득 차 있을 것이다. 달팽이들이 큰더듬이 옆의 생식구멍으로 길고 빛나는 음경을 갖다 댔다. 아름다운 죽음, 올바른 죽음, 이라고 나는 중얼거린다. 서로의 몸에 달팽이들이 화살을 쏜다. 안녕히 가시오, 성! 나는 먼 데서 들려오는 요지 고모의 목소리를 들었다. 달팽이들은 꼼짝도 않은 채로 몸을 밀착시키고 있었다. (「달팽이에게」, p. 79)

인간인 이상 우리는 인생의 어느 시점에서는 사랑하는 이를 떠나보내야만 한다. 생물학적인 수명이 있기 때문이다. 그래서 우리는 사랑하는 이들을 잘 떠나보낼 수 있기를, 그들을 잃은 슬픔을 충분히 표현할 수 있기를, 이별 후에 마음자리를 넉넉히 다독일 수 있기를 기도한다. 하지만 그것이 어디 쉬운 일인가. 열한 살 때 목격한 아버지의 익사체를 여전히 마음에 품고 있는 주인공의 혼란은 간단히 말해 애도mourning의 실패에서 기인한다. "아버지가 죽을 때 나는 너무나 어렸다. 내가 뭘 해야 할지를 몰랐다. 이십 년이 더 지난 지금도 마찬가지다"(p. 78). 아버지의 죽음은 주인공의 내면에서 정리되어 자리 잡지 못했고, 그래서 남자는 생을 등지게 될 때의 큰 짐은 "회한"밖에 없다고 생각해왔다. 그러나 사랑하는 이의 곁에서 평화로운 임종을 맞는 하지 고모—나아가 요지 고모—를 지켜보면서 그는 "예전엔 한 번도 서본 적이 없는 자리"에서서, 죽음에 대해서도, 죽음 이후의 삶에 대해서도 생각을 달리하기에 이른다. 하지 고모의 임종 순간과 달팽이의 생식 순간을 포개놓은 위 장면에서, 죽음은 탄생과 포개지며 마침내 "영적인 순간, 신성한 시간"(p. 79)으로 등재된다.

좋은 작가들이 대개 그러하듯이, 조경란은 시적인 은유와 심미적인 아날로지에 뛰어난 작가다. 작가는 이 소설에서 주인공과 두 고모들로 이루어진 이 집안의 상징으로 달팽이(집을 짊어지고 다니는 달팽이)를, 그리고 그 달팽이가 이 세 사람의 아날로지로 읽힐 수 있는 많은 고리들을 배치해놓았다. 예컨대, 많은 점액을 흘리며 칼날을 타고 넘는 달팽이를 떠올리며, 주인공이 미연에게 달팽이가 지나간 자리에 무엇이 남는지를 묻는 장면이 의미하는 바는 명백하다. 주인공과 미연, 이 젊은 연인들은 더 이상 고통을 함께할 수 없는 사이가 되어버린 것이다. 그들 사이의 감정을 사랑이라 부를 수 있을까. "완벽한 연애"를 하고 있다 믿었던 그들 사이에 이미 사랑은 증발하고 없음을, 남자는 "고통을 껴안고서도 이 세상에서 서로 유일하게 의지했던 존재"(pp. 84~85)였던 두 고모의 마지막 나날들을 보며 깨닫는다.

"고모들이 나를 낳은 건 아닐까. 자웅동체인 달팽이들처럼"(p.70)이라는 구절이 명징하게 환기하듯이, 하지 고모가 임종을 맞고 있는 동안 번식하는 달팽이와 요지 고모가 죽은 후에 부화하는 달팽이(알)는, 주인공의 새로운 탄생을 암시한다. 그러니 '달팽이에게'란 소설의 제목은, 사랑의 힘으로 죽음의 새로운 출구를 알려준 '두 고모에게'이자, 그녀들을 떠나보낸 후 그 슬픔의 힘으로 성숙에 이른 '나에게'이지 않은가. 남자는 말한다. "고모들이 내 손바닥 안에 쥐여주고 간 것, 나는 기적적인 생을 받아 쥔 사람이다"(p.86).

그리고 또 하나의 임종 장면이 우리를 기다리고 있다. 이모의 임종을 지키며, 미안하다 말하는 「달걀」의 주인공은 이모의 손에 자랐다. 주인공의 부모가 갑자기 세상을 뜨면서 탁구 선수였던 이모는 자신의 꿈을 포기해야만 했다. 주인공이 이모에게 그러하듯이, 누구의 가슴에나 미안한 사람은 있다. 그이가 나를 위해 뼈를 깎는 희생을 대가로 치러야 했다면 더더욱 그렇다. 하지만 그 희생을 갚을 길이 없다면 어쩌겠는가. 그때 그 편치 못한 마음은 '부채,' 곧 마음의 빚으로 남는다. 「달걀」의 주인공에게 이 빚은 어깨를 짓누르는 짐으로, 풀 수 없는 족쇄로 차츰 진화한 모양이다.

지금껏 주인공이 통과해온 시간을 다음 두 가지를 통해 추측해볼 수 있다. 먼저 하나는, 연인(들)과의 관계. 인간이 맺는 모든 관계가 가장 처음 맺은 관계의 반복이나 변주라고 말하면 잔인한 일이겠지만, 주인공에게 "지금껏 내가 만난 여자들과 나의 관계"는 곧 "이모와 나의 관계"였다. 그가 말하는 관계란 이러하다. "요구와 저항과 압박과 위협과 그리고 마침내 한 사람의 굴복"(p. 269). 주인공의 관점에서 정리한 그의 연애 기록을 찬찬히 들여다보자. 아무리 많은 것을 주어도 언제나 더 많은 것을 요구하는 여자들, 모두 내 책임이라는 생각을 갖게 하는 그 여자들과의 헤어짐들, 여자로부터 스스로가 버려졌다고 여기게 되는 결별 이후의 시간들……, 그가 사귄 여자들의 자리에 이모를 위치시키면 밑그림은 완성된다. 물론 여기에 결별의 순간을 장식했던 옛 연인들의 힐난을 빼놓을 수 없겠다. "어떻게 나한테 이럴 수가 있어요?"(p.255). 그 여자들의 목소리 속에는 이모의 목소리가 함께 공명하고 있다.

그리고 다른 하나는 주인공이 입에 대지 못하는 '달걀.' 달걀은 처음에는 아토피로 인해 가려야 할 여러 식품 중 하나에 불과했다. 그러나 주인공은 다른 단백질 식품과는 달리, 유독 달걀로 만든 음식만은 성장한 이후에도 먹지 못한다. 높이에 대한 두려움 즉 '고소 공포'를 달걀에 대한 두려움에 빗대어 놓는 소설 속 한 구절은 주인공의 '달걀 공포'에 다른 심리적 요인이 개입되어 있음을 암시해준다. 말하자면 그의 달걀 회피는, 이미 새로운 것으로 대체된 "육체를 구성했던" 세포의 문제가 아니라 여전히 남아 있는 "뇌세포"의 문제인 것이다. 주인공의 달걀에는 "가장 강력하며 가장 침투력이 강한, 가장 근원적인 나의 두려움"(p. 282), 다시 말해 이모에 대한 그의 심리가 투사되어 있다. 그렇다면 무슨 심리인가.

이모가 임종을 맞이하기 전까지 이모를 향한 그의 마음엔 미안함과 더불어 한 줄기 원망도 없지는 않았겠다. 이모가 준 "최초의 음식"인 달걀을 비롯해 이모가 그에게 준 유형무형의 자양분들, 이모의 눈물과 이모의 기대는 그를 성장시켰으나, 이모의 그 극진한 정성은 그것을 받아들이는 그로서는 인생을 포기한 대가를 상환하라는 무언의 요구일 수밖에 없었던 것이다. 그런 이모가 소멸해간다. 빚을 갚을 길은 이제 영영 없어진다. 이모는 자신을 위해 모든 것을 바쳤지만, 지금 죽어가는 이모를 위해 주인공이 할 수 있는 일은 아무것도 없다. 마지막으로 주인공에게 남은 것은 무엇인가. 엎드려 통곡하는 것? 아니다. 그는 그의 두려움을 정면으로 응시한다. 그가 진정 두려워하고 있는 것은 이모의 죽음이 아니라, 마지막 순간 이모가 남길지도 모르는 그를 향한 비난의 말이 아닌가 하고. "이모가 나를 키워준 순간부터, 우리가 함께 살았던 그 모든 시간 동안 나는 내내 이모의 인생을 망쳐버렸다는 죄책감과 그 죄책감에서 비롯된 의무감과 두려움으로 평생 짓눌려"(p. 276) 있었음을 이모에게 고백하게 되는 것이 아닌가 하고.

이 대목에서 소설이 갈 수 있는 길은 그리 많지 않다. 관계 내부의 균열을 응시하는 이 토로의 장면만으로도 소설은 할 일을 다 했을지도 모른다. 하지만 「달걀」에서 작가는 주인공에게 기회를 한 번 더 준다. 치매로 인해 후퇴하는 이모의 기억 속에서 과거로 돌아간 주인공은, 이모의 사랑이 그가 원망이니 부채니 하는 마음을 품는 것 이상의 큰 것이었음을 확인하고, 그의 족쇄가 이모에 의해 채워진 것이 아니라, 그 스스로 만든 것이라는 사실을 깨닫는다. 하지만 "그때는 이미 모든 것이 늦었다"(p. 269).

 이모, 미안했어요. 이모가 그 말을 듣지 못할까 봐 나는 큰 소리로 말했다. 눈을 감은 채 이모는 또 한 번 살며시 웃었다. 미안하다는 말이 아니라 그날 나는 고마웠다는 말을 했어야 했는지도 모른다. 그 말을 이모가 더 마음에 들어하지 않았을까. 이모는 단 한 번도 나에게 '내가 그동안 너한테 어떻게 했는데,' 혹은 '니가 나한테 어떻게 이럴 수가 있니'라는 말 같은 건 한 적이 없었는데 그동안 나는 왜 그토록 두려워했던 것일까. (「달걀」, p. 277)

 깨달음이란 그런 것이다. 깨닫게 된 때는 이미 너무 늦은 것이다. '뒤늦은'이란 말이 언제나 깨달음의 짝일 수밖에 없는 것이다. 주인공은 이모가 죽고 나서야 미안하다, 라는 말을 고맙다는 말로 고친다. 우리는 두 말의 미묘한 차이를 알고 있다. '미안하다'는 말은 마땅히 져야 할 책임과 그 책임을 다하지 못한 과실에 대한 인정이다. 그러니 그것은 누군가에게 꼭 해야만 하는 말이기도 하겠지만, 그 말이 발음되는 순간 관계는 책임과 의무로 엮이게 된다. 미안한 마음이 어느 순간 두려움으로 변하는 것은 그 때문이며, 미안하다는 말을 듣는 사람의 마음이 편할 수 없는 것도 그 때문이다. 그러나 이모의 사랑이 그에게 그런 책임을 요구하지는 않았을 것이다. 죽는 순간까지 놓지 못했던 꿈이 있었지만, 그 꿈을 실현시키지 못한 것을 이모는 그의 탓으로 돌리지 않았다. 이모는 그를 사랑했으니까. 주인공은 생각한다. 고맙다는 말을 "이모가 더 마음에 들어하지 않았을까." 물론. 사랑하는 사람은, (당신이 나에게 사랑을 나눠 주게 하여) 미안하다는 말 대신 (나를 사랑해서) 고맙다는 말을 듣고 싶을 것이다. 이런 생각들을 하게 된 후에야, 남자는 그의 공포의 결정체 '달걀'과도 화해한다. 지금 비행기 안의 이 남자는 한사코 꺼려왔던 달걀을 그것도 한 판씩이나 형형색색의 색깔로 칠해 '가비'가 있는 독일로 가져가고 있다. 이제 그는 연인과도 새로운 관계를 맺어갈 수 있을 것이다. 남자의 주머니 속에 있는 달걀은 "부활절" 달걀이다.

지금까지 함께 읽은 「달팽이에게」와 「달걀」은 한마디로 '작별 인사'이자 '작별 의식'이다. 그러니 이 소설들의 가장 기본적인 틀은 상실과 애도라 해도 좋다. 하지만 이 소설들에서 작별의 의미는 이중적이다. 간단히 종합해보자. 기억을 잃어가는 두 인물이 있다. 「달팽이에게」의 하지 고모와 「달걀」의 이모가 그들이다. 그러나 그들의 기억 상실은 주인공들에게 사랑의 의미를 되살려놓는다. 망각의 강을 건넌 하지 고모를 돌보는 요지 고모의 사랑을 통해, 그리고 후퇴하는 기억 속에서 비로소 재발견한 이모의 사랑을 통해, 조카들은 부모의 죽음이 드리운 어두운 그림자를 씻는다. 그리고 새로운 출발을 결심한다. 한 사람은 연인(미연)과의 관계를 정리하고, 다른 한 사람은 새로운 사랑(가비)을 찾아 떠나지만, 두 사람의 움직임은 궁극적으로는 일치한다. 지금까지의 자기 자신과의 결별이 연인과의 관계를 통해 드러나고 있기 때문이다. 요컨대 이들은 사랑하는 이의 죽음이 만든 슬픔의 늪에 좌초하는 대신, 그 슬픔의 힘을 안으로 그러모아 한 단계 더 성숙한다. 그 점은 '달팽이'와 '달걀'을 내세운 두 소설의 제목이 말해주는 바이기도 하다. 보다 정확히 하자면 달팽이의 '알'과 닭의 '알'이겠다. 고모들과 이모를 스스로의 기원으로 자리매김하면서, 이들은 그 기원의 끝에서 새로운 시작을 맞는다. 그렇게 끝은 시작과 만난다. 무언가의 결실이자, 또 다른 무언가의 출발이 될 만남은 '알,' 곧 둥근 형태를 이루는 것이다.

이쯤에서 눈 밝은 독자라면 두 소설 모두 '나란 누구인가'

라는 질문을 깔고 있다는 사실을 상기할 수 있지 않을까. 더불어 그 질문이 아버지, 고모, 이모라는 가족의 테두리로부터 유래하고 있다는 사실도. 옥죄어오는 가족(으로 대표되는 속악한 현실)과 그 구속으로부터 벗어나 자기만의 공간을 갖고자 하는 충동의 길항은 이 작가가 지속적으로 씨름해온 중요한 주제 중 하나다. 유폐된 내면을 낳기도 했고, 소통에의 갈구를 낳기도 했던 것은, 지난 소설집 『국자 이야기』에 수록된 소설들의 엄정한 자기 탐구를 거쳐 드디어 여기까지 이르렀다. 문제의 원인을 더 이상 바깥으로 전가하지 않는 그들의 눈물, 누군가의 고통과 그것을 감싸 안는 사랑에 눈뜬 그 눈물은 그래서 애틋하다. 하지만 지금까지 살펴보았듯이 「달팽이에게」는 알이 부화되기 직전에서, 「달걀」은 달걀을 깨보지 않은 상태에서 끝이 난다. 외부와 차단된 내부의 공간은 안전하고 평화롭다. 하지만 그 내부가 마치 농익은 과일이 즙을 토해내듯이 파열되어 열리지 않는다면 거기서 멈춘다면, 그것은 거꾸로 닫힌 공간이 될 수도 있다. 그것이 '자아'라는 견고한 벽이다. 가령, 「달걀」의 마지막 장면에서의 "나는 안전하다"라는 진술이 못내 마음에 걸리는 것은, 그 진술이 그가 이제는 아무도, 이모마저도 침해할 수 없는 방어적인 벽을 갖게 되었다는 뜻으로 읽힐 여지가 없지는 않기 때문이다. 그러니 "아직은 그녀(가비)를 만나기 전이니까"라는 소설의 마지막 문장을 우리는 있는 그대로 기억해 둘 필요가 있겠다. 아직은 타자를 만나기 전인, 그리고 이제야 비로소 만나게 될, 자아의 저 떨림과 긴장을 말이다.

그렇다면 그러한 떨림과 긴장은 어떠한 전망 속에서 피어오르고 있는 것인가. 「달걀」과 「달팽이에게」의 인물들과 「밤이 깊었네」의 인물들을 잠시 나란히 놓아보기로 하자. 인물 구성은 거의 일치한다. 「밤이 깊었네」에도 파킨슨병을 앓아온 엄마와, 애인이었던 B, 그리고 그들 사이의 주인공 여자가 있다. 그러나 "가끔은 엄마에게 수면유도제 같은 걸 먹일 때가 있다. 이렇게라도 하지 않으면 엄마와 난 영원히 함께 살 수 없다"(p. 156)와 같은 「밤이 깊었네」의 문장들은 '밤이 깊었다'는 제목 그대로 더 무겁고 더 어둡다. 이 소설의 문장들에는 파킨슨병과 치매를 동시에 앓고 있는 어머니를 긴 세월 수발한 여자, 스스로 퇴행하고 있는 것이 아닌가 자문하는 그 여자의 보다 더 구체적인 고통이 드리워져 있다. 「달팽이에게」와 「달걀」의 인물들은 병환 중인 고모와 이모로 인해 괴로워했지만, 그녀들을 돌본 사람은 그들이 아니었지 않은가. 이들이 말하는 '기적적인 생'이 얼마간 추상적으로 느껴진다면, 그것은 그들의 그러한 깨달음이 관찰자의 그것임을 완전히 부인할 수는 없기 때문이다. 하지만 두 소설과는 달리 「밤이 깊었네」에서 작가는 능동적인 선택이 개입할 여지가 없는 자연적인 '죽음'으로 인물과 가족을 분리시키지 않는다. 「밤이 깊었네」에서 주인공은 "엄마를 돌보듯 나 자신을 돌볼 시간이 필요하다"고 믿으며 다시 돌아오겠다는 다짐과 함께 '엄마'를 떠난다. 이때 그러한 '선택'을 한 주인공 앞에 놓여 있는 것은 '알'이 아니라 '문'이다.

조경란은 데뷔작 「불란서 안경원」에서 그 후로 오랫동안 독자들이 참조하게 될 인상적인 메타포 하나를 선보였다. 그것이 조경란의 독자라면 쉽게 잊을 수 없는 "12자·8자 통유리"다. 유리창(벽)은 세계로부터 자아를 보호해주지만, 동시에 차단한다. 그 유리창(벽)이 깨어질 때의 '불안'과, 깨진 유리조각을 딛고 서고자 하는 '의지'를 다각도로 조명한 소설집이 네번째 창작집 『국자 이야기』였다. 그리고 이제 「밤이 깊었네」의 주인공은 '문'을 본다. "나는 내가 어렸을 때 체험하고 배운 모든 것에서 하나의 문을 보았다. 하지만 그 문이 언제나 두 개의 면을 갖고 있으며 밖을 차단하지만, 열린 통로처럼 내부와 외부를 연결시켜주기도 한다는 걸 잊고 있었던 것 같다"(pp. 175~76). 그 문을 절반쯤 연 느낌 속에서, 그녀는 어둠의 세계와 빛의 세계를 동시에 포착한다. 지금 그녀는 전자에서 후자로 나아가려는 찰나에 서 있다. "짐을 다 꾸려놓고" 여자는 예의 그 "검은 유리창"에 자신의 얼굴을 비춰보지만, "밤은 나를 죽음으로 걸어가도록 설득하지"라고 말했던, 이제는 고인이 된 B를 향해 다음과 같이 속삭이는 것을 잊지 않는다. 지금은 "다만" 밤이 깊었을 뿐, "그래도 사람이 가장 아름다울 때는 빛과 뒤섞여 있을 때"라고.

주인공이 보는 '문'을, 그리고 그 틈새로 그녀가 예감하는 '빛'을, 우리는 다른 소설들에서도 마주친다. 가비를 찾아 독일로 가고 있는 주인공의 떨림을 기억하는가. 독일이 다시 중요한 무대가 될 것이다.

여자들, 원과 원을 이어가다

독일로 떠난 여자와 독일에서 돌아온 여자가 있다. 「버지니아 울프를 만났다」와 「풍선을 샀어」의 주인공들이 그들이다. 이십 년 전 자살한 아버지의 기억에서 자유롭지 못했던 「버지니아 울프를 만났다」의 주인공은 자살 시도에 실패한 후 할머니에게 말한다. "아버지의 자살은 바닷물을 끌어들이는 달의 인력처럼 나를 따라다녀"(p. 131). 할머니라고 첫아들의 죽음이 어찌 상처가 아닐 수 있겠는가. 하지만 그녀는 손녀가 죽음의 인력에 끌려 다니는 것을 보고만 있을 수 없었을 것이다. 할머니가 말한다. "우리 둘이 한번 해보자." 아들이 죽기 전까지 임상치료사로 일했던 할머니는 손녀를 집으로 데려와 그녀에게 종이와 연필을 쥐여준다. 그런데 그 (그림)치료가 끝나가는 듯 보였을 때, 할머니는 이번에는 자신의 손녀를 먼 이국으로 떠나보낸다.

해설|원의 현상학, 책의 존재론 299

"할머니와 나에게 경계가 있다는 것이 믿기지 않았"던 주인공이, 자기만의 세계에서 일생을 산 여자의 이야기를 할머니로부터 듣고 마침내 짐을 꾸렸을 때, 우리는 그녀 역시 할머니가 제안한 이 여행의 의미를 알고 있었다고 짐작할 수 있다. 정규 교육을 받지도 않았고 친구도 없는 주인공은 그때껏 폐쇄된 삶을 살아왔던 것이다. 물론 엄밀히 말해 그녀에게 교감의 상대가 없었다고는 할 수 없다. 주인공이 항변하듯이 우리가 책을 통해 만나는 현인들은 이미 세상에 존재하지 않는 자들이지 않은가. 그러므로 문제는 죽은 자에의 이끌림 그 자체는 아니다. 하지만 그들로부터 주인공이 과연 어떤 메시지를 읽어내는가는 문제적이라 할 수 있다.

소설에서 버지니아 울프를 만난 주인공이 그녀로부터 듣는 이야기는 두 번에 걸쳐 제시된다. 할머니에게 주인공이 들려준 이야기 속의 울프는 고독하고 노쇠한, 절망의 늪에 허우적거리는 무력한 수석가였다. 이생의 마지막 무렵의 울프는 그렇기도 했을 것이다. 하지만 주인공이 만난 이 울프의 모습에는 주인공 자신의 자아상이 얼마간 덧대져 있기도 하다. 그러므로 주인공의 이야기를 듣고, 울프를 다음에 만난다면 다른 이야기를 듣게 될 것이라 한 할머니는 옳았다. 결과적으로 봤을 때 주인공이 다시 만난 울프가 할머니의 말처럼 다른 이야기를 주인공에게 들려주기 때문이 아니라, 할머니가 그 말을 하며 "네가 변한다면"이라는 조건을 전제하고 있기 때문이다.

주인공 앞에 두번째로 등장한 울프는 여전히 글과 삶의 고통에 대해 말하지만, 그것들에는 첫 만남에서와는 다른 의미가 부여되어 있다. 글은 고통에서 벗어나는 길을 열어줄 것이며 삶은 글(책)로서 완성될 것이라고, 다시 만난 울프는 말한다. 버지니아 울프가 그사이에 달라진 것일까. 당연히, 아니다. 달라진 것은 주인공 자신이다.

    독일에 체류하면서 주인공은 자신의 인생에서 아마도 최초일 친구들을 만난다. 그중의 한 명이 소냐다. 소설에서 소냐와 관련된 에피소드 역시 두 번 제시된다. '버지니아 울프를 만났다'는 주인공의 말에 자신도 만났다고 소냐가 고백하는 장면이 먼저, 그리고 한낮의 숲에서 여우를 만난 후 소냐가 주인공에게 "봐, 말귀를 알아듣잖아"라는 말로 주인공과 여우와의 대화를 인도하는 장면이 그 다음. 두번째 장면은 첫 장면의 발전된 변형이라 할 수 있다. 울프와 늑대의 음성학적 유사성, 개과에 속하는 늑대와 여우의 의미론적 겹침 때문만은 아니다. 첫 장면의 핵심은 신뢰와 교감 그리고 소통이다. '버지니아 울프를 만났다'라는 문장은 고립의 상징이다. 그것이 현실적 인과율 바깥에 있기 때문이다. 그 말을 뱉는 주인공 자신도 누군가 그 말을 믿어줄 것이라 기대하지 않았다. "How can you believe that?" 그러나 너의 상처를, 너의 꿈을 믿는다는 말은 그 말 이상의 이유를 요구하지만, 나도 같은 상처를, 나도 같은 꿈을 꾼 적이 있다는 말은 더 이상의 설명을 필요로 하지 않는다. 바로 그 순간 나와 너는 만나고 있으니까. 두번째 장면에서 그러한 교감이 낳은 소통은 "늑대 소리인지 여우 소리인지 개 소리인지도 모를 울음소리"(p. 140), 뱃속 깊은 곳에서 토해지는 울음소리로 이어진다. 닫혀 있던 내면이 그렇게 열린다.

「밤이 깊었네」의 주인공이 감각했던 '문'은 「버지니아 울프를 만났다」의 주인공 앞에도 열려 있다. 주인공을 그 문으로 인도하는 한 사람이 소냐라면, 다른 한 사람은 말할 것도 없이 할머니다. 할머니는 "나를 멀리 보냈다. 나는 그것이 할머니가 나에게 새로운 문 하나를 준 거라고 생각한다"(p. 143). 작가는 주인공이 소냐와 함께 여우를 만나는 장면에 연이어서, 할머니가 뇌수종 진단을 받았다는 것을 숨기고 그녀를 떠나보냈다는 사실, 그리고 지금 그녀가 독일에서 할머니의 부음을 받았다는 사실을 일러준다. 그러나 "나는 이제 고아가 되었다"(p. 141)고 말하는 주인공에게 할머니의 부음은, 영원히 버림받았다는 고통스런 자각을 의미하지는 않았다. 이를 확인케 하는 것이 소설 속에 제시된 할머니가 주인공에게 보낸 사진 한 장이다. 할머니의 아들과 딸들을 비롯해 모두 서른일곱 명이 찍은 사진을 보며, 주인공은 사진 속의 사람들을 "열매"에 비유한다. 할머니는 죽었지만, 그녀의 '열매들'이 남아 일가를 이룬다. 씨앗의 자양분이 그 결실인 열매 안에 기억되어 있듯, 자손들 속에, 그리고 또 "착한 열매"인 그녀 속에 할머니는 영원히 살아 있을 것이다.

　……화성 안으로 눈물 한 방울이 툭 떨어졌다. 지금은, 우는 할머니도 볼 수가 없다. 나는 플리니의 방바닥에 그려져 있는 여러 개의 원을 색칠했다. 떠나는데 아무것도 줄게 없어서 동그라미 하나를 유독 진하게 색칠하고는 너는 나의 토성이야 소냐, 라고 혼잣말을 했다. (「버지니아 울프를 만났다」, p. 146)

　자신의 생이 얼마 남지 않았음을 안 할머니는, 손녀가 또다시 "가장 가까운 사람"의 죽음으로 치유할 수 없는 상처를 받기 전에 새로운 세상을 만날 준비를 할 수 있기를 원했으리라. 주인공이 "동그란 원들이 얽혀 있는 패턴이 인쇄된 방바닥"(p. 145)을 칠하며 회상하는 과거는 그래서 각별하다. 할머니와 함께 그림 치료를 하던 시절, 주인공은 삼각형과 사각형이 가운데 원을 모서리로 찌르는 그림을 그린 적이 있었다. 그 원은 주인공에게는 할머니였지만, 할머니에게는 주인공 자신이었다. 두 사람 모두 그림 속에서 상처를 입고 있는 상대의 모습만을 읽어냈던 것이다. 그러나 주인공은 할머니가 보는 앞에서, 삼각형과 사각형을 지우고, 원 옆에 나란히 세 개의 원을 더 그려 넣으며 그림을 수정한다. 그림이 지구를 중심으로 한 천체도로 변하는 순간, 지구와 가장 가까이 있는 별은 '달'이 아니라 "노란색 화성" 곧 할머니였다. 그리고 위의 장면에서 주인공은 자신의 우주에 '소냐―토성'을 추가한다. 주인공이 아버지의 죽음을 달의 인력에 빗댄 것을 기억하는가. 달과 별은 모두 밤의 빛이지만, 주인공이 받는 달빛 아래에는 죽음만이 있었다. 그러나 이제 '나―지구'를 끌어당기는 것은 달이 아니라 '할머니―화성'과 '소냐―토성'이다. 그렇게 방바닥의 동그라미들이 우주의 별들로 바뀔 때, 더 이상 밤의 빛은 죽음의 역능 아래 있지 않다. 주인공이 보낸 지난여름에 대한 작별 인사로 이보다 더 아름다운 것이 있을까.

이 원의 이미지를 우리는 표제작 「풍선을 샀어」의 결말에서 다시 만난다. 「풍선을 샀어」의 주인공은 서른일곱 살이다. 독일의 하이델베르크에서 십 년 만에 귀국했다. 철학을 전공한 여자는 집에서는 골치 아픈 노처녀에 불과하고, 밖에서 그녀에게 허락된 일거리 역시 전공을 살리는 것과는 거리가 멀다. 이런 종류의 이야기는 이제는 정색하고 하는 것이 오히려 머쓱한 것이 되어버렸다. 말하자면 독일 박사가 "차박사지물포"의 주인이 되는 그런 이야기, '쉽게 읽는 니체'가 '셰이프바디라인 요가'와 '부동산 투자전략'과 어깨를 나란히 하는 그런 이야기 말이다. 철학이 스며들 공간은 이 도시에 더 이상 존재하지 않는 것일까. 그러나 「풍선을 샀어」는 자신만의 철학을 찾아가는 한 여자의 이야기를 섬세하게 펼쳐놓는다.

이십칠 년을 살았던 서울을 낯선 여행자처럼 헤매는 주인공이 처음 한 일은 프랑스제 명품 가방을 사는 것이었다. 거리에서 가장 흔하게 눈에 띄었기 때문이다. 가방으로부터 그녀가 기대한 심리적 효과는 분명하다. '이방인'이라는 위치가 주는 불안과 두려움을 상쇄하고 소속감을 부여받는 방편으로 주인공은 가방을 선택한 것이다. 그러나 이 첫 선택이 부질없는 것이라는 사실을 알게 되는 데는 긴 시간이 걸리지 않았다. 자신에게 필요한 것이 "우정과 신뢰 속에서의 대화와 휴식"(p.15)이라 생각한 주인공은 이번에는 가방을 팔고 앵무새를 산다. 가르치는 말만을 따라서 되풀이할 뿐인 앵무새 한스에게, 자기 자신을 그대로 되돌려받는 것 이상의 소통을 기대할 수 있겠는가. 주인공이 입을 다무는 순간, 앵무새 한스가 들려줄 이야기도 없다. 마지막으로 앵무새를 팔아 주인공이 사는 것은 풍선이다. 왜 풍선인가. 이 대목에서 J와 토마스가 등장한다.

문화센터의 수강생 J는 공에 맞아 기절한 뒤 선수 생활을 그만둔 전직 국가대표 핸드볼 선수다. J와 첫 데이트를 하는 날, 주인공은 그가 겉보기와는 달리 심각한 공황장애를 앓고 있음을 알게 된다. 회복되었다 믿었던 J의 공황이 다시 시작된 것은 그의 아버지가 자살한 나이인 28세를 목전에 두고서다. 마치 심장마비로 인해 죽은 가족을 둔 사람이 단순한 신체적 증상도 심장마비의 전조로 경험하게 되는 것처럼, J 역시 자살한 아버지의 나이가 되자 그 역시 비슷한 선택을 하게 되리라는 불안과 두려움을 공황장애를 통해 경험한다. 그런 J가 숨을 몰아쉬며 차선조차 바꿀 수 없어할 때, 주인공은 앵무새를 팔아 산 풍선을 주머니 속에서 만지작거린다. 주인공이 J에게 환기하는 이런저런 "권리"들이 공황장애를 극복하는 인지 행동 치료의 일환이라, 풍선을 이용한 호흡 훈련은 J가 공황장애의 주된 신체 증상인 과호흡을 조절할 수 있게 도와줄 것이다. 그렇다면 그녀의 주머니 속에 잔뜩 든 풍선은 J만을 위한 것인가. 그렇지는 않다. 지금 불안과 두려움 앞에 떨고 있는 사람이 J만은 아니기 때문이다. "두렵기는, 나 역시 마찬가지였다"(p. 43).

풍선을 사라. 그것은 과거 토마스가 그녀에게 내린 처방이기도 했다. J처럼 그녀 역시 공황장애로 힘들어했다는 사실이, 또 지금 J 곁의 그녀처럼, 독일에서는 토마스가 "수천 개의 풍선"을 부는 주인공을 "바라보는 가장 안타깝고 슬픈 눈"의 소유자였다는 사실이 소설의 후반부에 와서 밝혀진다. 하지만 주인공이 왜 그런 친구 토마스를 떠나왔는지, 다시 말해 그녀가 왜 한국으로 돌아와야 하는지에 대해서는 소설은 말을 아낀다. 이 소설에서 가장 조심스럽고 비밀스러운 대목은 토마스와 관련된 대목이 아닐까. 열 살 연하의 J와 사랑을 꾸려가는 과정이 소설의 주된 줄거리를 이루고 있지만, 그 만남까지를 사실상 좌우하고 있는 것은 파편적으로 흩어져 드문드문 제시되고 있는 토마스와 주인공과의 관계다. "나에게는 토마스의 위로와 충고에 저항할 권리가 있고 더 이상 미안해하지 않아도 될 권리가 있고 J를 생각해도 될 권리가 있다"(p. 48)라는 소설 속 한 구절은 ─ 굳이 토마스와 주인공 사이에 정신분석 임상에서 발생하는 전이적 사랑transference love을 전제하지 않는다 하더라도 ─ 토마스(의 말들)로부터 벗어나고 싶어 하는 주인공 내부의 갈망을 암시해준다. 그렇다면, 무엇 때문에?

서울로 떠나는 주인공을 향한 토마스의 마지막 전언은 쓸쓸했다. 그녀가 "고립적으로 살아갈 운명"이라는 메시지를 담고 있었기 때문이다. 주인공에게는 "작은 마을과 학교가 오랫동안 내 세계의 전부"(p. 50)가 아니었던가. 막막한 세계가 주는 두려움을 그녀는 가방과 앵무새로 막아보려 하지 않았던가. 상처 입은 타인을 위무하는 법 역시 잘 알지 못한다고 고백하는 그녀가 아니었던가. 그러나 토마스는 절반만 옳았다.「풍선을 샀어」는 한 여성이 고립을 벗어나 의지의 힘으로 변화를 만들어가는 소설이고, 타인과의 관계를 통해 토마스가 어렵다고 단언했던 희망을 찾아 나가는 소설이다. 마치 토마스가 고소 공포를 사랑의 힘으로 이겨낸 것처럼, 그녀와 J 역시 그러할 것이다. 소설의 마지막에 이르러 우리는 공황 장애를 앓는 사람들의 고통스런 치료법이었던 풍선(호흡법)이, 아이처럼 풍선을 불어 날리는 주인공과 J를 통해 하나의 유희적 이미지로 탈바꿈하는 것을 목격하게 된다.

풍선은 자꾸자꾸 먼 하늘로 날아가고 있었다. 두려움을 극복하는 길은 뒤돌아보는 것이 아니라 앞으로 나아가는 거다 J. 그것은 변화를 뜻하는 것일지도 몰라. 스스로 깨닫지 못했던 삶의 특별한 의지가 있다면 그건 아마 풍선처럼 둥글고 부풀어 있을 것 같다. 내 이마가 그의 턱에 닿도록, 나는 살짝 발뒤꿈치를 들어 올린다. (pp. 51~52)

「버지니아 울프를 만났다」의 할머니의 자리에 「풍선을 샀어」의 토마스를, 그리고 소녀의 자리에 J를 놓아볼 수 있겠다. 그렇게 놓고 볼 때, 「버지니아 울프를 만났다」에서 주인공이 그리던 화성과 토성을 이어받는 것은, 「풍선을 샀어」에서 주인공과 J가 하늘에 날리는 노란 풍선과 파란 풍선이다. 그것들은 모두 둥글다. 조경란의 인물들에게 그 둥근 모습은 삶의 의지를 반영한다 "스스로 깨닫지 못했던 삶의 특별한 의지가 있다면 그건 아마 풍선처럼 둥글고 부풀어 있을 것 같다." 그런데 이 풍선의 둥근 모양이 바닥에 그려진 동그라미들과는 또 다른 느낌을 불러일으키는 것은 왜인가. 기하학적 평면의 형상에서 구(球)에 가까운 입체로 변화했기 때문에? 공기의 힘으로 먼 하늘로 올라가는 풍선의 역동적인 상승 효과 때문에? 그럴 수도 있다. 위 인용한 장면의 첫 두 문장이 여실히 보여주듯이, 주인공에게 '상승'이란 극복과 변화를 뜻하는 앞으로의 '전진'에 다름없으니. 그러나 주인공과 J가 풍선을 함께 불었고, 두 풍선이 나란히 날아오르고 있다는 사실이 주는 여운도 잊지 말기로 하자. 「버지니아 울프를 만났다」에서 "너는 나의 토성이야 소냐"라고 읊조리는 주인공의 낮은 혼잣말은 아름답지만, 이때 '소냐―토성'은 어디까지나 '나―지구'로부터 파생된 것이었고, 주인공이 만든 우주는 소냐에게 보내는 마지막 작별 인사였다. 그러나 「풍선을 샀어」에서 날아오르는 두 풍선은 시작의 인사이며, 그 시작의 첫 장에서 조화를 이루고자 하는 쪽은 주인공이다. 소설의 마지막 문장을 보라. "내 이마가 그의 턱에 닿도록, 나는 살짝 발꿈치를 들어 올린다." 언뜻 싱그럽고 청순해만 보이는 이 전언이 우리의 마음을 움직이는 것은 그래서다.

마지막으로 이 소설집에서 지속적으로 등장하는 테마이기도 한, '불안'에 대한 중요한 통찰을 짚어두어야 할 듯하다. 「풍선을 샀어」에서 인물들의 불안이 공황장애를 앓고 있는 사람만의 것이라 할 수는 없다. 주인공이 J에게 말하듯, 생활을 제약하는, 스스로를 안으로 닫아걸게 하는 불안과는 싸우는 것이 좋겠다. 그러나 그 역시 주인공이 깨달아가는 것처럼, 궁극적으로는 불안을 안고, 불안과 함께, 불안의 힘으로 살아가는 법을, 삶의 불행과 곤경과 위기를 우리 삶을 지탱해주는 것으로 껴안는 법을 터득해야 하리라. 주인공은 말한다. "이제 나는 나의 불완전성을 인정하고 또 그것과 화해하고 싶다.

정말로 지키고 싶은 게 생겼으니까"(p. 36). 주인공의 진술은, 그녀가 주인공이 "J에게 쏘았으나 되돌려 받은 화살 같은 질문에"(p. 49) 대한 주인공의 응답으로 받아들여도 무방할 듯하다. 그녀도, 또 J도, 불안을 완전히 없앨 수는 없을 것이다, 생의 끝까지. 그러나 그것이 언젠가는 사위어갈 것이라 믿으며, 불안을 삶이 결코 완전할 수 없다는 하나의 증거로서 겸허히 수용할 수는 있을 것이다, 지키고 싶은 것이 있다면. 그 '지키고 싶은 것'은 J처럼 '무지개송어'일 수도, 주인공처럼 '책'일 수도 있다. 하지만 우리는 이미 보고 있지 않은가. 정말로 지키고 싶은 그것은, 무엇보다 곁에 있는 사람, 바로 '너'라는 사실을.

단 하나의 점, 그리고…… 첫번째 책

『풍선을 샀어』에서 둥근 모양은 다채롭게 변주된다. 이쯤에서 누군가는 「2007, 여름의 환(幻)」에서 모든 사건의 출발이 되었던, 결국 삼백 개도 넘는 오색 공들이 든 볼풀 속에서 발견된 '반지'를 떠올릴 것이고, 또 누군가는 「마흔에 대한 추측」에서 주인공이 수형의 방에서 보았던 "커다랗고 동그란 원," 즉 아홉 개의 점으로 이루어진 '에니어그램'을 떠올릴 것이다. 그리고 좀더 주의 깊은 누군가라면 앞서 읽은 「버지니아 울프를 만났다」와 「풍선을 샀어」가 모두 분석주체analysand와 분석가analysist의 임상적 관계를 배면에 깔고 있다는 사실도 눈치 채지 않았을까. 임상 치료에 대해서라면 서른아홉 동갑내기인 시인(「마흔에 대한 추측」)과 웹투니스트(「2007, 여름의 환(幻)」)도 할 말이 없지 않을 것이다. 그들은 그야말로 상담을 받아본 경험이 있으니까. 정신 상담을 이내 그만둔 만화가보다는, 그만두었다 다시 시작한 시인 쪽을 더 들여다보는 게 어떨까.

「마흔에 대한 추측」의 주인공 시인은 칠 개월 후 마흔이 된다. 하지만 여전히 그녀는 죽은 아버지가 생전에 손 대신 올려놓았던 책 없이는 잠들지 못하는 데다가, 단 한 편의 시도 발표하지 못하고 있으며, 연애도 뜻대로 되지 않는다. 대인 관계에서는 경계심이 먼저 비상등을 켜며, 좋지 않은 일에는 자격지심이 앞서고, 나쁜 일이 생길지도 모른다는 불안감에 쫓기고, 우울은 만성적이요, 무력감은 장기적이다. 이렇게 나열해 놓으니 꽤 심각해 보이지만, 그녀가 겪고 있는 곤란은 따지고 보면 서른, 마흔 등 인생의 십진법의 문턱에 다다른 이들이 한번쯤 통과하는 것이기도 할 터. 한데 그렇다면 지금 그녀에게 필요한 처방은 '프로작'인가.

알다시피 정신 상담의 기본은 약물이 아니라 대화다. 한 사람은 말하고 다른 한 사람은 듣는다. 하지만 「마흔에 대한 추측」의 주인공이 닥터 현(이나 마작 모임의 또래 친구들)을 통해 먼저 알아가는 것은 말하는 법이 아니라 듣는 법이다. 소설은 "나로 말할 것 같으면 꽤나 탐구적인 사람이다"(p. 205)라는 유형화로 시작한다. 유형이란 공통적인 성질을 바탕으로 한 하나의 틀이다. 그 안에서 개별적인 성질들은 특정 유형에 보편적인 특질로 일반화된다. 이런 일반화가 주는 안정감이 없을 리 없다. 유형이란 곧 유동적인 '나'를 고정시키는 동시에 알 수 없는 타자를 이해 가능하게 하는 척도로 기능하기 때문이다. 물고기자리는 상처에 취약하고, AB형은 괴짜들이며, 7번 타입은 열정적이고, ESTP 유형은 수완이 좋다고 할 때 우리는 ─그것이 토대하고 있는 과학적 통계적 근거에는 주의를 기울이지 않는다 하더라도─ 불확실하고 불확정적인 것이 주는 불안이 일시적으로나마 걷히는 것을 느낀다. 주인공이 에니어그램 유형에서 '4번 개인주의자'라는 사실을 확인하고 스스로를 돌아보듯이, 어떤 이에게 그것은 소중한 발견이 되기도 할 것이다. "개인주의자답게, 나는 언제나 내가 가진 문제가 가장 중요했으며 타인의 이야기를 듣기보다는 내 이야기를 하는 것, 누군가 내 이야기를 듣고 있는 상태를 훨씬 더 익숙하게 여겨왔었다"(p. 238)라는 고백이 낳는 울림은 상당하다. 더군다나 주인공의 이러한 진술은 고백의 형식을 취한 글쓰기 전반에 대한 메타적인 진술로 읽히지는 않는가.

그러나 정작 중요한 것은 '개인주의자'라는 유형의 발견이

나 확인 그 자체는 아닐 터이다. 만약 에니어그램이건 MBTI 이건 어떤 (성격) 유형화가 도리어 운명론에 가까운 자기 합리화의 근거로 수용된다면 그러한 발견은 아무 쓸모도 없을 것이니 말이다. 우리가 관심을 기울여야 할 것은 유형의 확인이 아니라 그 확인을 통해 지금 이 사람이 무엇을 하고자 하느냐에 있다. "자기 발견의 과정"을 중요한 과제로 삼고 있는 이 소설이 자기반성으로 나아가는 대목에서 작가는 다시 원을 등장시킨다.

> 나는 그 그림을 자세히 들여다보았다. 아홉 개의 점으로 구분되어 있기는 했지만 그 아홉 개의 점들은 분명히 한 개의 원속에 모두 포함되어 있었다. 아홉 사람이 둥글게 모여 서로 양손을 잡고 있는 것처럼, 4번 옆에는 3번과 5번이, 9번 옆에는 1번과 8번이 있었다. 그러니까 우린 모두 한 개의 원 속에 포함되어 있는 거로군. (「마흔에 대한 추측」, p. 240)

아홉 개의 점은 각각의 성격 유형을 표시한다. 그러나 주인공의 관찰에 의하면 그 점들은 모두 하나의 원 속에 포함되어 있다. 여기서 원은 하나의 전체성을 상징하지만, 그 전체성은 개체들을 억누르지 않고 각각의 특성을 보존하면서도 그것들끼리의 조화를 꾀하는 그러한 전체성이다. 이쯤에서 질문을 뒤집어보자. 과연 타인에게 무심한 것 '만'이 주인공의 문제였던가. 그것은 오히려 표면적인 진실이 아닌가. 보다 심층적으로 볼 때, 그녀를 옥죄어온 문제의 근원은 타인에게 무심하다고 생각하는 자신이, 바로 그 타인들의 평가에 지나치게 예민하다는 데 있지 않은가. 그렇다면 자존감을 지키면서도 타인에게 자신을 개방할 수는, 바꿔 말해 잘 듣는 동시에 잘 말할 수는 없는 것일까.

 소설의 마지막 대목에서, 주인공을 내내 끌고 다니던 "나는 무엇을 피하고 싶은가"라는 수동적인 질문은 "나는 무엇을 얻고 싶은가"라는 능동적인 질문으로 바뀐다. 그리고 작가는 그러한 전환의 중심에 닥터 현과 주인공의 미묘한 관계 변화를 위치시킨다. 앞서 우리는 「풍선을 샀어」에서 토마스와 주인공의 관계가 주인공과 J의 관계로 발전된 것을 보았다. 이때 더 수평적인 쪽은 물론 후자다. 「마흔에 대한 추측」에서도 이와 유사한 상황이 발생한다. 인물은 바뀌지 않는다. 하지만 마지막 상담에서 닥터 현과 주인공의 위치는 전도된다. 주인공은 더 이상 일방적으로 말하는 사람도, 일방적으로 듣는 사람도 아니다. 그녀는 듣는 동시에 말하며, 말하는 동시에 듣는다. 「풍선을 샀어」의 주인공처럼, 불안을 삶을 지속케 하는 하나의 동력으로 포용하리라 다짐하는 「마흔에 대한 추측」의 주인공이 마지막 순간 지목하는 "새로운 불안감"의 원천은 닥터 현이다. 다음 구절은 어떤가. "볼펜을 쥐고 있는 닥터 현의 두꺼운 손을 나는 마치 지금부터 내가 새로 읽어야 할 새

책처럼 쳐다보았다"(p. 246). 이 순간 죽은 아버지의 책은 닥터 현이라는 새로운 책에 자리를 내준다. 전자가 주인공이 스스로를 보호하기 위한 갑옷이나 다름없었다면, 후자는 타인을 향해 뻗은 손과도 같다. 그녀는 책을 한 장 한 장 읽어나가듯, 타인을 읽어나갈 것이다. 읽어나가면서 그녀는 때때로 불안에 떨 테지만, 그래도 좋다. 그 떨림을 견디지 못한다면, 더 이상 책을 읽을 수조차 없다는 것을 그녀는 이제 알고 있으니까.

  책장을 덮을 때가 온 지금, 우리는 이렇게 '책'에 이르렀다. 질문을 던져보자. 그녀들의 꿈은 무엇인가. 「버지니아 울프를 만났다」의 그녀도, 「풍선을 샀어」의 그녀도, 「밤이 깊었네」의 그녀도, 「마흔에 대한 추측」의 그녀도 모두 책(글)을 쓰기를 원한다. 이 열망이 이 소설집의 최종 귀착지라 해도 좋다. 그래서 「형란의 첫번째 책」이 우리가 마지막으로 읽어야 할 소설이다. 아니 일단 책보다는 먼저, 지도다.
  「형란의 첫번째 책」의 주인공은 갑자기 사라진 남편을 찾아 이국의 먼 도시에 왔다. 지도가 있으니 그녀는 남편을 찾는 것은 시간문제라 생각했다. 하지만 일은 처음부터 꼬이기 시작한다. 지도라 생각한 것은 "푸드&레스토랑 지도"였으며, 그마저도 오류가 있었다. 지도에 나와 있지 않은 식당이 있었던 것이다. 지도의 오류는 남편을 찾는 대목에서 다시 한 번 반복된다. 드디어 눈앞에 나타난 남편을 주인공이 미행한다. 남편이 찾아든 것은 매디슨 가 57번지의 한 건물. 주인공이 저녁마다 산책을 하던 길이고, 이제는 눈을 감고도 지날 수 있는 길이다. 그런데 왜 몰랐을까. 주인공이 쥐고 있는 지도엔 그 건물이 없었다(!)

예상에서 벗어난 일은 그뿐만이 아니다. 도서관 사서로부터 '부엌'을 대출하게 된 사연은 어떤가. 소설에 따르자면, 주인공의 남편은 책을 쓰는 저술가다. 도시에서 그녀가 남편을 찾을 수 있으리라 믿은 곳은 도서관이었고, 그 기대가 쉽게 깨어지지 않도록 도서관은 그녀가 마지막으로 방문해야 할 곳이기도 했다. 그러나 아무런 단서도 없이 실종된 남편을 도서관에서 찾겠다는 계획은 얼마나 무모한 것인가. 주인공은 마지막으로 사서 쓰야키에게 묻는다. "혹시 당신 부엌을 좀 빌릴 수 있을까요?"(p. 98).

여자의 이 난감한 사연들은 어떤 연관 속에 있는 것일까. 나아가 무연히 올려다본 하늘로 난 "아직 다 쓰지 못한 무슨 글자"들 같은 제트기의 자취들과, "미처 다 그리지 못한 눈썹"을 지운 후의 얼굴은 또 무슨 상관이 있을까. 언뜻 보기에 별 상관없어 보이는 에피소드들은 결국 모두 책을 쓰는 행위로 수렴된다. 글자를 쓰는 것도, 눈썹을 그리는 것도 모두 공간에 무엇인가를 기입하는 행위다. 지도를 만드는 것도, 책을 쓰는 것도, 기본적으로는 공간을 (재)조직하는 행위다. 빈 공간에 점 하나를 찍는다. 그 점 하나로 새로운 지도가 탄생한다. 빈 종이 위에 기호들을 하나씩 찍어 나간다. 마침내 한 권의 책이 탄생한다.

　애초에 책을 쓰는 일은 주인공의 몫이 아니었다. 실종된 남편의 일이었다. 글쓰는 사람의 고통과 고독을 헤아리는 그녀는 "남편을 위로해야 할 의무가 있"다고만 생각했다. 그런데 남편을 발견한 이후, 보다 정확히 말해, 발견하고서도 남편을 돌려세우지 않은 이후, 그녀는 다시 생각한다. 남편을 찾아 떠난 이 여행이 사실은 또 다른 나를 찾아가는 여행이었다는 것을, 누군가 그려준 지도, 어쩌면 정상이 아니라 낭떠러지로 인도할지도 모를 지도를 스스로의 손으로 수정해야 한다는 것을. 이 대목에서 작가는 그녀의 인물을 부엌으로 인도한다. 주인공이 마침내 지도를 수정하는 것은 도서관에서가 아니라, '쓰야키의 부엌'에서 이 도시에서 만난 친구들과 함께하고 난 이후다. 왜 일까. 그것이 삶의 공간이어서가, 주인공이 아심과 쿠트와 조반나와 어말들 속에서, 그들의 빵과 노래와 눈물 속에서 삶을 발견해서가 아닐까. 소설의 마지막 문장을 보라. "그가 맨 처음 글을 쓰기로 했을 때, 그것은 삶을 위해서였다는 걸 부디 잊지 말라고 말입니다"(p. 120).

　이 소설은 『풍선을 샀어』에 수록된 다른 소설들과 마찬가지로 몇 겹의 작별 인사로 이루어져 있다. 주인공은 차례로 작별한다. 하나는 남편, 다른 하나는 쓰야키와 호텔 친구들, 마지막으로는 그녀 자신. 작별 인사를 나누며 그들은 다시, 새로이, 만난다. 어디에서? 지도에서, 책에서. 한 계절을 머물렀던 도시를 떠나려 하는 주인공은 도시의 지도에 없었던, 그러나 분명히 존재했던 매디슨 가 57번지 건물을 황금색 펜으로 조그맣게 그려 넣는다. 거기에는 사람들이 살고 있으니까. 그리고 생각한다. 지도에 그려 넣은 작은 점이 "나의 첫번째 표상"이며, 그러므로 그 지도는 "나의 첫번째 책"이라고. 작가가 파악하는 글을 쓴다는 것의 의미가 이러하다. 여태껏 다른 이의 눈에 띄지 않은 보잘것없는 것이라 하더라도 엄연히 존재하는 그것들을, 그 사람들을, 그 모두를 스스로의 표상으로 삼은 나 자신을, '종이'라는 또 다른 삶의 공간 위에 올려놓는 것, 그것이 글쓰기다. 그리고 언젠가는 나와 당신은 "일대 일"로 만나게 될 것이다. 삶의 지도로서의 책, 그 위에서.

시간들

우리가 읽은 마지막 소설에서 조경란은 인물의 입을 빌려 다음과 같이 말한다. 서로 다른 곳에 있지만 "우리의 은밀한 의식은 이 한 페이지 위에서 다시 만나"(p. 120)고 있노라고. 우리는 무엇과 만났는가. 이 책의 갈피마다에서 누군가는 죽었고, 누군가는 기억을 잃었으며, 누군가는 병을 앓았고, 누군가는 불안과 두려움에 떨었다. 그 누군가들의 곁에서 힘겹게 삶의 또 다른 페이지를 넘기려는 사람들도 있었다. 그러나 이 소설집에서 조경란의 인물들이 붙잡고 있는 단어는 '고립'도, '고독'도, '유폐'도, '도피'도, '적의'도 아니다. 그런 상태, 그런 감정, 그런 저항이, 필사적으로 요구되던 한 시절이 있었을 것이다. 그 시절을 낮은 포복으로 지나온 작가는 인물들의 손에 이제 다른 단어들을 쥐여주려 한다. '신념'과 '용기'와 '성장'과 '변화'와 '화해'가 지금 이 작가가 신중하게 펼쳐 보이는 새로운 단어들의 목록이다.

이 책에 수록된 한 소설의 인물은 고흐의 그림에 대해 연인에게 이야기하고 싶어 했다. 고흐의 불안과 고통 없이 그 그림이 진정 아름다울 수는 없는 것이라고. 불안과 고통이 수놓았던 밤의 어둠은, 그것을 감싸 안는 인간의 의지와 더불어 낮의 빛 속으로 스민다. 그러한 의지가 이미지로 현상한 것이 이 소설집 곳곳의 둥근 형상들이다. '알'이나 '열매'와 같이 어떤 둥근 것들은 이제 막 가득 차게 된, 언젠가는 열리게 될 그러한 원이었다. '반지'와 같이 굴레인 동시에 기댈 수 있는 약속인 원도 있었고, '에니어그램'과 같이 각각의 점들을 전체 속에 조화시키는 원도 있었다. 지구와 화성과 토성으로 이루어진 우주적 화음을 들려주려 하는 동그라미들도 있었다. 그리고, 빼놓을 수 없겠다. '풍선'이 있었다. 우리의 영혼을 비끄러매고 있는 매듭은 풀리고 위로 들어 올려져, 저 먼 하늘로 향한다.

시작도 끝도 없다. 그것이 원이다. 아마도 그래서 현자들은 원에서 시간과 공간을 하나로 잇는 완전성을 보았을 것이다, 그 속의 아늑한 평화를 읽었을 것이다. 하지만 지금 우리는 이 작가가 고독하게 원들을 그려가던 밤들, 그 시간들을 자꾸 그려보고만 싶다. 간절하게 목마른 자만이 물을 찾으러 나선다. 책을 쓰고 싶다고, 언젠가는 책을 쓰겠다고 말하는 인물들이 가슴 저리는 것은 왜일까. 불현듯 깨닫는다. 이 유연함, 이 담담함 안에 이제까지의 지도를 의심하며 가까스로 찍어 나간 점들, 세상에서 가장 작은 원들이 숨 쉬고 있었구나. 동그란 원은 그렇게 글자로 변하고, 책장으로 변하고, 한 권의 책이 되어, 바깥으로 열린다, 당신과 만난다.

작가의 말

만약 '작가의 말'에 제목을 붙인다면 '단편소설 쓰는 밤'은 어떨까, 하는 생각을 해봤습니다. 이 책에 실린 여덟 편의 단편소설들은 2004년 가을부터 올 봄까지 쓴 글입니다. 모두 깊은 밤, 혹은 새벽에 쓴 글들이지요. 그 집중된 시간이 주는 친밀감과 장엄함, 그리고 신비로움으로 가득 찬 언어들. 가장 어두울 때 가장 밝은 순간을 기다리듯, 그 짙푸른 시간들 속에서 제 마음을 치고 지나갔던 울림들, 애끓는 이야기들을 한 자 한 자 적어나갔을 것입니다. 글을 쓰는 시간이 늘 힘겹거나 고통스럽지만은 않습니다. 이따금 놀랄 만큼 정신이 맑아질 때가 있기도 하고, 제 글이 저의 어떤 실현을 향해 달팽이처럼 느리지만 지속적으로 움직이고 있다는 느낌을 받을 때도 있습니다. 그런 착각이 없다면 아마 계속 글을 쓰기 어려웠을지도 모릅니다. 글 쓰는 일은 저에게는 이를테면 창문 같은 것입니다. 제가 속해 있는 공간 너머의 세상을 보여주기도 하고 또한 제가 머물고 있는 이쪽 공간을 밝혀주는, 환하디환한 빛이 쏟아져 들어오는.

 일요일에는 책장을 하나 더 들여놓을 생각입니다. 뜨거운 책, 엄격한 책, 자유로운 책, 다 읽은 책, 다시 읽을 책 등등 책을 분류하고 정리하는 일은 이제나저제나 큰 즐거움입니다. 책들로 빽빽이 꽂혀 있는 책장을 바라보는 일 역시 즐겁습니다. 책등에 적힌 제목들을 읽는 것만으로도 가슴이 두근거립니다. 그렇게 책장들 사이에 서 있으면 거대한 숲을 바라보고 있는 것 같은 느낌이 들곤 하지요. 책 자체가 좋습니다. 위안과 힘이 되는 책은 말할 것도 없습니다. 책을 읽고 쓰는 행위를 통해서 저는 사랑의 가능성과 일상적인 것들 안에 감추어진 변화의 힘을 믿게 되었습니다. 어둠 속에서 꽃 피는 아름다움에 대해서도. 생각하고 말하고, 그것을 글로 쓸 수 있다면 더 바랄 것이 없습니다.

 오랜만에 문학과지성사에서 책을 냅니다. 고맙습니다. 다른 누구보다 독자 여러분께 인사를 전합니다. 여러분이 없다면 이 다섯번째 소설집은 세상에 태어나지 못했을지도 모르니까요. 이 글을 쓰는 동안 많은 영감을 주고 동시에 저를 깨어 있게 한 니체와 고흐, 그들의 고독에게도. 그리고 거기 멀리 있는 당신께도 안부를 전합니다. 냉정하고 막연하지만 때로 호의적인 것. 글쓰기와 인생이 그런 비슷한 리듬으로 흘러가고 있다고 믿고 싶습니다. 이제 저는 여섯번째 소설집을 쓰겠습니다. 이것이 저의 개인적인 모험이자 소명입니다. 그때까지 모두들 안녕히.

2008년 6월
조경란 씀

수록작품 발표지면

풍선을 샀어 문학동네, 2006년 봄호

달팽이에게 문학수첩, 2004년 가을호

형란의 첫번째 책 창작과비평, 2005년 봄호

버지니아 울프를 만났다 작가세계, 2006년 겨울호

밤이 깊었네 문학과사회, 2008년 봄호

2007, 여름의 환(幻) 문예중앙, 2007년 가을호

마흔에 대한 추측 현대문학, 2006년 6월호

달걀 현대문학, 2005년 7월호